耧中山

上

马拓 著

湖南文艺出版社
·长沙·

© 中南博集天卷文化传媒有限公司。本书版权受法律保护。未经权利人许可，任何人不得以任何方式使用本书包括正文、插图、封面、版式等任何部分内容，违者将受到法律制裁。

图书在版编目（CIP）数据

帮凶：全二册 / 马拓著 . -- 长沙：湖南文艺出版社, 2024.12. -- ISBN 978-7-5726-2173-4
I. I247.5
中国国家版本馆 CIP 数据核字第 20246YU863 号

上架建议：悬疑小说

BANGXIONG：QUAN ER CE
帮凶：全二册

著　　者：马　拓
出 版 人：陈新文
责任编辑：匡杨乐
监　　制：邢越超
策划编辑：刘　筝
特约编辑：刘　静
营销支持：周　茜　文刀刀
封面设计：UNLOOK 广岛
版式设计：李　洁
内文排版：百朗文化
出　　版：湖南文艺出版社
　　　　　（长沙市雨花区东二环一段 508 号　邮编：410014）
网　　址：www.hnwy.net
印　　刷：河北鹏润印刷有限公司
经　　销：新华书店
开　　本：680 mm × 955 mm　1/16
字　　数：530 千字
印　　张：37
版　　次：2024 年 12 月第 1 版
印　　次：2024 年 12 月第 1 次印刷
书　　号：ISBN 978-7-5726-2173-4
定　　价：79.80 元（全二册）

若有质量问题，请致电质量监督电话：010-59096394
团购电话：010-59320018

目录

第一章　葬礼　001

第二章　乌龙　019

第三章　疑惑　035

第四章　恩情　057

第五章　女尸　075

第六章　凶手　095

第七章　释放　111

第八章　初演　125

第九章　**考验**　149

第十章　**丰凌**　167

第十一章　**轰塌**　189

第十二章　**冲突**　201

第十三章　**分离**　219

第十四章　**意外**　239

第十五章　**调查**　257

第十六章　**疑云**　275

第一章
葬礼

1

  我此生唯一一次见到许光，是在一个秋雨瑟瑟的黎明。前一晚，空中明明还闪烁着星光，不知怎的凌晨时就开始淅淅沥沥地下起小雨，直到我出门，头顶的乌云已经像水墨一般浸透了整片天空。我按照庄妍的指示，盘好头发，身着一身黑衣，握着一把临时买来的黑伞，坐进了前一天订好的网约车里。

  这是我有生以来第二次参加葬礼。第一次是在十五年前，那时我刚刚上初中。我清楚地记得，那天春光明媚，放学路上我还买了两条玻璃丝藏在兜里，打算晚上偷偷在被窝里编手链。

  路上我正兴奋地琢磨编织样式，就见我妹妹徐烁星神色慌张地迎面跑来。烁星比我小三岁，放学总会比我早一些，我们很少一起回家。

  "姨和婶都在咱家，让咱们赶紧回去，说咱爸出了点事。"她气喘吁吁。

  我爸是镇上派出所的片儿警。说是管片儿，其实他什么都管，连除夕都在社区和内保单位里查消防。不过虽然琐事繁多，但我们这一带民风淳朴，没听说出过什么恶性案件。

  我牵着烁星飞快地跑回家，看见院子里已经挤满了三姑六婆，唯独不见我妈。一问才知道我妈和男性亲戚都在医院里帮忙跑腿，女人们在家里等消息。我问她们到底怎么回事，她们告诉我，我爸在山上救了一个孩子，自己也受了伤，被送到医院抢救。我妈已经赶去了医院，一时半会儿回不来。

简直匪夷所思。我爸派出所的辖区是镇上，怎么跑到山上去救人了？而且现在又是春天，既没有大雪封山也没有暴雨洪流，山上能出什么乱子？

亲戚们并没掌握更多内容，所以她们看上去并没有太多担忧。通信的不畅暂时阻隔了现实的残酷，我和妹妹也只好幻想着一切好的状况，肩并肩窝在床上互相宽慰。

晚上九点左右，家里的两个叔叔回来了，把我和妹妹塞上一辆小面包车，说带我们去医院看我爸。这个时候我才知道我爸解救的是附近一个村子的男童。男童的家里人欠了一个叫沈宝存的人的钱多年不还，沈宝存绝望之际，见他家的孩子来自己村子玩，就诱拐了那孩子，然后给那家人打电话，说不还钱就和孩子同归于尽。

男童家人报警后，市局给全市所有管辖派出所下了协查通报。沈宝存家里无人，刑警队大概判定他是带孩子进了山。我爸和所里人兵分几路进去寻人，然后独自一人在某个山坡上发现了沈宝存和孩子。当时沈宝存已经发现有民警搜山，气急败坏之余，他威胁要把孩子推下山涧。我爸上去和沈宝存缠斗在一起，最后两人一起滚下了山坡。

还是孩子的哭声引来了其他民警。

我们到达医院的时候去的是病房，我以为我爸已经脱离危险，至少是在救治中。我进屋时才知道，他已经停止呼吸很久了。爸爸生前的同事们不忍叫我们去太平间和他告别，要求医院先不要走存尸手续。

爸爸身上伤痕累累，致命伤在头部，颅脑损伤太严重，抬进救护车时瞳孔都放大了，抢救只是象征性的。我妈站在病床边的人群中央，好像已经接受了这个事实，并没有大哭大闹，而是像泥胎一样呆呆地坐着，任我和妹妹怎样呼天抢地，都没有任何反应。

火葬场最早的一拨焚烧，俗称"头一锅"，大概在清晨五点半。五点不到，大门外停车场里就停了不少汽车。其中有很多是警车，以及市委的一些黑色车辆。雨还未停，我打着那把巨大的黑伞，踩着水坑往殡仪馆的方向走。一路上有很多身穿正装警服的同事走过，我却一个都不认识。

事实上我来到这个公交分局才三天，仅仅是刚到政治处报了到而已。

大学时，我不顾家里反对，执意报考了公安大学。现在回想起来，我当时就像是着了魔，生怕错失这个唯一能掌控自己人生的机会。从警校毕业后，我没有回老家绵岭，而是报名了离老家二百公里的崤城市公安局。崤城是我们省最大的城市，风景秀丽、城建一流，常住人口有一千多万，很有城市活力和发展前景，是很多年轻人做梦都想扎根的地方。

毕业后的六年里，我一直在崤城市局负责宣传工作。其实我的志向是当一名刑警，能冲锋陷阵的那种，所以我一直找机会调动到一线。但在不断地询问后，我发现这里的各路刑警队都不收女警，即便收，也是负责内勤或者党建工作，偶尔给女性嫌疑人搜个身，平时几乎都不用出现场。

这一度令我非常迷惑和困顿。

那会儿我经常想起我爸生前问我的话："为什么那么想当警察？又脏又累的，还要打打杀杀，你一个女孩子家，不是瞎捣乱吗？"

我说："这是我的梦想。"

"务实点吧，少让我们操心，也少给国家添乱。"

我逗他："你是怕我干得比你好，回头脸上不好看吧？"

他摇头："幼稚。"

一年后，他就去世了。我干得好或不好，他都看不到了，只留给我一句到今天才突然让我有了几分顿悟的"幼稚"。

他火化那天，烈士的称号还没有正式下来，但一切都是按照烈士的规格进行的。局里、市里甚至省厅的相关领导都前来相送，各路记者也有序进行了采访。我记得我们老家的那个火葬场没有今天的这个大，场面却也相当壮观，我和我妈以及妹妹完全是英雄遗属的待遇，被很多我压根没见过的人簇拥着、引导着，按部就班地完成每一项步骤，木然地对每一位吊唁者颔首致意。

因为我是长女，父亲的遗像便由我来捧。那相框很沉，压得我手腕酸胀，但即便如此，我也丝毫不敢懈怠。因为负责引导的人员见到每一个吊唁者，除了介绍我妈，第二句话肯定是指向我："这是徐师傅的大女儿，徐闪星。"

"徐闪星！"

我听到了一声清脆的叫声，扭头一看，是分局政治处副主任庄妍。

一个月前，我在市局公安内网看到公交分局各个基层派出所和职能部门在招收警员，当看到刑警队招收人员男女不限时，我欣喜若狂地报了名。公交分局顾名思义就是管公共交通的公安局，地铁、公交车以及长途汽车站这些公交系统上发生的治安、刑事案件都由它管辖。虽然案件类别可能没有属地分局那样丰富，但其中也不乏恶劣的犯罪，比如扒窃、诈骗和各种伤害类案件，等等。

于是我就抱着试一试的心态来了。

报到之后的第二天，新单位政治处的庄副主任给在家休息的我打了电话，问我能不能在下周正式上班之前，先按照分局党委统一安排，和同事们一起去参加一个牺牲民警的遗体告别仪式。这名牺牲的民警叫许光，生前是公交分局一个地铁派出所的民警。他在下班之后勇斗侵犯女子的歹徒，在救下女子并击毙歹徒后，他因为受伤过重，不幸殉职。

听说是集体组织的遗体告别仪式，我有些犹豫。自从我爸离世，我就再也没经历过那种场面，我觉得我会畏惧。但此时我又不想违背新单位的指示，毕竟这一行见惯生离死别，说出这种借口只会让人觉得我"玻璃心"。

何况许光也算是一条好汉，他令我感到骄傲——至少我选择的新单位，是个英雄出处。

于是我答应了政治处的要求。

副主任庄妍钻到了我的伞下。

"哎呀,在这儿看见你太好了,早上出门光线太暗,拿错伞了。"庄妍长得眉清目秀,声音也如铜铃般悦耳。言语间,她把一把暗红色的自动伞装进塑料袋。

我和她并不熟,年龄也几乎差了十岁,但同在一把伞底下,只能找一些话题有一搭没一搭地闲聊。

"主任,您和许光认识吗?"

"当然认识。"她掏出一把小镜子整理仪容。"许光原先可是咱们分局的先进典型,好多次立功受奖,生前多次上过电视和报纸,我给联系的记者。"

"唉,这可真是好人没好报了。"

"也别这么说,可恨的是那个歹徒。那人身上还背着命案呢,这你都不知道吧?"

"我还真不知道。"

她指了指周围越来越多的吊唁者:"先去殡仪馆吧,回头有机会我再跟你细说。这里面复杂着呢,许光比你想象中要厉害得多。"

一路上有不少同事和庄妍打招呼,庄妍耐心地为我介绍。但离殡仪馆越近,我越有一种说不清道不明的紧张感。庄妍满口的热心话渐渐化成一片声音迷雾,在我耳边飘飘荡荡,形成不了任何内容。

心跳有些紊乱,我深深地吸了几口气。

走到殡仪馆门口,我们排在吊唁队伍的最后。吊唁的人都打着伞,队伍显得臃肿而松散。我们随着众人缓缓向前移动,踩着水坑踏上台阶,在雨水渐渐变疏之际,走进了那个人满为患却又安静至极的遗体告别大厅。

2

哀乐鸣奏，花圈围绕。一个年轻人躺在无数簇整齐排列的白色雏菊当中，身穿警服，双目紧闭。

仪式厅很大，四周挂了巨大的悼念横幅。横幅下面，是一张悬挂着黑色流苏的四方遗照。照片里的许光身着警服、面带微笑，是个典型的帅哥。遗照下面站着死者的遗属和直接领导。每个人吊唁完毕后，都会和这些人握手致意，表达哀思。

我和庄妍慢慢沿着队伍的轨迹靠近遗体。前面的人依次鞠躬，有人鞠完躬还敬礼，流泪者也不在少数。悲声此起彼伏，与两侧喇叭中传出的哀乐声相互交织，强行拼凑出了那段我最不愿面对的记忆。

当时一直表现木然的我妈在我爸的告别仪式进行到尾声、遗体即将被推走火化时，突然情绪失控，向棺木冲去。

这种情况始料未及，我手捧遗照，无暇直接阻拦。我妹妹徐烁星当时因为过于哀痛反应也慢了半拍，等她追过去时，我妈已经蹬翻了好几盆菊花，踩着砖垒的花台，扑到了棺材一角。我们都不知道她要做什么，是自杀，还是仅仅想宣泄情绪？但无论如何我们也要制止她，我们冲上去跪在她后面，死死地拽住她的衣服。尤其是徐烁星，因为用力过度，后腰的内裤都露出了半截。但当时我们谁也顾不上这些，只是全力往后扯我妈，让她清醒一些，让她知道她还有两个活生生的女儿，别做出什么不留后路的傻事。

最后我妈抱着我们，放声痛哭。

"你们的爸爸彻底没了！"她说。

这句挺"糙"的话，很多年以来都在我耳边反复盘旋。"彻底"没了，意味着她曾经幻想着我爸根本没有走。因为遗体在，人就在。遗体一烧，所有的念想也立即灰飞烟灭。

从此进入没有他的世界。

不知为何，和妈妈、妹妹等人不同，我当场硬挺着没有掉一滴眼泪。可能当时我已经把自己代入了一个衣钵继承人的角色，我必须和她们不同。还有更重要的事情等着我，而且太多了。

回想起这些，我的表情不禁又严肃起来。

"咱俩没穿制服，到前面鞠躬就行了。"庄妍可能是发现了我的失神，悄悄在我耳边提醒道。

我深吸一口气，看着她点头。

我们缓步前行，走向花丛中的棺木。我闻到了一股熟悉的芳香，多年以来我都没有弄清楚，这到底是菊花的香气，还是新鲜棺木的味道。

花朵和棺木之上，是许光的遗体。许光只有二十八岁，和我一样大。虽然他只剩下一具躯壳，但面容上仍存着青春的气息。一个曾经充满阳光活力的年轻人以这种方式躺在鲜花丛中，让人唏嘘之余，也真切地感受到了一股扑面而来的浩然正气。

三鞠躬。

礼毕，我随着庄妍走向场边遗属所在的区域。许光家里来的人不多，站在最前方的是他的父亲。老人个头很高，满头银丝，眼睑微垂，与鱼贯而过的每一位吊唁者握手低语。老人身边还站着一个小女孩，看样子只有十二三岁。庄妍小声告诉我，那是许光的妹妹许纯。她生得乖巧玲珑，梳着利落细致的马尾辫，目光里有着与年龄极不相称的故作镇定。她本不属于这种场合，但她又没有理由不在场，更没有理由表达自己的紧张和惶恐。

每每有人在她面前停留，她都如初入贾府的林妹妹一样，拘谨、克制，却又不失礼数地与他们颔首对视。这一系列动作看起来平淡如水，所以并没什么人过多留意她。

轮到我们上前慰问遗属了，庄妍先行一步，与许父握手。他们轻声说了什么，庄妍还象征性地拥抱了老人，轻轻地拍了他的背。然后庄妍发现身边没有我，于是扭头向后看去。

然后她和我周围的人一样，脸上露出惊讶的神色。

我僵在原地，脸上大颗的泪水滚落。

3

告别大厅门外的屋檐下，庄妍手忙脚乱地给我找纸巾。她反复问我是不是认识许光，在我再三否认后，她似乎有些迷惑，最后只能理解成我是被氛围触动了，真情流露。

我收拾好面容和情绪后，她明显对我更加关照了，她一把搂住我的肩膀，说："咱们公交分局是英雄辈出的，打从二十世纪七十年代建局开始，出了好几位烈士。咱们这些坐办公室的人，是没法体会他们在一线的紧张和危险的。"

说完，她好像又觉得不大对："哦，我忘了，你准备来的单位，是刑警队吧？"

我点点头。我在公安局搞了六年宣传工作，如果不趁着还算年轻加快步伐实现梦想，恐怕就真要当一辈子"办公室徐姐"了。

"我看过你的简历，写东西挺厉害的，怎么突然要去一线呀？基层工作经验不够是吗？"基层工作经验是公安局近年来考察待升职警员的重要指标。所以有人会主动离开机关职能部门，到基层为自己镀金加分。

我也不想过多解释，便顺势答道："是。"

"其实许光之前也是公交刑警队的，他是去年才去的派出所。他还算是你的前同事呢。"

我点点头，表示接收了这个信息。

随后庄妍又想起什么，拿起手机发了一条语音消息："您好关局，那个，之前那个小刘我不用了，跟您说一声，我找到更合适的人选了。"

她放下手机，见我一脸诧异，解释道："没什么，你明天上午九点半跟我去市局开一个会。"

"哦。"

随后庄妍要与我告别。我说："主任，我有一个小问题。"

"你说。"

"被许光救下的那个女子，来这个告别现场了吗？"

"……没有。"

"她的家属来了吗？"

"没听说来。"

我点了点头："知道了。"

果然，和当年一样，我爸解救的那个男童一家，在他牺牲后，就人间蒸发了。

当年被沈宝存绑架的男童的家人，因为投资生意失败，欠了不止沈宝存一家的钱，在事情闹大之后，选择了自行消失。他们只是短暂地配合了一些调查，之后就再也没在大众视野里出现。一些媒体试图联系他们，想要为我爸的事迹做更广泛的宣传，但他们始终避而不见，就连起码的感谢和悼念都没有。

这些年来我一直搞不明白，为什么对他们来说，救命的恩情反而不如那些责任本就在自身的烂事重要。也许在他们看来，警察的舍生取义，只是分内职责吧。

所以被许光营救下来的妇女，又是因为什么没有到场送别呢？我相信许光和他活着的家人并不期待她能感恩戴德，但他们也一定不希望在承受过一切之后，被获救者如此漠视。或许她有无法到场吊唁的无数个理由，但她有没有想过，如果不是许光舍身相救，那今天躺在棺木中的人可能就是她自己？

人总是健忘的，而且有种健忘，是故意不去想起。

从警这些年来，我已经习惯不去深思自己怎么也无法理解的东西，但今天这个问题再次突兀地蹦出来，还是让我一夜未眠。

翌日一早，我有点头昏脑涨地来到市局。但跟着庄妍进入那间宽阔的会议室，见到与会人员的阵仗时，我的困意立即消减了一大半。

主持会议的是主管宣传工作的市局副局长关谨天，一个皮肤黝黑、面庞消瘦、戴着金边眼镜的中年男人，也就是昨天庄妍在电话里称呼的"关局"。会议要探讨的议题是许光事迹报告会宣讲团的创作动员。这些还不是重点，重点是，这个关谨天副局长，我非常面熟，但一时又想不起来在哪里见过。我原先以为可能因为是老领导，多少在局里露过脸，但听庄妍介绍，他从别的城市调来市局刚刚半个多月，与我离开市局有几日之差，所以按理说我应该压根没见过这号人物。

会是谁呢？

还没容我对上号，庄妍在会议开始前又悄声告诉了我一个重磅消息：她向领导推荐了我加入许光事迹报告会宣讲团的创作组，为许光写一份事迹宣讲稿。

我惊呆了，脱口而出："可是我报名的是刑警队呀。"

是啊，我是奔着当刑警来的新单位，怎么到了新单位又让我操持起老本行，搞宣传工作？这不是从旧坑里爬出来，往新坑里跳吗？

"没事，就借调三个月。这三个月，你还是刑警队的人，依旧算你的基层工作经验。你还不用跟着刑警队出外勤，多好呀。"在她看来，我还应该偷着乐呢。

"可是主任，我没写过事迹材料呀。"

"我看过你写的文章，什么通稿、简报、新闻，市局网页上都有，都很好，我还看过你写的小说呢，你平时也爱写悬疑小说对不对？你写的那篇《幽灵证人》，还挺带感呢。"她眨着眼睛如数家珍。

我是写过一些悬疑小说，但从来都没发表过。投给出版社，对方都会说不够猎奇，没有卖点。所以我建了一个微信小站，在上面自娱自乐地更新。没想到这些也被她一夜之间搜罗个遍。她才适合去当刑警。

我正想着怎么回绝她，会议就开始了。首先是庄妍发言，她对市局领导为支持宣传许光事迹所做的各项部署表达了感谢，也对本单位和外单位同志的大力配合甚为感动。她坚信许光事迹报告会一定会作为一股强大的正能量传播到社会上，产生深远的影响。

接下来是市局和我们公交分局的几位领导传达会议精神。在他们的陈述中我才听明白这次活动的大致模式。他们想成立一个临时工作组，也就是刚才庄妍跟我说的"事迹报告会宣讲团"。宣讲团的成员大致分为两种，即宣讲者和创作者。宣讲者是许光生前的领导、刑警队同事以及和他共事过的地铁站方工作人员。他们届时将站在舞台上，配合制作好的视频资料，向观众讲述许光在工作和生活中是如何为人处世的，旨在为大家还原一个最生动的英雄形象。

创作者就是宣讲者的撰稿人，也就是我所在的阵营。这些人将根据宣讲者对和许光共事时点点滴滴的回忆整理出稿件，然后再用自己的经验帮助宣讲者更好地诠释内容，在宣讲中达到最好的效果。

五位宣讲人，五位创作者，一对一服务，加上影音组和导演等人，宣讲团一共二十位成员。庄妍任导演，并在后续的发言中，明确地把我的"服务对象"指定为一个名叫李凡尘的宣讲人。她介绍说：李凡尘现在是公交刑警队的一名探长，同时也是许光生前最要好的兄弟，两人在警校时便是同学，随后一起被分配到公交刑警队，共事超过五年。

我抬眼望去，坐在角落里的李凡尘看起来并不算起眼。此人肤色偏白，戴着一副眼镜，脸瘦瘦的，经常半低着头，蓬松的刘海几乎遮蔽了他小半张脸。在他面前还摆着一个敞开的笔记本，上面工工整整地记着很多内容。

李凡尘也顺着庄妍的话扭头看向了我，但并不准备接受这项任务的我却下意识地避开了他的目光。

会议进行到尾声，关副局长作为整个活动的主责领导，进一步强调了各种重要精神和指示。

"现在局里已经提交给予许光同志公安部一级英雄模范的申请，同时也在为他争取烈士的称号，并且省里经过研究，也决定将他的事迹，作为咱们省本年度'感动中国'的候选题材上报上去。我们每位同志都被许光的事迹深深打动，我们也希望社会上的所有人，都知道我们公安队伍中出了这么一位英雄，也让他们知道，在我们的队伍中，不管是老一辈公安干警，还是八零后、九零后甚至零零后的年轻同志，都有一颗惩奸除恶、守卫人民的正义之心。"

说着，关副局长忽然站了起来，快速又标准地向大家鞠了一个躬："谢谢大家的理解和支持！辛苦你们了！"

所有人自发起立，掌声雷动。

4

"主任，我不想接这个活儿。"走出会议室，来到市局大院里，我毫不掩饰地跟庄妍表明态度。

"为什么？"庄妍立定，目瞪口呆地看着我。

我也不知道该怎么说。难道我要说，是为了梦想吗？那结合昨天我在葬礼上的反常情绪，她一定会怀疑我精神有问题。

"你有想法怎么不早提啊？"庄妍蹙眉。

"您也没有提前跟我说这个安排呀。"

"我也得跟刑警队那边协调啊，昨天一天我都在弄这个事，直到晚上才搞定——你到底什么情况？这东西不是你的强项吗？"庄妍瞥了瞥人来人往的院落，眉头紧皱，压低声音。

我还没想好怎么说，就听身后有人叫我的名字。我和庄妍回头一看，发现竟然是关副局长。

"徐闪星。"这位副局长又重复了一下我的名字，慢慢朝我们走来。我和庄妍不敢怠慢，也立即迎向他。就这么十几步的距离，还有好几个路过的人朝他打招呼。

"关局，您认识我们小徐？"庄妍毕恭毕敬地说。

关局却一直盯着我："我之前就听说你在市局，我过来忙活完了手头的事就开始找你，却听说你去公交分局了。我一来，你就走啊？"

看来确实是熟人。但我怎么就想不起来在哪里接触过这位大人物了呢？由于完全摸不着头脑，我也不敢贸然接话。

倒是在一旁的庄妍有点着急了，使劲掐了一下我的后腰："问你话呢！"

关局兀自很真诚地看着我，小小的眼镜片反射出一抹阳光。

我似乎有点头绪了："是……关叔叔？"

庄妍愣了。关局笑了。

我搞清楚的同时，又倍感惊讶。原来这个关谨天，就是我爸牺牲时的派出所时任副所长。没想到过了十余年，他已经走到了这个位置。

我之所以对他有印象，不只是因为他曾经参与了我爸的丧事料理事宜，还因为他在我爸生前，到我家做过客。当时他好像是作为领导在节日期间慰问民警家属，在我家吃过一顿饭。我爸平日里和他处得不错，所以他们之间也没有那些上下级的繁文缛节，几乎和哥们儿一样亲近。

我记得那年在饭桌上，我爸和他着重探讨了我的理想问题。对，在他们看来，我的从警理想很成问题。

"你说我这丫头，那天跟我说，'爸爸，我以后就想当警察'，我一听这个头都大了！你赶紧给我劝劝她。"当时我爸喝得微醺，摇头晃脑地指了指已经下了桌的我，向关副所长投去了无奈的目光。

"那也行啊，回头毕了业做个文职，坐坐办公室，管管档案，不是挺舒服的吗？"关谨天那会儿还不戴眼镜，语速也比现在快很多。

"行个屁，她要当刑警！我说你老子都没捞上个刑警呢，你就做上这个梦了？"

于是关谨天就冲我说："我说闺女，你得听叔一句劝，刑警你干不了，那是男人的活儿，是需要体力和天赋的。"

他们当时还说了很多在我看来很揶揄的话，我耿耿于怀了很久。

后来我还听说过一种传言，说是沈宝存绑架男童的那天，作为当天派出所值班领导的关谨天，第一时间响应指挥中心指令进山搜查。但因为带队出动得太过匆忙，他们既没来得及细致地部署行动，也没有携带足够的警用防爆装备。因为山里没有信号，单枪匹马的我爸也无法运用手台（手持电台的简称）求援。他便是在这种极端恶劣的情况下，与歹徒同归于尽的。

所以在我爸牺牲后的那一段时间里，我再见到关谨天，几乎都没有好脸色。听说他后来晋了级，还调离了原单位，去了异地任职。有一阵子我还常常想，他仕途一片坦荡，从某种程度上来讲，是不是也是我爸用命换来的？

今天的他已经坐到了副局长的位置上，眼神都跟当年有着很大不同。如果当年我还能从他眼中看出直白的语意，那么现在他脸上的微笑，我已经分不太清是事务性的礼节，还是惺惺作态的关爱。

"关叔叔瘦了很多。"我只能这样接话。

关谨天朝我点点头，忽然又看向庄妍："你是怎么发现徐闪星的？"

庄妍一时还没太搞清我们之间的关系，只能跟着感觉回答："啊，小徐写东西很棒的。最关键的是，我昨天带她去了许光的告别仪式，她一看到那个场面，看到那么多人悼念英雄，看到英雄家属那么憔悴，当时就被震撼到了，还流了好些眼泪呢！其实她都不认识许光。我就想，她这么走心，一定能胜任这个任务。"

说着她还不忘反问我："对吧，小徐？"

我一时无言以对。

关谨天闭口不语。

我们心照不宣地沉默几秒，他对庄妍说："你们换个人吧，她不行。"

庄妍说："嗯？"

"我说，你换个人吧，她不合适。"关谨天嗓音低沉，却掷地有声。

庄妍完全蒙了。从她混乱的表情来看，她已经理不清我俩之间到底是有私交，还是有恩怨了。

关谨天这句"她不行"，也让我非常困惑，甚至恍惚。蓦然间，我似乎回到了十多年前，他和我爸坐在那个雾气升腾的饭桌前，他自以为是地对我发表看法的场景。也正是这句"她不行"，勾起了我许多的回忆。

小时候，我们把一枚羽毛球打到了树上，我当即抱着树干就往上蹿，围观的妇女老头朝我狂翻白眼，说我一点都没有女孩子样时，我想到了这句话。

上警校时，我和一个女生在警技课上按照老师的要求搏击对打，男生们在台下吹哨起哄，说我们在互相挠痒痒时，我想到了这句话。

快毕业时实习，我在派出所跟着警区民警守夜，每每需要出警的时候，警长一次次拦下快速往腰间缠"八大件"的我，并说"女孩子就留在值班室看家"时，我想到了这句话。

工作后，当我查阅公安网每一个局属刑警队的网站，发现招警信息里都没有女性名额，并且致电相关朋友，人家想都没想就让我另做打算时，我想到了这句话。

　　我怎么就不行了？我最反感的就是，当我在做，甚至还没有做一件事时，有人立即毫不犹豫地站出来给予否定。这些否定有可能是刻板印象，有可能是凭空臆想，甚至也有可能就是随口一说。就好比刚刚关谨天认为我不适合完成这项任务，虽然他可能只是单纯地认为身为烈士遗属的我，再为同类事件撰稿会有心理障碍，或者会受到情感上的二次伤害，但这件事最后不管成功与否，我都不希望被人提前否定。哪怕我真的不行，你在事后取笑揶揄，我都认了。否则，就是一种轻视，甚至可怜。

　　再加上我本就对关谨天颇有微词，于是我的牛劲上来了。

　　"不，我没问题。"我整理好表情，一本正经道。

　　关谨天眉头渐紧，显然这有些出乎他的意料。

　　庄妍嘴角似乎掠过了一丝笑意，尽管她控制得很好。

　　"写这种东西我轻车熟路，请领导放心，我一定圆满完成任务。"我注视着他们，以一种不容辩驳的自信语气说道。

第二章
乌龙

1

关谨天离开后,庄妍又一次给我展示了教科书式的坑人套路。她竟然借着我刚刚慷慨激昂的劲头,又眨着眼睛安排道:"对了,除了这个报告会,咱们市局还要搞一份许光事迹的报告文学,我看你就一起写了呗,反正都是一回事,你一只羊是赶,两只羊也是赶。"

"您的意思是,我还要单独写一篇报告文学?"

"是呀,和宣讲稿不同的是,报告文学是写许光的生平,视角上会有所不同,回头我会把内容要求和一些素材发给你。这个稿不着急,先以报告会的宣讲稿为主。"庄妍说着看了看手机,"那个,我还得去工会办点事,你现在可以去咱们政治处报到了。"

说完她就脚底抹油溜了,把我独自留在原地。

没办法,吹牛一时爽,码字泪汪汪。现在的我才真切地体会到,想要在这一行里摘掉文字工作者的帽子是多么不容易。

既然上了贼船,就只能期盼着这船能快点靠岸。我一路思索着怎么应付接下来的苦差事,不知不觉就到了地铁站。市局离分局并不太远,需要坐六站地铁。要搁以往坐地铁对我来说是最稀松平常的事,但从今天开始,这座城市的每一座地铁站对我都有着很不同的意义。它们,包括那些错综复杂的地铁区间和轨道,都将是我的"地盘"。说不定未来的某一天,我就会穿梭在它们之中，撸起袖子盘起长发，亲手捉拿每一个犯罪分子。

想想这些，我的糟糕情绪还能多少回点血。

进站之前我看到了一个熟悉的身影——其实也并不算熟悉，是刚才会上有过一面之缘的李凡尘。看样子他也是准备乘坐地铁回分局。此时的李凡尘已经换掉了上半身的警服，改穿了一件休闲夹克，背着一只方方正正的学生包，搭配着他那张看上去本就很显小的脸，完全就是一副在校生模样，让人根本无法把他和一个警探长联系到一起。

李凡尘在前面不紧不慢地走着，我也不知道是该上前点个卯，还是装作不认识。毕竟他是我的宣讲人和未来同事，今后很长一段日子里，我们免不了要有很多接触。看着他的背影我也在想，既然许光那么厉害，那么作为许光好兄弟的他，一定也是雷厉风行、身怀绝技。我倒真有点好奇，看起来文质彬彬、书卷气十足的他，在无比凶险的抓捕行动中，会露出怎样的狠辣嘴脸。

我跟在他的后面，慢慢上了站台。他在等车的过程中时而看手机，时而双手插兜，朝着隧道发呆。在地铁列车快进站时，他戴上了一副蓝牙耳机。

虽然他排队排得很靠前，但等到地铁列车开门有乘客下车时，他又不知是出于礼貌还是有点木讷地站到一旁，让一些排在后面的乘客抢占了先机。不过上车后，我看见他把双肩背包反着背到了自己胸前。这个细节终于让我在他身上看到了一丝警察的职业敏感性。

车上人多拥挤，我俩相距大概三四米，中间间隔了七八个人。从人群的缝隙中，我看见他一手抓着车顶的把手一边瞅手机，半天都没换姿势。

很沉静的一个年轻人。不过话说回来，地铁里，谁不是这样呢？

这会儿地铁列车中途到站，有一些人陆陆续续下车。此时我看见李凡尘开始解背包带，然后把包迅速地放在地上。在我还未看明白缘故时，他忽然一个箭步冲到门口一个正要下车的男乘客身旁，右手搂住那人脖子，然后猛一扭身，瞬间将那人摔倒在地！

整个动作像开了倍速般快如闪电，周围所有人都没有反应过来。等大家都回过神来，李凡尘已经半跪在地上，右手反拧着身下男人的胳膊，同时用右膝顶着他的后背，然后大声叫道："别动，警察！"

我目瞪口呆，车厢内也一片哗然，几乎所有座位上的乘客都站了起来。被李凡尘压着的男子嗷嗷大叫、四肢乱扭，李凡尘却保持着这个膝顶姿势丝毫不动。

"大家帮忙报个警！"李凡尘扭脸朝着目瞪口呆的众人说。

一时没有谁积极配合，我见状赶忙拿出手机拨了110，跟接线员说了我们所处的位置和地铁车号。

由于事发突然，乘客们都乱了方寸，似乎有人想上前帮忙，但又顾虑重重。最终大家都在隔岸观火，谁也不轻易上前。

地铁列车进入中止运营状态，迟迟无法关闭的车门不断发出令人心烦意乱的蜂鸣警报。这期间被李凡尘压着的那名男子的叫声已经逐渐变为呻吟，那名男子甚至还翻起了那种类似濒死的白眼，看上去情况危急。

这会儿开始有人开始质疑李凡尘："我说警察同志，这人怎么了，你这么压着他行吗？"

"这大爷犯什么事了？"有人看见那男人岁数不小了，不禁皱眉咋舌。

"偷东西了！这是个贼！"李凡尘鬓角流下一滴汗水，眼镜片上泛起了雾，脸色也比刚才红了许多。

此时李凡尘身下那个男人仍旧不甘示弱，扯着脖子喊道："我偷什么了我？我就下车挤了别人一下，你就打我，还有没有王法……"

"你偷别人手机了！"李凡尘说。我看见他脖子上青筋都起来了。

乘客们闻此，都赶紧检查自己的随身物品。但好一会儿也没听说谁丢了东西。

挂掉报警电话，我听见被李凡尘压着的那个男人大叫："我可有心脏病！"

李凡尘置若罔闻，一边保持动作一边四处观望，好像在寻找着什么。

我挤过去，半蹲到李凡尘面前问道："你找什么呢？"

"一部手机，他刚偷的。好像套的是红色的手机壳，他应该给扔到地上了……算了，能先帮我报个警吗？"李凡尘脸上还在流汗，但因为双手按着男人，根本无暇擦拭。

"报了，谁丢的手机？"

"失主可能没发现，下车走了。"

"知道了，我去找找手机。"

我起身沿着车厢四下查看，但除了看到无数双乘客的脚，连个套红色壳的手机的影子都没见到。

由于地铁无法启动，人们渐渐躁动起来。有人不断向赶来的站务员询问什么时候能发动，有人建议李凡尘先把"老大爷"松开，保障对方生命安全的同时，也能尽快让地铁恢复运营。

乘客们集体皱眉，烦躁的情绪飞快扩散。

"这是干吗呀，要是小偷就赶紧带走，跟这儿压着算什么呀，这不耽误大家时间吗？"有人很不情愿地嘟囔着。也有人举起手机，毫不遮掩地朝李凡尘拍摄起来。

李凡尘被各种声音包裹着，显然已经疲于应付。只有我知道他不敢起身是在等支援警力，否则凭一人之力很难保证对方不趁机脱逃。想到此处，我回到他身边，蹲下身帮他按住此人的一条胳膊，然后说："我帮你把他从这里带出去！"

我也不知道到此时李凡尘有没有认出我，只听见他深深出了一口气，说："好！"

我们两人一起发力，想把这个贼架起来。岂料这家伙不知是故意装死还是真有毛病，身子软得像面条，我们根本无处发力。不仅如此，他还趁机发出痛苦的哀号，搞得我们好像下手多狠似的。

我和李凡尘大汗淋漓时，身后有人朝我们说："哎哎哎，你们不能就这么把人带走吧。这样子会出人命的。"

有个站务员过来问我们："用叫急救车吗？"

李凡尘说："不用！"

有乘客看不过去了："你是警察吗？怎么能这样啊！"

还有人帮我们说话："你们没听见这人是小偷吗？"

"什么小偷？也没见谁丢了东西啊。"

场面正在僵持着，车门外出现了两个身穿制服的老民警。其中一个认出了李凡尘，说："哟，凡尘，你怎么跟这儿呢？"

民警和辅警们帮我们把贼架到站台上，随后列车终于关门，带着一车的牢骚轰隆隆地驶走。

那贼非常不配合，在地上一边蹬腿一边吐白沫，引得站台众人纷纷侧目。李凡尘瞪着眼睛指着他怒吼："'大方牙'，你还跟我这儿装是不是？"

后来我才知道，这个"大方牙"是这一带有名的老贼，专门在这条地铁线作案。这人前科累累，戏精一个，为了逃避处罚无所不用其极，什么吞铁钉、吃钢镚，被抓后又总会装作各种犯病猝死。据说有一次为了表现出大小便失禁的效果，他就真的在讯问室里拉了一裤兜子屎。还有一次民警明明对他搜了身，结果他还是吞了一枚小铁钉。大家搞不明白哪里来的铁钉，后来调取监控才发现，那钉子被他事先用胶布粘在了阴囊上，所以才能逃过层层检查。

我觉得自己的三观被刷新了。不过想来也不必过于震惊，不久的将来我可能也要跟这些满身"绝活儿"的大神过招了。这样想想也挺刺激的。

虽然"大方牙"被制伏了，但李凡尘仍旧眉头紧锁。因为老民警一直在问"苦主"和"物儿"在哪里。"苦主"就是失主，"物儿"就是"大方牙"偷的那部手机。在扒窃案的证据链里，这是非常重要的两个要素。

李凡尘只记得"苦主"是一名身穿棕色裤子的年轻男乘客。

在警务室里，我告诉李凡尘我四处查看了附近车厢的地面，没有发现那部被窃的手机。找不到手机就意味着联系不到失主，联系不到失主就意味着此案连被侵害人都没有。再加上"大方牙"拒不承认偷窃事实,可谓毫无定案依据。

我也很好奇,那部套着红色后壳的手机到底去哪儿了?

"大方牙"似乎吃定了我们没有证据,一直坐在地上哼哼唧唧,一会儿说自己不舒服一会儿要投诉我们徇私枉法。最后李凡尘联系了队里,让同事派车来把我们和嫌疑人接回单位处理。这期间驻站民警还与地铁公司取得了联系,要求调取事发时车厢里的监控录像,希望监控能拍下嫌疑人的作案过程。

"你着急回家吗?不着急的话,跟我们一起回队里做个笔录。"李凡尘问我。

"好。"我似乎没理由拒绝他。

"谢谢。"

我没再说什么,到警务室外面打电话向政治处请假。

不一会儿李凡尘也从警务室出来了,看见我,他刻意走远了几步,也打起了电话。但我发现,他只是最初对着手机说了几句话,随后一直处于聆听的状态,而且他的脸色越来越不好,头也慢慢垂了下来。

我走上前去:"怎么了?"

李凡尘转身看见我,连忙拿开手机,下意识往后退了一步。

"没事。"

此时我才忽然想到一个问题:"你背包呢?"

他眼神发直:"哎呀,落车上了。"

2

  公交刑警队就在分局大院的隔壁,据说以前是一座幼儿园,后来整个园区迁走,市委就把院子划给了分局。分局为了省钱,干脆连里面的建筑都没有拆,直接拿来用。所以这小院里的平房都低矮局促,走进去像钻迷宫一般。甚至有的墙壁上还残留着很多褪色的卡通画,以及很多当年应该是用来展示儿童风貌的小橱窗。不过现在这些橱窗上都贴满了学习文件信息和工作照片,还有市局、分局的一些重要通知。

  这就是我未来的工作地点。虽然看起来不怎么舒适,但还挺朴实可爱的。只是我没想到自己会以这种奇怪的方式登门。我开始踟蹰,一会儿见到更多的同事我要怎样介绍自己?

  正想着,我的注意力忽然被身边一面橱窗里的某张照片吸引了过去。我在里面发现了许光的身影。

  照片里,许光帅气潇洒,和几名队员穿着刑警作训服,站在一个满是阳光的操场上。那天的太阳应该很刺眼,每个人的眼睛都眯成了月牙,也正因如此,每张脸看起来都异常灿烂。许光的右臂搂着一名同事,两人显得亲密无间。而那名同事,就是李凡尘。

  我想到之前庄妍说,李凡尘是许光生前非常要好的同事。两人在一起并肩作战多年,有着非凡的默契和坚固的友情。不难想象,许光的骤然离世对于李凡尘来讲应该也是一个沉重打击。

  李凡尘和同事在前面押着"大方牙"走进一间讯问室,随后李凡尘又去了领导办公室,而我则被一名被李凡尘唤作"朱哥"的胖胖的侦查员带进了探组办公室。办公室不算大，中间回字形摆着一圈办公桌，桌上摆放着电脑和很多案卷，四周还有一些接待用的塑料排椅。

屋里的电脑前还坐着一男一女两人。我仔细一看，这两人好像都是刚才合影里的人物。

我正想着朱哥会不会把我引见给他们呢，就见其中的姑娘瞟了我一眼，问朱哥："回来啦，这位是'苦主'？"

"不是。没'苦主'，也没'物儿'，就光一个'大方牙'。"

男同事眼睛都圆了："没等'下物儿'就抓了？"

朱哥耸肩摊手。

姑娘大感不妙："那'大方牙'呢，他还不折腾死？"

"呵呵。"朱哥边脱外套边回答，"正要告咱们呢，说要告到天荒地老。"

男同事嘴角一撇："嗬，让凡队好好安抚呗。自己的屁股自己擦。"

"还有更神的呢，他还把自己背包丢车上了。"

"高，实在是高。"

"他怎么想的呀，净整这些事。"

"怎么想的？"朱哥拿起杯子咕咚咕咚往嗓子里灌水，"立功心切呗。"

我十分纳闷，没忍住问道："那个……不是还能调取车厢录像吗？如果录像里拍到嫌疑人的行窃过程，也能当作定罪证据吧？"

三人一愣，全齐刷刷地看我。

可能朱哥觉得场面实在太冷了，才顺势介绍道："哦，这是咱政治处的同事，叫什么来着……"

"徐闪星。"

"哦，徐闪星，李凡尘按'大方牙'时她帮忙来着。李凡尘说一会儿给她做个笔录。"

对面一男一女只是草草打量了我一下，并没什么表示。随后朱哥从饮水机打了杯水放在我手里，又脚下生风地出了门。当然也没人回答我的疑问。

看来我初来乍到的激动心情只是一厢情愿。虽然有些心塞，不过从他们如此埋汰李凡尘来看，这些人本身也都不是什么善茬。我默默在心里祷告，未来千万别分到这个组里。

随后我被那姑娘叫到一台电脑前，她以做笔录的口吻问了一些我的个人信息和案发的经过。这时我才得以仔细观察她，发现她应该比我小，一头短发乌黑齐整，脸蛋也是女孩子中很有棱角的那种，眼睛虽小却很有神，嘴角总是有意无意地下沉。

总是给人一副有点厌世的模样。

我借着这个空当，又重复了一遍刚才的疑问。我也不确定自己是真的想知道答案，还是想搞清楚他们到底是不是对我有敌意。

姑娘很平淡地答道："哦，你说录像啊。一看你就没抓过贼，像'大方牙'这种老贼，别说监控探头了，就是你猫在他屁股后面，都不见得能抓到他'下物儿'——就是出手偷东西，他动作可隐蔽了。而且地铁列车一节车厢里只有两只对角探头，再加上车里人多，就更难拍到了。"

"哦，那真是便宜他了。"我挺无奈。

姑娘随后又小声补充一句："更何况，即使这回有录像，估计也解决不了问题。"

"为什么？"

"你听说过一句话，叫'抓贼抓赃'吧？像这种扒窃，抓捕需要的是抓现行。哪怕发现了贼，但他不动手，就不构成犯罪。如果赃物还没到手贼就被按了，那根本没办法给他定罪。所以，你懂的。"姑娘挤出一个微笑。

我这才听明白。李凡尘应该是趁"大方牙"还没把手机偷到手就把他抓了。而那部所谓被他当场扔掉的手机，很可能压根就没离开过"失主"。当然，"失主"也早已毫无察觉地下车走人了。

所以此案才找不到赃证物和被侵害人。

我一时无语，联想到刚才这些人的反应，再联想到之前自己的奋勇激昂，脸上登时一阵发热。

姑娘在键盘上敲了几下，又问我："你和我们凡队认识？"

我说："不认识。不过……"

我正琢磨着说不说许光事迹报告会的事，楼道里又传来"大方牙"杀猪样的阵阵哀号。

姑娘不胜其扰，使劲揉脸，最后哀叹着说了一句："我真怀念光哥啊！"

我立马住了嘴。

3

直到我做完笔录，李凡尘也没再出现。我心想太好了，趁着他还没回来，我赶紧走人吧，省得见面尴尬。

估计他也是这么想的，所以才一直避而不见。

我快步在走廊里走着。刚才还觉得朴实可爱的低矮楼道，此时变得有些阴暗逼仄。我加快步伐，想赶紧走出这栋憋闷的建筑，去重新拥抱一下阳光。

不得不说我还是耿耿于怀的：也不指望着能给我颁个见义勇为奖，但好歹也别落得如此荒唐吧？从头到尾，我做了所有我能做的和应该做的事，但忙来忙去一场空不说，还成了给人添堵的帮凶，真是没道理可讲。

一个字：丧。

没想到这李凡尘竟是这种人，脑子缺斤少两不说，做事也没个章程，怪不得在团队里毫无威信。我不由得对自己和他接下来的合作感到忧虑。

正想着，快走到走廊尽头时，我发现一个人站在窗边抽烟。走近一看，不是别人，正是我今天的煞星李凡尘。

见我过来，他赶紧掐灭烟，还用手挥了挥四周的雾气，略有些慌乱地说了句："今天多谢你了啊。"

"没事。"我平淡回应。

见他没话，我又说："那我先走了。"

"那个……"他似乎有点艰难地又开口，"宣讲稿的事……"

"哦，回头我整理好了素材咱们再约吧。"

随后我们简单地互相加了微信。

"那个……"李凡尘边扫码边对我说，"我刚才去车辆段取车厢录像了。"

"哦？车厢录像调出来了？"

"嗯。你要看看吗？"

李凡尘说着，带我走进旁边的一间办公室，那屋里有台待机状态的电脑。看样子，他刚刚就是在这里查看录像的。

李凡尘轻点鼠标，打开屏幕上的一个播放软件，随后画面展开，里面正是事发前车厢里的状况。录像其实还挺清晰的，而且位置也适中，刚好拍到了"大方牙"尾随一名穿着棕色裤子的青年男乘客，而当时棕色裤子乘客手里正拿着手机。

当时李凡尘就站在"大方牙"的斜后方。

李凡尘用手指点了下屏幕："就是这个棕色裤子的小伙子。"

我心想，难道录像录到了失主被偷盗的过程？

随后地铁即将进站，棕色裤子乘客将手机放在了右侧裤兜内。车门打开时，"大方牙"飞快挤上前去，估计是准备下手偷窃。但正如刚才那个姑娘所言，因为人多拥挤，"大方牙"的动作迅速又隐蔽，完全看不见他下手的动作。随后便是李凡尘将其按倒在地的画面。

并没有偷盗过程。看来我还是把情况想得过于乐观。

但下一秒,我又在视频里发现了一些问题。"大方牙"在倒地前,手里忽然掉下了什么东西。那东西看上去是红色的,就掉在车厢门边。

在李凡尘和"大方牙"博弈之际,那名身穿棕色裤子的男乘客明显发现了身后的异样,他转过身看了李凡尘和"大方牙"两秒,下意识摸了摸自己的右侧裤兜,顿时有些惊慌。然后他飞快地四下查看。

紧接着他发现了门口那个掉落的红色东西。

此时李凡尘已经将"大方牙"彻底制伏,正扭头朝身后众乘客说话。棕色裤子男乘客把门口那个红色东西捡了起来。

此时我才看清,那是一部红色的手机。

男乘客又低头扫了一眼不远处地上的李凡尘和"大方牙",随后默默走出了车门。

原来竟然是这样。"大方牙"已经把手机偷到手,只不过是在被抓之际,他为了撇清自己,直接顺手把手机抛出。而那名失主乘客,在察觉被盗并拾回自己手机后,选择了自主离开。

这才是本案找不到赃证物和被侵害人的原因。

我震惊不已。抬眼看李凡尘,他脸上并没有什么表情,仍旧是一副木木的刚睡醒或者正在犯困的样子。

"没想到是这样……"我完全不知道该说什么。是应该向他表示安慰,还是对那名失主表示谴责?

抑或是,应该先向他道一个歉。不过要是现在道歉,就证明我曾经也是误会了他的人中的一员。这好像有点不仗义。

还没容我组织好语言,李凡尘就把电脑关了。

"你给你们探组的人看了吗?"我想他应该能明白我是什么意思。

"没有。"

"如果不告诉他们,他们可能会觉得你人抓得有问题吧。"

"告诉他们又怎样,也改变不了他们的想法。"

看得出来,他在队里不得烟抽也不是一天两天了。

电脑的主机停止运行，周围更加安静了。我和他走出屋子。

"你的背包找回来了吗？"

"没呢，派出所民警告诉我有乘客捡起来交到东苑站的警务室了，过两天我再去取吧，今天实在没空了，里面也没有什么贵重东西，就一件上衣。"

我点了点头。随后我们再次互相告别，李凡尘向楼道深处走去。

我去分局政治处办了简单的入职手续，拿到了饭卡、胸牌和印着公交分局logo的会议笔记本以及茶杯。随后我去面见了庄妍，她跟我说现在所有办公室的工位都是满的，所以她就在她的单人办公室里腾出了一小张桌子供我临时办公。

"这不好吧，您是领导，我怎么能跟您一间办公室。"我抱着一堆东西，站在门口左右为难。

"这有什么！"她飞快地接过我手中的东西，"反正你也就待三个月，就当凑合凑合了，这样大家都不会太麻烦。"

我这才放心地跨过了门槛。

"而且你在这里弄稿子，有什么问题咱们还能随时交流嘛。"我看见她忙碌的侧脸上浮起并不单纯的笑。

闹了半天是为了监工啊。

安顿下来，我查收了庄妍发给我的一些许光的生平资料。我认真地研究了一番，过了不到两个小时，下班时间就到了。机关单位就是这样，明明没有做什么实质性的事情，时间却还过得丝毫不慢。

下班后我走进地铁站，过安检时脑子里又浮现出李凡尘端端正正地背着包、不紧不慢走在我前面的身影。不知道他现在的处境如何，"大方牙"有没有停止折腾。

也不知道那位手机被盗的男乘客离开后心里会不会感到不安。作为一名受害者，不顾帮助和解救自己的警察，致使他处于不利的境地，如果是我，我一定悔到肠子发青。而且不管当时出于怎样的理由，事后我一定会尽力弥补。

　　想到这里，走上站台的我脑子里忽然闪过一个念头。

　　我走向站台上的地铁网状线路图，寻找那座名叫东苑的地铁站。

第三章
疑惑

1

最令我感到惊喜的是，分局里面竟然有一个硕大的羽毛球馆。听新同事给我介绍，这场馆兼具多种作用，运动会是赛场，开大会是会场，偶尔有什么培训任务，又成了训练场。充分体现了我局提倡的一岗多能。

此时是午休时间，我坐在空旷的球馆看台上，注视着场地中央三三两两的打球人，打开了我膝盖上的笔记本电脑的盖子。我其实很不喜欢在这种场合用电脑，但这种工作时间，我又找不到别的地方来约李凡尘。选来选去，只有这里相对安静一些，又不失公共场合的坦然。

李凡尘如约来了，在看台下面东张西望。我站起身来，喊了一声他的名字。

他踏上看台，来到我身边，挠着头说："不好意思，你穿制服我一时还真没认出来。"

"你没戴眼镜，我也差点没认出来。"

"哦，我上午抓人去了，抓人我一般都戴隐形眼镜。"

我指指放在隔壁座位上的他的背包。他把背包拎起来："谢谢，我还想过两天自己去取呢。"

他看着我，但很快又有点不好意思地把目光移到别处。

我说："没事，昨天我正好去东苑那边办事，顺便帮你拿回来了。你看看里面少没少东西。"

"不用看。"

随后他在我身边坐下来,把背包端正地抱在怀里,像个等家长接放学的孩子。我问他:"你吃饭了吗?"

"吃了。我们也在这个院吃。"

"昨天'大方牙'还好吧?"

"没大事,走了,他也不能怎么样,毕竟我手里有录像。"他有点自得地笑了笑。

"那咱们……今天聊聊许光?"我觉得差不多该进入正题了。

他变得稍稍严肃:"哦,行。你……知道他是怎么牺牲的吗?"

对于许光生前的事迹,我昨晚已经做了一些功课。案情其实并不复杂,二〇二一年八月十九日晚上九点半左右,许光在下班之后经过城南的同成街时,听到街边小巷子里传出一个女子的呼救声。许光闻声跑入小巷,发现一名男子正欲对一名女子施暴。许光上前与男子展开激烈搏斗,就在几乎将男子制伏之际,男子突然从裤腰里掏出一把匕首,直接捅入压在他上方的许光的腰间。

但即便腰腹中刀,许光也没有退却,而是狠狠压在歹徒身上。一只手钳制住歹徒,另一只手试图控制其握刀的手。歹徒在快要窒息之际,又往许光身上胡乱戳了两刀。随后歹徒失去意识,许光也瘫软在地。

半个小时后许光被警车送到医院,因为脾脏破裂导致失血过多,死在了手术台上。歹徒是当场死亡,两人可谓同归于尽。当时我看到这些资料时感慨,这和我爸当年的情况是何其相似啊。

我口述着,结合着电脑上我整理的资料让李凡尘核对,然后问他对不对、有没有什么缺漏。

李凡尘认真盯着电脑屏幕看着,眉头渐渐皱了起来。

球场中有人完成一个扣杀,兴奋地尖叫起来。李凡尘也终于回了神,嘴唇微微颤抖着说了句:"这个王八蛋!"

他眼睛中射出了罕见的杀气。几乎必然地,我脑子里浮现出了当年父亲与沈宝存在山间搏斗的景象。虽然我从来没有见过那个场面，但这些年，我凭着当年知道的有限的案情细节，无数次还原过事情的经过。荒山，深夜，孩童的啼哭与两个男人疯狂的嘶吼，总会像病毒一样时不时地侵入我的大脑。也正是那个改变我人生轨迹的夜晚，永远地教会了我什么叫爱、什么叫恨。

"是真的该死。死有余辜！"我字正腔圆，不假思索。

李凡尘扭脸看我，眼神有点复杂。我从里面看到了一些好奇，也看到了一些很诚恳的感动。

我们共同诅咒的这个害死许光的人，叫熊峰。李凡尘告诉我，此人不光作奸犯科这一次，之前他身上还背着一条人命。这也和庄妍告诉我的信息一致。

熊峰是附近十里八乡有名的混混头子，两年前还因为涉嫌故意杀人被刑事拘留，但在后续漫长的公诉过程中，因为证据不足，他被判无罪，于去年重获自由。

后来刑警们在熊峰尸体上还发现了一样证物。这样证物经过分析，是之前熊峰涉嫌的那起杀人案中的关键证据。当年法院之所以判他无罪，正是因为缺少了这样东西。

根据进一步调查，民警找到了案发现场附近的霜河地铁站的一名站务员，该站务员曾经在案发当晚九点二十分左右，看见熊峰下了地铁并尾随了一名跟他同一班地铁下车的女乘客。而经过核实，那位女乘客正是后来被他强奸未遂的被侵害人，二十六岁的女乘客艾如。

这和艾如后来对警方的陈述相符，也符合前年那起熊峰涉嫌的杀人案的作案方式。两起案件都是作案人在地铁车厢内就对受害人有猥亵行为，随后尾随受害人出站，进而在偏僻无人的地方对其进行进一步加害。

总而言之就是许光没有白白牺牲，首先他控制住了嫌疑人，同时也锁定了嫌疑人之前涉嫌的杀人案的关键证据。在早先的那起案件中，女被害人远没有这次的艾如幸运，她被熊峰跟踪和袭击后，以非常惨烈的方式死在了一处地铁工地里。

整理完这些材料，不期然地，我们两人都陷入了沉默。这种内容，很难给人带来轻松的气氛吧。

如果按照李凡尘宣讲稿的大纲，我随后应该问他一些和许光风雨同舟的过往，以及并肩战斗的典型案例。但却我下意识提出了这样一个问题："那个艾如，你见过吗？"

"我没见过她本人，只是听说过，因为案子不是咱们局承办的，而是耀安刑警队。同成街那边属于他们管辖。"

"这个人……"我思索着怎样措辞，"她是怎样的一个人？"

显然我的问题勾起了李凡尘的一些情绪。他沉着脸说："她……是一个很勇敢，却也很现实的人。"

"为什么这么说？"

他咬了咬嘴唇，似乎想不出该如何描述，后来干脆拿出手机，打开一款APP（应用程序），然后展示在我眼前："你平时看这个吗？"

我伸头看过去，那是一个视频平台，首页推荐都是一些UP主（在平台上传内容的人）自己拍摄制作的Vlog（视频博客）或者频道节目，粉丝们可以边观看边发弹幕进行互动。视频的内容包罗万象，有美食、数码、卡通、DIY和鬼畜很多种。

"这个平台叫作'Q站'，是现在非常火的一个全民视频网站，可以排在全部应用的前十名吧，里面有很多特别有人气的UP主。"

这个平台我非常熟悉，还偷偷在上面关注了很多帅哥UP主，很多都是更新日常换装的那种。不仅帅，还有露肉。想到这里，我脸一红，装作很排斥的样子挥挥手："哦，好像听说过，但是不怎么看，一直觉得没什么意思。"

李凡尘说着，点开其中一个UP主的页面，向我展示了一个可爱又端庄的女孩子头像。这个UP主的ID（身份识别）叫"红叶疯了"，粉丝一百多万。

果然是我太色了，这么有名的一个女性博主，我竟然丝毫不知情。况且这是什么鬼名字，竟然还能这么吸粉。

"她就是艾如。"

2

不得不说李凡尘还是有一些头脑和意识的，起码对于艾如此人，他早就抱有疑惑。经过他的调查，贵为"百大"UP 主的艾如，在 Q 站上为自己打造的是麻辣生存小妞的人设，制作的视频从早期的整蛊男朋友、吐槽病态房东、狠撑神经质老板，到中期的女性独居须知、女生求职雷区概览，再到最近很火的几条女性防骚扰、出行安全手册等内容，几乎都是围绕着女性权益开发出来的既幽默又实用的热门作品。她甚至还会做一些各国女性被侵害的典型案例的相关内容，提醒粉丝们快乐生活的同时，也要时刻保持警惕。

艾如长相靓丽，又有着很有风格和韵味的深沉嗓音，再加上其视频定位准确、观点犀利，长久以来收获了大量粉丝，每每更新作品总能以最快速度冲上热门。甚至在去年，她还荣登 Q 站跨年晚会，荣获了"全年十大火箭 UP 主"奖项。可谓一时风头无两，全网瞩目。

听完李凡尘头头是道的介绍，我咋舌，完全不知道该说什么。

"但你知道她最初是凭哪条视频火起来的吗？"李凡尘看着我。

我接过他的手机，试图从"红叶疯了"的作品库里寻找点击量最高的作品。李凡尘却把手机拿了回来，摇摇头道："别看了，那条作品已经删了，而且是刚刚删的。"

"那是什么呢？"

"就是熊峰两年前涉嫌的那起杀人案。"

"哦？"

"当时熊峰刚刚被判无罪释放，她就迅速根据网上所有能查到的案件资料，配合着一些新闻图片，给大家科普了那起案件的始末。我记得当时她是全网第一个以素人视角进行案件剖析的。她坚持认为，熊峰是真凶，只不过没有得到应有的制裁。那个视频当时热度很高，也成功地带了节奏，很多网友都抨击警方办案不力，没有让坏人得到惩罚，还不如一个视频博主有正义感。然后她就火了。"

李凡尘不屑地说着，也多少有些无奈。

我宽慰他："又不是第一天当警察了，难道还没习惯吗？"

他摇摇头："不一样，那起案子是我们办的，当时多艰辛、多困难，我历历在目啊，结果还是被各种质疑和攻击。"

我有点惊讶："是吗？当时人是在地铁里被杀的吗？"

"不是，是在一个新地铁站的施工工地里，也属于咱们公交分局管辖。"

"哦，原来是这样。好在现在证据找到了，案子能破了。"

"可是许光不在了。"李凡尘非常幽怨地说。

我这会儿才明白李凡尘刚才评价艾如"很现实"是什么意思。艾如作为一个标榜独立和倡导安全防范的女性，在评判别人的案件时，知道利用网络热点给自己炒人设、增人气，却在自己遭受同样的伤害并被民警解救后一言不发。即使许光为她献出了自己的生命，拥有强大传播力和号召力的她在网络上也毫无表示，实在是令人失望。

她唯一做的，就是删掉了曾经抨击警方办案不力的那期视频。不知是尚有一丝良知，还是心虚。

我再一次感到深深的愤怒和无力，同时也更加心疼许光以及侦破此案的所有同事，当然，也包括身边的李凡尘。

此时李凡尘倒显得有些释然："也可能是她觉得曝出来会有损于自己

的形象吧，我听说很多遭受猥亵的事主都是这种心态，即便警方抓到了嫌疑人，她们有的人也不愿意配合指认。承认这种事，对她们来说可能确实是又受到了一次伤害，而且日后难免会被别人议论指点，更何况是艾如这种名人。我也理解。"

没想到他还有这种格局。话说回来，不这么想，也确实总会憋着一股怨气。我只能点点头。

静默着看了一会儿场地里的人打球，我又想到一个问题："你说，这个熊峰被艾如曝出来后，好巧不巧又去侵犯了她，这会不会是故意的打击报复？"

"我觉得不太可能。根据当时我们调取的案发前的车厢监控录像以及他进入地铁前的社会面监控录像，虽然熊峰刚一进地铁站就关注到了正在站台等车的艾如，但艾如当时戴着口罩呢，挺严实的，熊峰应该认不出来。再说了，就算熊峰真知道她是那个网络上一有风吹草动就能带动节奏的大V（具有较高声望和影响力的人物），肯定也不敢对她下手啊。"

"那艾如呢？也没有认出他吗？"

"艾如更不认识他了。因为熊峰的真实身份从未被警方披露过，艾如本人也不清楚他全名叫什么、长什么样子，在她当时制作的视频里，也透露不出任何熊峰的资料。所以我们一致分析，两人当时应该谁都没有掌握对方的底。"

我在电脑上记了一些内容，觉得逻辑上似乎还有漏洞："那既然熊峰在地铁上就猥亵了艾如，以艾如的身份性格，为什么当时不报警？"

"艾如说，她也是第一次遇到这种事，而且当时地铁里人多拥挤，她最初并没有察觉熊峰对她进行猥亵，直到后来才有所感觉。而且她当时有急事，所以只想赶快下车，离开地铁这个环境，所以就没有第一时间报警。"

我的思路被打通了："明白了，这和之前熊峰做的那起杀人案很像啊，都是他先在地铁里猥亵女乘客，见对方不敢反抗，就下车跟踪，实施进一步的侵害。"

"是的。"

"真是无语了，明明因为这种事被抓过一次了，还不长记性？"

李凡尘很老练地说："猥亵这种事，成瘾的，我觉得可能算是一种心理上的扭曲吧。我跟一些这类的嫌疑人聊过，他们一到车厢那种密闭的环境就把持不住，必须整出点事来才罢休，就跟着了魔似的。再说了，熊峰上次都被判无罪了，他更是有恃无恐啊。"

我还是不能理解："车厢里那么多监控，他就不怕吗？"

"他们这种老油条，知道用人多拥挤来掩护自己，监控录像对他们来说形同虚设。"

我做了个惊恐的表情。李凡尘苦涩一笑。

我对着电脑屏幕看了看，又想起一个问题："对了，那个在熊峰尸体上发现的关键证物是什么啊？"

"一串佛珠。"

"佛珠？"

"嗯，不过这个说起来就话长了，需要全方位跟你讲一下熊峰做的第一起杀人案。"

我觉得第一次采访不急于聊得那样复杂，于是把话题又回到艾如身上："艾如事后配合警方的工作吗？"

"很配合。据说她当时吓坏了，后半夜才回过神来。其实现在想想，她除了没有在事后公开表示对许光和警方的感激，也没有什么不妥。感激这种事，也不是强求的吧。"

他自我安慰地说了这些，还是有些愤愤不平，"但是话说回来，她可是一直在网络上自我标榜的人啊，独立、清醒、有格局、有担当，这不都是她的人设吗？这回事情落到自己身上了，她反而保持起了沉默，真的是搞不懂。"

"客观地想，她可能也有自己的顾虑。当然也不是说我就认可她的顾虑。"

"什么顾虑？"他一脸认真地请教。

"可能还是舆论压力吧——她那么红的一个人，如果自曝自己就是受害人，还有民警因为搭救自己牺牲了，那么兴许会有人对她进行道德绑架。比如，说一些受害者有罪的话，或者强行让她补偿、捐助受害者家属等等。"我试着分析。

李凡尘有些意外地看向我："你讲得很有道理。我之前怎么没想到呢？你学过心理学？"

我也不知道他是恭维还是真的认可，反而不知道接下来怎么分析了。

"其实，应该去会会那个'红叶疯了'。"我提议。

"你是说线下和她见面？"

"是啊。我也想顺便采访一下她，丰富一下素材。如果她愿意的话。也许她的真实想法，不是咱们想的那样呢？"

"以调查案情的理由？咱们局可不是案件承办单位……"

"那就以私人身份呗。"

"那这怎么可能呀？人家是大V，是名人，你怎么能说见就见？"

"我有办法。"我想了想，眼珠一转，"跟我一起吗？"

李凡尘用手指着自己的下巴："我？好呀。"

3

想要和艾如这种所谓名人取得联系并不难。我一直是市局公安文联的在册记者，有记者证的那种，但凡和公安工作有关系的写作需要，我都可以亮明身份与对方接洽。不过以前我只用这种方式成功邀请过几个崤城当红的歌手和相声演员，像艾如这种成天在网上蹦跶的自媒体人，我还是第一次尝试。

我特意注册了一个Q站的小号，给"红叶疯了"发私信，表明了自己公安记者的身份。当然我没敢说是想采访关于熊峰案件的事，只是说自己一直以来特别认同她平日发布的安全防范的作品内容和价值观，所以想专门在市局公安报上给她做一期专访，希望能和她面对面进行一次深度交流。

可能是因为风格搭调，身份上又有权威性，一天之后我就收到了"红叶疯了"的回信。私信似乎不是她本人回复的，只说让我加一个微信详聊。我加了那个微信后，对方表示对我的提议很有兴趣，可以约个时间到"他们"的工作室参观，顺便进行采访。

自此我基本可以确定，艾如旗下有一个团队在经营她的账号。这也不稀奇，以现在自媒体市场的"内卷"局面，没有团队支撑也很难在业界立足。

我也不知道发私信的究竟是不是艾如本人，就约了一天之后的周六登门相见。因为周六、周日一般是自媒体人进行创作的时间，我和李凡尘也能够腾出工夫。

艾如的工作室在郊区一个叫云柔的地方。那里交通便利、风景怡人，当地很多人短期出游都会选择云柔。我和李凡尘都没有车，便相约一起坐直达那里的大巴车前往。

早上八点我和李凡尘在车站碰头，李凡尘穿了很休闲的夹克外套和白衬衫，我则穿了一件令自己看上去很有记者感觉的牛仔背带裙。在我的剧本里，李凡尘是我的摄影助手，所以我提到会给他配一部单反相机，李凡尘说他有相机，自己背来就行。

我在车站看着他那部小巧可爱又非常业余的微单相机，一时不知说什么好。艾如团队是媒体行业的老手，如果看到我们带了这么个蹩脚玩意儿搞采访，说不定会起疑心。

"哦，这个其实是许光的。出事以后，我一直没有机会把相机还给他家人。"李凡尘坐在座位上低着头抚摸着相机说。

"许光送你的？"我赶忙又多看了两眼这英雄遗物。

"不是……这其实是许光女朋友送给他的。"

"嗯？许光有女朋友？"我惊讶极了。但是细想，这也再正常不过。只不过我们之前从未聊到这个领域。

"嗯。后来我总和他们一起出去玩，每次都是我帮他们拍照、修图，相机也就一直放在我这里。"

老单身狗加工具人了。我暗暗发笑，不过看着他认真又略带无辜的表情，我又觉得他是个很好的人。

大巴车缓缓发动，车内的阳光开始波动。李凡尘眼睛看向车窗外的蓝天白云。如果没有一个月前的事，他现在估计还在履行着陪玩加摄影师的义务。尽管听起来有些掉价，但以他的性格和跟许光的交情，他也一定是乐在其中的。

我不禁有些好奇地问道："许光的女朋友，是做什么的呀？"

"她是一名会计，在我们毕业之前，就和许光认识了。"

李凡尘告诉我，许光的女朋友名叫丰凌，是个特别阳光活泼的女孩。他们的相识很有戏剧性，很像是冥冥之中命运的安排。

李凡尘清楚地记得，他和许光还在警校读大二的时候，警校在"五一"黄金周安排学生们到崎城市中心的万民广场执勤。万民广场是崎城最具代表性的地带，周围经典古建筑和现代高楼交相辉映，四周围绕着全城最繁华的商业街。所以但凡节假日，那里都人潮涌动，熙熙攘攘。

当时李凡尘和许光同在一个执勤点位。因为是第一次出来执勤，两人既兴奋又谨慎，笔管条直坚守岗位，多余的话都不敢说一句，生怕发生什么差池。

周围游人越来越多，李凡尘发现许光眼睛乱瞟。问他在干什么，许光说："我听说万民广场上扒手特别多，专找人多的地方下手。"

"不会吧，咱们在这儿站着，还有人敢下手？"

"那些人都是在这儿混了好些年的老炮儿，才不会把你放在眼里呢。"

正说着，从地下通道爬上来几个学生妹。几个学生妹看见许光，眼睛都眨来眨去回不过来神。许光属于典型的痞帅类型，单眼皮巴掌脸的他似乎自带一股勾人邪气，严肃时正气凛然，笑起来又显得挺坏。现在警服一穿，身材优势也体现出来了，很难不让人回头多看两眼。

之前还有一些女游客管他要手机号，但都被他一一拒绝。他曾经偷偷告诉过李凡尘：不是不想给，是外出执勤的头一天，队长私下里专门找他聊过，说知道他单身，但是外出执勤代表的是队伍和组织形象，一定要廉洁自律，让他别因为这个给队里生事……

我听了暗暗吃惊。这家伙受欢迎程度可见一斑。

结果队长千算万算，还是没能在这条路上堵死许光的桃花。当时丰凌就在那拨学生妹里面，只不过她没有直接管许光要电话，而是选择了一种很讨巧的方式跟他搭讪。

她把脖子上的相机摘下来，很事务性地拜托许光："警察哥哥你好，能帮我们拍一张合影吗？"

没想到许光说："不行。"

"就给我们照个相而已嘛。"

"那也不行，执勤呢。"许光严格贯彻队长的指令。

丰凌噘着小嘴，在一众小姐妹的揶揄下悻悻离去。

其实丰凌长得蛮漂亮的，就李凡尘的感觉，应该是许光喜欢的类型。他还挺替许光遗憾的，同时也惊讶于平时油腔滑调的许光能够如此守规矩。

没想到仅仅过了不到两分钟，他们不远处就出现了骚动。李凡尘和许光扭脸看去，发现广场上正有一群女孩子在追赶一个小伙子。女孩子们跑得一片混乱，还尖叫个不停："抢东西啦！"

他们定睛一看，才发现这些人正是刚才那拨学生妹。后来李凡尘才知道，丰凌为了在姐妹面前给自己圆场，特意又在别处找了另一位游客帮忙拍合影。没想到那个看起来是游客的小伙子，其实是个一直在四周伺机作案的扒手。这人也是个笨贼，溜达了一上午，愣是没有得手过，此时见姑娘把一只沉甸甸的相机主动交到自己手里说让帮忙拍照，于是本着贼不走空的执念，动起了歪心思。

贼举着相机，往后退，然后让姑娘们摆好各种姿势。

姑娘们说："茄子！"

贼说："哎呀，别停，还有人没照进去！"说着很体贴地向后倒。

"你们也再往后一点！哎对，一米半米的就行……"

姑娘们傻乎乎地倒退，贼一看水到渠成，扭身就跑。

许光见姑娘们大喊抢劫，二话没说就循着她们的指示去追那人，李凡尘紧随其后，很快就在跌跌撞撞中上气不接下气。

他们从广场跑到了商业街上，此时那贼渐渐体力不支，为了能够顺利逃脱，他先是扔掉了手中的相机，又当街抢劫了一位路人的自行车。许光在后面拾起相机时，那贼已经翻身上车，在路人的怒骂和惊恐中，宛如一只乘风破浪的老海龟，吭哧吭哧渐行渐远。

许光回头转身，把脱下的制服外套和相机一齐抛给身后的李凡尘，又锲而不舍地向前追去。

李凡尘当时其实纠结极了。一方面他觉得人追不上车，跑来跑去也是徒劳；另一方面相机已经追回来了，结局已经很喜人了，见好就收呗。

没想到许光最后还真在商业街后面的胡同里把贼按住了。李凡尘赶到时，两人都躺在地上大汗淋漓、气喘如牛。自行车倒在一边，辘轳还骨碌骨碌转着，跟哭诉着什么倒霉经历似的。

李凡尘钦佩极了，问："你是怎么追上自行车的？"

许光说："你没听见当时那车主骂了句'妈的辘轳没气你还抢'？"

李凡尘和许光都笑得直不起腰，贼在旁边痛心疾首，一脸死相。

他们和后赶到的队长一起，把贼押到派出所处理，姑娘们随后也过去配合调查。丰凌朝着许光千恩万谢，然后一检查相机傻眼了：镜头被贼给摔裂了。

丰凌要去讯问室找贼拼命，被许光拦住。她气呼呼地捶许光："都是你，你当时要是帮我照了相，我何至于找他？"

许光一想这话也没毛病，这一切都是从最初他那个拒绝开始的。虽然现在人抓住了，但也于事无补啊。于是他只能本着友好解决的态度，跟姑娘提议："你把相机给我，我去找人给你修修呗。"

姑娘说："扣押了，民警说还要拿去作价呢。要不你请我吃饭吧。"

许光眼珠一转，看向旁边的李凡尘："走，一起啊。"

许光和丰凌就这样渐渐好上了。而李凡尘也拿到了一张吃"狗粮"的长期饭票。其实最初他也不喜欢总当电灯泡，于是许光就惦记让姐妹众多的丰凌也给李凡尘介绍一个女朋友。李凡尘一开始还挺神往的，但先后和丰凌介绍的两个女孩短暂相处过之后都没了下文，慢慢变得没自信了，甚至一度到了谈情色变的程度。许光觉得这事自己多多少少有责任，为了避免他落单寂寞，和丰凌一起玩乐时便总拉他同往。

后来慢慢地，李凡尘也就习惯了，或者说认命了。节假日与其宅在家，还不如跟着他们天南海北地疯玩，也算是消磨一下闲暇时光，学学恋爱之道。而许光和丰凌也从不介意二人世界被打扰，除了偶尔在李凡尘面前秀秀恩爱，对他都非常关照。

不得不说，这一段太甜了，我逐渐对许光和丰凌的故事有兴趣了。看着李凡尘满脸享受地回忆那段学生岁月，能感受到那时他是真的开心快乐，至少绝对不会像现在一样，时时刻刻都活在别人的质疑和否定中。

我还想，到底是怎样优秀的女孩子，能够入许光的眼呢？我倒真想见一见那个丰凌。只不过许光刚刚离世，我现在提出这种要求好像不太妥当。

4

我们正聊着，大巴车到站了。我们按照艾如给的地址，打了一辆网约车，来到了一个挺有规模的小区前。这个小区都是大户型，而且是商住两用住宅，很适合改造成工作室。艾如的团队就在这里运营。

进了小区，我们乘坐电梯来到艾如工作室门口，敲门后我能感到猫眼后面明明有人在观察我们，但等了半天就是没人开门。

门终于被打开，一个长发的小姑娘朝我眨眼睛。我自报家门，小姑娘推推鼻梁上的眼镜，不好意思地说："真抱歉，这阵子有个快递员太讨厌了，我们跟他发生了点冲突，他扬言要曝光我们，我们这儿防着他呢。"

我和李凡尘尴尬地笑笑，顺着门缝进屋。

工作室是个南北通透的四居室，有会议室、化妆间，还有两间演播室。此时正在化妆的艾如穿着拖鞋跑出来，非常亲热地跟我打招呼。她穿着很修身的针织衫和牛仔裤，双手戴着薄纱手套。这时我才想起来，她好像每条视频里都戴着手套，尤其是在讲述刑侦案件时，为了营造悬疑的气氛，总要搭配这种道具。但是我没想到她日常生活中也是如此，不知是出于什么原因。

老实说，艾如本人看上去比视频里还美，或者说，她比视频里显得还要清瘦、纤细。这种人骨架就小，吃成个大胖子脸蛋也是袖珍的。不像我，哪怕是睡前多喝几口水，第二天早上脸就跟发酵了一样硕大无比。

艾如看上去并不像是曾经经受了多么悲惨的事情的样子，只是精气神虽然足，却也难掩疲态，好像觉没睡够似的。她把我们引入刚才她在化妆的房间，一边补妆一边接受我所谓采访。

化妆间应该是个小次卧改的，不大，却很亮堂。艾如坐在镜子前自己化妆，把一层一层的化妆品往脸上扑，发出啪啪的响声。她的两个助理，一个短发一个长发，主要负责她的视频策划工作，此时正见缝插针地和她对文案。

"我们只是个小作坊，没想到会有你们这种官方媒体关注，真是荣幸啊。"艾如涂着口红，嘟嘟嘴说。第一次身临其境地听到她标志性的深沉嗓音，感觉有种很风情的性感。

"因为你名气太大了，在首页上想刷不到都难。"我看了看李凡尘，和艾如互吹起来。

艾如咯咯笑着，两个助手也朝我们投来友爱的目光。

随后长发的助手给我递过来一款卡通造型的蓝牙音箱，欢快地告诉我这是之前她们接一个推广时，"甲方爸爸"白送的赠品，现在送给我了，就当交个朋友。

"哎呀！好萌好可爱呢！"为了体现出是同道中人，我故意捏着嗓子装起了可爱。李凡尘在一边可能有点受不了，但还是忍住了。

"坐！坐！别那么客气。"

随后艾如继续化妆，同时回答着我一些象征性的提问。比如，做安全防范视频的初心，关于防范与打击犯罪的重要的观点，以及对于当下互联网大环境的思考，等等。这些问题都是我头天晚上从网上胡乱搜索出来的，没想到看到结尾才发现是某家媒体曾经用来采访反诈专家的。

好在艾如并没有太在意，仍然认真思索着我的问题，然后给出一些听起来三观很正又格外年轻化的回答。看得出来，混迹互联网的老手，思维和口才也已经经历了万般洗礼，让你挑不出什么毛病。

可能是我不会装，所以尽管屋子里温度很高，我身上却一点也感觉不到热。面前这个女孩就是许光救下的幸存者，许光此时已经灰飞烟灭，而她却一如往昔地坐在温暖的房间里，涂红唇、做头发，打理着蒸蒸日上的

051

事业。渐渐地，她华丽的背影在我面前越发刺眼，说出的话也越发像AI一样，成了一串串毫无感情的旁白。

香水味蔓延，我打了一个喷嚏。李凡尘贴心地为我找出一片纸巾。

随后艾如站起身来，跟我说："走，去演播室，带你们看看我录节目。"

"是录一整期吗？"我联想到可能还会耗上几个小时，有点不知所措，什么时候才能聊到许光的话题呢？

"不会啦，就是一个补拍。"

我们来到另一个房间。房间里挂着绿幕，绿幕对面摆着各种补光灯，灯光共同照着绿幕前一张宽大而精致的写字桌。桌上摆着烘托悬疑氛围的老式电话机和放大镜等道具。平时艾如就是坐在这张桌子后，对一些经典案例或者时事新闻侃侃而谈。这期她准备更新的节目讲的是一个美国女孩自驾游，结果莫名失踪的案件。根据她搜集的资料，她认为女孩大概率是遭到了不法分子的侵害，死在了旅行途中。本来节目已经录好了，但她认为结尾还要升华一下主题，重点讲述一下女孩家人在其失踪后四处奔走寻找至亲的感人历程，凸显生命的可贵，以及亲情的厚重。

用她的话说，这叫泪点。

我和李凡尘在摄像机后面坐下，看她开始表演。

"阿曼达失踪后的整整七年，她的父亲、母亲和外公从未放弃对她的寻找。因为案件始终停滞不前，她的父母甚至起诉了当地警局，并且要到了关于案件调查所有的资料。他们要凭借自己有限的力量，为女儿，为真相，去做一份努力。我们永远不知道在世间行走的时光会在什么时候戛然而止，但即使我们消失在了人们的视野中，我们的家人、朋友，以及所有关心我们的陌生人也会为寻找我们付出各种努力。他们的牵挂，让我们以另一种方式存在于这个世界，所以我们根本无须畏惧暂别甚至死亡。"

讲到这里，艾如眉头微蹙，目光如炬："我们最应畏惧的，应该是被遗忘。"

这文案没毛病。我爸当年救下的男童，想必今年也该上大学了吧？在他的脑海中,会有我爸的一席之地吗?我不奢求他能把我爸当成自己的再生父母,只求他像文案中说的一样,能够对我爸抱有一丝丝的记忆就可以。虽然献出生命与让人记住,是个并不对等的命题,但如果前者是历史的必然,后者也应该是深深为其所系的,至少是一种很人文的因果关系吧。

只不过如今这种话从艾如口中说出,是不是很具有讽刺感呢?

艾如还坐在上面夸夸其谈,我感觉身边的李凡尘已经慢慢垂下了头。我开始觉得,根本不应该带他来,甚至我自己也不该来。我来干什么?听着这个虚伪的女人强行制造代入感,输出一些完全不属于自己的价值观?她理解自己在说什么吗?如果她能理解,她就绝对不应是现在这种状态,至少私下里不是。

补拍完毕,艾如并没有离开桌子,而是用平板电脑回看刚才的录制效果。同时她也问我:"效果怎么样?咱们聊聊题外话,你们给我们节目提提意见呗,反正也是朋友了,就别老说那些官话了。"

我想了想,说:"如果非要提意见的话,我就是感觉你每次讲的都是国外的案件,下次不如说一些国内的案件。"

"国内的?"艾如双击屏幕暂停了视频,"国内的案件有的不让说,很多案件都没有公开。我如果上来就一顿分析,那就是带节奏,会给警方破案带来困扰的,我也不想给自己找麻烦。"

"据我所知,你也不是没发过国内的案例分析。"我端坐在塑料椅上,冲着灯光聚焦下的艾如发问。这个架势,倒有点像是开记者会。

"是的,是发过,不过我已经删了。"

"为什么删呢?"

"就是刚才跟你说的那个原因啊!"她若无其事地站起身来,在助理的帮助下摘掉话筒,舒展了一会儿身体,面带一丝笑意看向我。"哦,还有,老视频,不涨粉了,留着也没用。"

此时李凡尘忽然开口:"那你刚才说的,'我们最应畏惧的,应该是被遗忘'，你也害怕这个吗？你怕有朝一日别人忘了你吗？网红，恐怕比任何人都畏惧'遗忘'这个词吧？"

两个小助理感觉画风变了，一时无措地看着我们。

"当然，我也害怕别人忘了我。不过，说实在的，那一天总会来的。每个人都会有那一天，这是事实，也是天命。咱们节目是节目，聊天是聊天。如果私下里，我还跟你们扯什么大爱长存之类的话，那你们也会觉得我这个人很浮夸，对不对？"艾如丝毫不乱。

李凡尘反问："所以你在节目里说的，其实并不是你的真实观点？"

"人设而已。哦，这个不要写在报道里啊。"

我真想直接问她关于被许光解救的事。不过她已经把天聊到这份儿上了，到时候等着我的，也一定是她自以为是的强词夺理。若论自身的优点，这类靠团队包装出来的人可能什么都是虚的。但有一点毋庸置疑，那就是脸皮厚。

李凡尘可能跟我想的一样。他起身，走出房间。看来他已经放弃了。

我也站起来，甘拜下风的同时，也尽量心平气和地对艾如说："谢谢。时间差不多了，我们也该告辞了。"

随后我走出房间，追上了已经走到玄关处的李凡尘。

"怎么，不再多聊几句了？看来你们跟许光也不是实打实的交情啊。"身后传来艾如的声音。

我和李凡尘双双回过头。我脱口而出："你知道我们是来干什么的？"

艾如走在几人的最前面，面不改色心不跳："'八一九'案刚刚过去一个月，就有公安记者来采访我，你真当我是足不出户、两眼一抹黑的那种人吗？你们也太心急了吧！如果是我，我会先等这件事的热度过去，然后再来这么搞。这样一是能让对方放松警惕，二是能赚到两波热度，流量翻倍。"

艾如看着我们，做了一个剪刀手的手势。

"在你眼里，只有热度和流量吗？"我说。

"不，我关注的不是这个。我关注的是'变现'。不能'变现'的流量要来何用？我是挣钱吃饭的，不是搞公益做慈善的，更不是什么官方宣传口径。所以什么吸粉来钱我做什么。在我们这行，这叫'恰饭'。"

"所以哪怕有人为了救你付出了生命的代价，你也毫不领情吗？"

"我有说我不领情吗？你这是典型的诛心论。"

"那你……"

"你觉得我应该怎么做呢？发视频感恩戴德？做一期分好几集的专题节目来弘扬正能量？还是细致剖析一下我被那个混蛋侵害的全过程，然后告诉网民们以我为戒，不要引火烧身？"

我感觉身边李凡尘的呼吸都紊乱了，想必他已经愤怒了。

我深深吸气控制情绪，同时拍了拍李凡尘的胳膊，让他保持镇定。在这种人面前，千万不能出格，否则她一定会在全网哭诉我们道德绑架她。

我把她之前送我的音箱放在门口的低柜上："我对你无话可说。"

艾如露出漫不经心的冷笑："我也对你无话可说。你根本不懂我们这一行，更不懂网络。"

李凡尘一刻也待不下去了，拧开门把手，准备走出去。我紧随其后。

"站住。"艾如在我们身后冷冷命令。

第四章
恩情

1

艾如对我们说:"既然要走,那也要看完一样东西再走。"

我们问她是何物,她耷拉着眼皮说:"看就知道了。"

我们也不知道她是故弄玄虚还是想搞什么事情,一时皆不想再回去。艾如朝助理使了个眼色,随后助理小跑回了房间,取出来一只小盒子一样的东西。艾如接过那东西并给我们展示,是一台小型的投影机。

"是一段影片。"

也许是和案情有关的内容?我朝李凡尘使眼色。李凡尘见我有兴趣,便点点头,和我一起跟着艾如等人重新回到工作室。这期间李凡尘一直紧紧跟在我的身后,像一个沉默而警觉的保镖。

我们坐进艾如的会议室里,看着她们拉好窗帘,调试设备。一切准备就绪,艾如让两个小助理离开会议室。

屋里只剩下我们三个人。艾如用遥控器开启了投影仪,前方的白板上出现了一段影片画面。

画面里,只有艾如自己。但是此时的艾如和大家印象里的不同,似乎是素颜,精神状态也非常不好。她脑门右侧贴了一只创口贴,以往精心打理的头发此时只梳了简单的马尾辫,眼袋也很肿胀,仿佛刚刚大哭一场。

画面的背景是刚才那间演播室。但是很奇怪,墙上的绿幕并没有做任何抠图处理,灯光打得也非常单一,以至于把她的面庞照得苍白极了。这让我猜测，艾如在录制这段视频时，身边可能并没有助理在场。

随后画面里的艾如开始说话。

"大家好，我是你们的老朋友'红叶疯了'。很抱歉，这周断更了……"

我和李凡尘看了一眼坐在我们对面的艾如，不知她葫芦里卖的什么药。现实中的艾如并没有什么反应，随后视频里的她又继续说道："因为前天在我身上，发生了一件事，这件事，可以说是我这辈子经历的最大的事情，算是劫难，也算是重生；算是不幸，也算是……万幸。"

艾如这段自白的语速明显比平日里录制视频时要慢，措辞也多有斟酌。看来这是一段没有文案的即兴发挥。

我隐隐猜到了什么，扭头看看李凡尘，他正皱着眉头，一丝不苟地盯着视频画面。

"所以今天我不准备跟大家聊什么段子，也不想讲什么经典案例，我想跟大家说说我刚刚经历的事情。就在前天晚上，我在回家的途中，被人侵犯了，差点丧命。"

说到这里，艾如有些哽咽。

"二〇二一年八月十九日晚上，我在本市乘坐地铁回家。下了地铁后我走到地铁站外的一条空无一人的小巷子时，忽然感觉有人跟踪我。我回头一看，发现是一名形迹很可疑的男子，正在快速地靠近我。当时我的反应已经慢了半拍，在我意识到应该逃跑时，那个男人已经紧紧地抓住了我的胳膊。我尖叫了一声，那人就用脚踹了我的腿，我一下就跪在了地上，头部撞在了面前的砖墙上。"

不得不说，这些细节是我目前掌握的所有案件素材里没有的内容。没想到能够如此近距离地接触这个案件的核心内幕，我的心脏开始不受控制地猛烈跳动起来。

"然后我吓死了，你们知道那种极致的恐惧吗？"视频里艾如的眼泪喷涌而出，"没有经历过的人，包括我自己，根本想象不到那种恐惧，就好像什么尊严、身份、地位、权利，瞬间都离自己远去了，只剩下一条和动物无异的性命。而且这条命最后究竟属不属于我，我也根本无法控制。太可怕了。

"我被那人扯着头发、按着头，脸紧紧贴在墙上，双腿跪着，右胳膊也被他狠狠地按在身后。虽然我的左胳膊能活动，但当时我整个人是麻木的，根本不知道该怎么做。我试着挥舞了一下左臂，我的头就被他向后扯了一把，然后再一次狠狠地撞在墙上。"

我的眼前出现了当时的画面，黑夜中一个男人面朝墙，凶狠地摆布着一个跪姿女子的场景。的确可怕，而且这还只是刚刚开始。艾如接下来要面对的，可能是连施暴者自己都不可控的兽行。不难想象当时她心中是怎样的恐慌和绝望。

视频里艾如擦了擦眼泪，继续说："我当时根本不知道对方要干什么，是要抢劫，还是要侵犯我。我甚至不知道他是不是一个正常人，有没有同伙、有没有武器。在那种状态下，虽然我的大脑里充满了疑问，却根本无法处理这些信息，我脑子里只有一个声音，就是，活下去，活下去！保命要紧。"

我看看坐在我对面的艾如，她也在看视频。不过从她面无表情的神态来看，她已经不是第一次回看这些内容了。劫后余生给她带来的，除了庆幸和后怕，剩下的就是麻木了吧。

视频里艾如边哭边说："所以我当时仍旧是大喊大叫。我心想，哪怕对方把我按在墙上撞死，我也要喊出来，我要喊来路人，哪怕没有人肯来帮我、解救我，我也要让这个人害怕！只有这样能救我一命！

"我越喊，那个人越使劲地扯我头发，我想站起来，那人就踩住我的小腿，让我动弹不得。后来我使劲挣扎，在即将站起来的一瞬间，那人一下子扑到了我的身上，把我扑到地上。然后他翻过我的身子，开始抽我耳光。这时我才看清那个人的样子……那个面孔……"

尽管艾如一直在擦眼泪，但脸上仍布满泪痕。说到这里时，她卡顿住，面露惊恐，并且半晌找不到词来形容。

"那个禽兽的面孔……我一辈子都忘不了。"

我看见现实中不远处的艾如深深吸了口气。显然自己当时的这句话再一次击中了她。一辈子，对个体生命来说，就是永远。

"我只能反抗，我抓他，我挠他，但都无济于事。就在我无比绝望的时候，那个歹徒忽然离开了我的身体。等我有机会松口气时，我发现有人在不远处和他搏斗在了一起。是有人来救我了！我看不清那人的样貌，但我可以肯定的是，那是个年轻男人，是被我的呼救声吸引过来的。他们打得很激烈，也很混乱，因为周围环境太暗了，以至于我一度都分不出来谁是谁了。"

艾如接着说，她当时太紧张也太慌乱了，再加上头痛欲裂、双腿受伤，根本无法直立行走，甚至连一句整话都喊不出来。她想过去帮忙，却发现自己寸步难移。她想报警，却发现自己手指颤抖得都无法给手机解锁。甚至到最后，她的手机竟然因为多次输错密码而自动锁住了。

身边两个男人的决斗愈演愈烈，他们在地上翻滚、扭打，场面难解难分。艾如心惊肉跳地瘫坐在一旁却帮不上忙，只能继续大声呼救。

随后她发现一直搏斗的两个男人似乎都定住了。随着他们动作的停止，周围的时间好像都凝结了。本就没有路灯的巷子里，阴影与昏暗互相渗透，织成了一张黑暗的大网，蔓延出一股令人窒息的未知的恐怖。在这种空前的恐慌下，艾如不晓得发生了什么，她甚至觉得自己突发了夜盲症，明明双眼睁大，却看不见近在咫尺的两个男人的现状。

随后她听见了两声微弱的呻吟。那种呻吟不像是一般的表达，更像是一种不由自主的神经反应。

随后一个人倒了下去，另一个人也不再动弹。

"血，我看见了血。最初我不知道那是血，因为那只是一片逐渐变大的黑色物质，像是什么东西的影子，但我却能感到那团物质有温度。后来我才知道，那个歹徒在被压制得无力反抗之际，从裤腰里掏出了一把刀，捅在了另一个人的肚子里。"

听到这里，我看见身边的李凡尘的身子明显震动了一下。

"是救我的那个人，他中刀了。他躺在血里，面朝上，表情并没有多痛苦，但是呼吸显得特别困难，脖子上的动脉跳动得很厉害。我想他当时一定很疼。

"一开始我看见他还有意识，眼睛还在眨着，我就爬过去问他怎么样，问他叫什么，家里电话……但是，他却还问我有事没事，受伤没有，但是后来，他就闭上了眼睛。"

艾如说，她随后报了警，不久之后她看见巷子入口处跑进来两个警察。

"那个救我的人被抬上了警车，但直到他上了车，眼睛也没有睁开过。"

艾如说到这里，泣不成声。我大脑早已一片空白，眼泪止不住地往下流。扭头看李凡尘，他嘴唇颤抖、面色如纸，朝艾如说了一句："把视频关掉。"

艾如一时没有照做，而是把目光投向我。此时的李凡尘忽然青筋暴起，捶着桌子朝艾如大声吼叫："我让你关了！"

艾如赶紧用遥控器关掉视频。我惊魂未定，刚想跟李凡尘说一些安慰的话，就见他猛然起身，冲出屋子。

两个小助理不知道出了什么岔子，全跑进屋来查看情况。艾如伸手捻了桌上纸巾盒里的一张纸巾，微微擦拭双眼，又不忘伸手递给我一张。随后她收拾好面容和情绪，用比之前轻柔的声音对我说："对不起，给你造成了困扰。我录这个视频的时候，没想过会不会让人觉得不安，我只是把事实和心情都一股脑地讲了出来，因为如果不说，我觉得我会憋死。"

我抿着嘴想了想，问道："你是想把它做成一期节目？"

长发的助理替她答道："是的。这是如姐在刑警队配合做完笔录之后录的，当时我们都不在她身边。后来我们看完这个视频，都哭了，因为我们知道那个救她的人是个路过的警察，已经牺牲了。"

艾如看着我，手里叠叠放放地摆弄着刚才擦眼泪的纸巾，说道："你说我为什么选择遗忘。你觉得遗忘对一个有着这种经历的人来说是个容易事吗？"

我一时搞不明白她要表达什么意思。

"你知不知道，如果我保持沉默，这件事的主角就只有许光。而如果我选择率先把这件事曝出来，那么全网、全社会的目光，就会集中到我的身上。网民们追热点是看事件标签的，如果大家知道这件事的受害者是自带流量的我，那么在传播过程中，这件事自动生成的关键词就会是'网红''女主播''UP主''大V'等等，大家会无限挖掘事件中我的身份与角色，探讨、扒皮、争执和站队。大家会讨论作为倡导维护女性权益的我是如何沦为这类事件的受害者的，评价我在被侵害中反抗和自救的方式，甚至质疑是不是我作为网红穿着暴露招摇而引火上身。有人会赞赏我的勇敢，疯狂地给我点赞和投币；有人会嘲笑我人设崩了，在评论里刷无数句冷嘲热讽。总之，吃瓜群众只会把目光聚焦在能够引爆话题的东西上，因为只有这些东西，是最容易带动网民互动的。"

说到这里，艾如自嘲地摇摇头："我无所谓，再多的争议和骂名我都担得起。从事自媒体这么长时间，我黑粉多得能天天刷爆我的私信，里面'问候'我家人的，诅咒我早死的，我都是当笑话看，我死猪不怕开水烫。但是……"

说到这里，她的眼里迸发出一丝严肃："但是，不管我是挨骂也好，受褒奖也罢，我都会是这件事最鲜明的代表，是独一无二的主角。可是许光呢？他只能作为配角出现，只能是大家眼中一个尽职尽责、不幸牺牲的警察好人而已。他，一个普通民警，必然不会是如今网络大潮中引导流量的急先锋，所以这对他公平吗？"

听到这里，我完全明白了艾如的意思。我甚至下意识地随着她铿锵有力的节奏点了点头。

"所以我选择沉默。我要隐藏作为受害者的我的身份，这样等这件事不管是以官方口径还是新闻媒体真正向社会传播时，大家只会知道一个警察舍生取义救了一个普通女孩。那么这起事件的主角，只会是许光。大家就会一致地敬仰他、钦佩他，不会因为一些特殊因素，去没完没了地探讨一些这件事衍生出来的题外话。那样对他太不尊重，也不公平。"

艾如说着，仿佛也触动了自己心中某根绷了很久的神经，脸上露出了些许的激动和决然："我和我的团队推演过，我录的这个视频一旦发布，以我的粉丝基数和平台推荐强度，播放量十二个小时内必破百万，粉丝转化率也能达到惊人的百分之八以上。但是我还是决定不发布，我不能和英雄争风头、抢流量。"

艾如一席话说完了，我却无话可说。不得不说，她条理清晰、层层深入的分析令我认同、折服。虽然这些道理完全在我的意料之外，但是现在想想，却也着实处于情理之中。之前我和李凡尘认为她冷漠、无情、双标，没想到正是因为她想到了我们所想，又额外顾虑到了很多我们没有顾虑到的情况，才做出了这种反应。表面上看是薄情寡义，实际上是深明大义。

看来我们还是唐突了。所以平日里自认为有理走遍天下的我，此时却像一只慢慢放气的气球，虽然还能在椅子上保持端正，却已经颓然无势。

"所以这就是我说你完全不懂网络的原因。"

艾如说完这句话，头也不回地离开了座位。

2

令我感到意外的是，李凡尘并没有在艾如的工作室外等我。无论发微信还是打电话他都没有反应，看来是受到了刺激，选择了暂时逃避。我只能自己乘坐大巴车返回市内。

这件事我也有责任。从一开始我似乎就忽视了什么东西，比如李凡尘对许光的感情，以及他对于许光牺牲一事的情绪，等等。尽管他不是许光的至亲，但许光的死对他来说仍然有着巨大的伤害。他的内心也需要一定程度的重建，而不是上来就大张旗鼓地回溯和重现那些伤心过往。这就好比地震把房子震塌了，那么当下要做的就是重整家园，而不是继续破土挖洞，寻找那个你根本左右不了的震源。

那些悲伤的源头可能就像震源一样永远不会消失，我们唯一能做的，就是接受与面对，用时间来抹平。

我没有再联系李凡尘。

那几天我没有李凡尘的任何消息，直到有一天我到市局办事，中午在市局食堂吃饭时，碰见了大名鼎鼎的关副局长。关副局长当时端着盘子，忽然走到了正在食堂一隅吸溜面条的我的身旁。最初我并没有发觉他的到来，直到身边的人都齐刷刷地看我，我才赶紧抽出纸巾擦了擦嘴，腾地从座位上站起来。

关谨天很随意地笑着说让我坐下，然后又坐在了我对面。领导们在食堂都有固定落座区域，所以他的这一举动实属罕见，也足够令人侧目。

"怎么样，在新单位还适应吗？环境、工作什么的。"他一边很随意地往嘴里送着菜一边问我。

"挺好的。"我停止进食，专注回答问题。老实讲，我不太喜欢毫无伏笔、突如其来的关心。

"那个许光的事情，理清楚了吗？我上午开会，听说许光的事迹已经陆陆续续由各大媒体报道了，群众的反应都很热烈。"

他说得没错，这两天"八一九"一案已经逐渐向社会披露。微博上创建了专门的话题，很多新闻平台上也开设了相关专栏，以便向公众逐渐展现事件进程。许光勇斗歹徒不幸牺牲一事点燃了很多读者心中的正义感，大家在网上为他留言、献花甚至众筹，一时间各种悼念活动层出不穷，一眼望去，满屏都是人民群众的称赞。艾如说得没错，自信息公开以来，许光的形象光辉伟大，整个事件也清晰透明，丝毫没有受到其他因素的影响。

没有人把注意力放在与之无关的事情上面。许光，他是当之无愧的英雄。

"我知道，最近我也看了新闻。"我回答道。

"家里怎么样？"

"挺好的。"

"听说你们搬家了，住得还习惯吗？"

我爸那件事过去两年，我们就搬离了原来的住处。以前那幢房子是公安局的公租房，虽然单位允许我们母女三人继续住下去，但我妈一方面觉得睹物思人难以面对，一方面需要照顾我备受打击的奶奶，便决定带着我和妹妹搬到老房子与我奶奶同住。几年之后我考上警校，常年离家，妹妹烁星在当地上了护校，后来成了镇上医院的护士，至今还和她们住在一起。我妈曾说过，让烁星上护校是她的主意，她和奶奶都老了，总是缺乏安全感，家里没有男人，那就培养个多少能够料理病患的女人吧。反正自从我当了警察，她对我也没什么指望了。她只求我安安稳稳地活着，别让她们再当一回遗属就好。

我当时听了心里还很不忿，总觉得自己被她说得有几分苟活的意味。那些年我连梦寐以求的刑警的边都够不上呢，就是排队牺牲也轮不到我好吧。所以那阵子我一面找各种机会进刑警队，一面打电话给她吹风："你闺女命硬着呢，谁敢跟我叫板我就克死谁。"

我妈还会时不时地劝我："执行任务领导让你上，你能上就上，不能就提出来，一个女孩子千万别硬扛，别逞能！"

现在想想，估计她指的就是关谨天。我爸去世后，关谨天仕途发达，一路高升，与我们失联许久。不知道我妈偶然想起这个人，会不会耿耿于怀呢？

现在这个人就坐在我对面从容地进食,并且表现出一副关切的模样。此时我很难将我爸的事从心里剥离出来,做出一副毫不在意的表情。我早就说过,我不会装,装对我来说就是考验我拙劣的演技,别人还不一定能识破的时候,我自己就已经脸酸得想找地缝了。

所以鬼使神差地,我回了关谨天一句:"您这么忙,还有工夫关照我们,真是费心了。"

虽然我直言快语,但心里还是很虚的。毕竟是大领导,万一气头上来,饭盘子一摔,当众发飙也够我喝一壶的。

他却笑了:"你奶奶的腰好些了没有?"

我一时失语。我奶奶腰确实抻了,就在前一阵。夏天的时候,老太太闲不住,非要跑到邻村去摘野杏,说是再不摘就让别人摘光了,那架势跟超市打折赶着抄底似的,搬着一个小马扎就抢占高地去了。她在树下够了一下午的杏,收获颇丰,腰也抻得直不起来,第二天起床都费劲。后来还是烁星托关系找了中医专家,给她调理许久才慢慢见好。

这事他是怎么知道的?

"呃,好多了。"

我刚想问他从哪里得到的消息,他却又换了一个话题:"报告会那件事,既然要搞,就好好搞。你知道做宣传最重要的是什么吗?"

我脑子有些乱,摇摇头。

"不是喊口号,不是煽情,更不是应付政治任务。"说到这里,他放下筷子,非常认真地看着我,"而是还原事实。"

他黝黑的面容此时看上去有点深奥,两鬓间的白发还把这种深奥衬托得很有层次。

"我牵头做事情,无论做什么,都要讲一个字:'真'。我需要一个真实的许光形象,他的过人之处与欠缺之处,你都要涉猎,都要客观还原。"

很大的主题,价值观正确通透,不容辩驳。我点头。

关谨天看了一眼手机，对我说："我从来没觉得你做不来这件事。但你要记住，这个世界上没有完美的英雄，他们令我们感动的前提是，他们的本质和我们一样，都是普通人，所以不要神化他们。"

说完他就端着饭盘走了。

什么意思啊？没头没尾的。我也没说要神化许光啊，这又不是写修仙小说，主角都是天选之子，背负着拯救苍生的神圣使命，无论身陷多么严重的危险境地总能置之死地而后生。这最后一点就和许光严重不符啊，他的逻辑是不是有点奇怪？

不过话说回来，大人物讲话好像都是这种风格。先扣个大帽子，然后虚无缥缈地讲一通，还没等你回过味来，他就拍拍屁股走人了。

我看着面前已经坨了的面条，正犹豫着要不要继续吃，面前又坐下一个人。看来我面前的这个座位很抢手。

我很吃惊地看着庄妍："主任，您也来市局了？"

庄妍似乎已经在我周围猫了好久了。她把一个盛着米饭和排骨的盘子摆好，先随便应付了句来开会，然后挑着两根勾画细致的眉毛小声问我："哎，你跟关局到底是什么关系啊？"

我决定先凑合着解决那半碗剩面条，边用筷子搅拌边说："他以前是我爸的领导。"

"哦，这样啊……"

"嗯。"

随后我专注吃面，大口咀嚼，做出一副享受美食、无暇闲聊的样子。

庄妍也埋头吃了两口，又想起什么，抬脸问我："对了，宣讲稿写得怎么样了？"

"啊，挺好的，我去采访那个受害者了。"

"艾如？那个网红？"庄妍意外极了，"你联系上她了？"

"是啊。"

"她配合了？"

"还好吧。"我使劲吸溜面条。

她伸出胳膊使劲拍了我一把,我看见鼻子底下的面条一颤。"行啊你!很有心啊!我就知道我没有找错人!她怎么说的?"

"就是聊了聊案发经过,她挺感谢许光的,不过……"我一时没有想好怎么描述后续乱糟糟的结果,"她当时也挺混乱的,好多事记不清了。"

"没事没事,到时候把她这个态度写进去就可以了。"庄妍摩拳擦掌两眼放光,"那个,李凡尘那边怎么样了?他还配合吗?"

她说到李凡尘,我才有了一些表达欲。我很一本正经地对她说:"主任,我觉得李凡尘现在好像对许光的事还挺悲痛的,要不先给他一段时间让他缓缓?"

"不会吧,怎么看出来的?"

我说李凡尘最近情绪不太好,一时进不去宣讲的状态。本以为她会关心一下,没想到她脸色骤变,语调也低了一个度:"这小子就是不靠谱,和外面传的一样。你该干什么干什么,他要是不配合,我就找领导去说,让上面给他施加压力。"

"这样不好吧。"我有几分不忿,"他们也算是出生入死的兄弟,现在许光死了,他已经很难受了。接受这个任务对他来说,肯定是存在一定的心理障碍,这需要时间来缓冲,不能急于一时。"

她却说:"要搁我,这事我都不找他,这事压根就不叫他参与。是上面领导定的人,我也就认了。他还不知好歹。"

我一时也搞不清楚真的是李凡尘风评太差劲了,还是庄妍个人对他有偏见,抑或是这女人搞宣传搞得头昏了,连基本的人情世故都不顾了,所以一时不知说什么好。

庄妍似乎还没有说过瘾,瞥了我一眼:"你就直接去问他,这事能不能干。不能干就提出来,我找领导提换人的事。"

"我问不了。"我觉得她简直不可理喻。

"他本身也不适合。"

"为什么？"

庄妍看了我一会儿，似乎对接下来的什么内容倍感犹豫。如果她随后接上一句在我意料之内的话，那我完全有理由认为她故意隐瞒了什么。

看来最终她还是信任我的。她对我说："因为他和许光的关系，根本不像大家认为的那么好。"

"哦？"我意外极了。

"当然，这是我个人的判断。因为我似乎发现了一个别人都没发现的情况。"

"什么情况？"

庄妍把脸凑近，跟特务接头似的放低声音："许光死之前，他俩好像就已经闹掰了。"

"嗯？"

"真的。'八一九'案发生前一个月吧，七月的时候。有一次分局里开会，各个派出所和职能部门也派人参加，开会前我和许光在礼堂前闲聊，我眼瞧着李凡尘从台阶上来了，离我们很近，他还跟我打了招呼，但他都没跟许光说话，低着头就进了礼堂。你说这正常吗？"

是不大正常，但也未必就如她所说的那样不堪。如果两人发生过什么实际冲突，我倒有理由相信是关系闹僵。但如果仅仅是凭着一个见面细节就下结论，那就很不负责任了，就属于八卦的范畴了。我微微苦笑。

"你还别不信。我告诉你，李凡尘什么样我最了解了，他是公认的许光的'小跟班'，以前在刑警队时，他成天跟在许光屁股后面。许光带着他干这个、干那个，从来没亏待过他。许光调到派出所前，还向领导推荐让他接替的自己的探长职位。结果许光走了一年不到，他见面都不搭理许光了，你说这叫什么人？这还像话吗？许光心里得多难受！"庄妍轻轻拍着桌面，说着说着都气血上扬了。

她把我说得也好一阵迷糊。凭我对李凡尘的大概了解，他不是这种过河拆桥的人啊。可能这里面有什么内情吧。

"现在许光牺牲了，他人前又装作一副好兄弟的模样，要死不活的，真是戏精。你就跟他说，能干就干，不能干滚蛋。我分分钟给你找来比他靠谱的宣讲人。"

我看这个话题再继续下去，庄妍可能就要爬上饭桌叉腰骂街了，于是赶紧换了一个话题："主任，许光之前在刑警队干得风生水起的，怎么忽然就去了派出所呢？"

她眼皮一耷拉，又吃起了东西："是因为一档子事，许光被调离刑警队，去的派出所。这个不方便说，你也别问李凡尘和其他人，省得干扰你的思路和状态。咱们写事迹就得写那些正面的、光辉的，其他扰乱主题的东西不要碰。"

许光是被调离的？是他犯了什么错误，还是因为什么特殊任务呢？尽管我十分好奇，但此时此刻，这显然是个很不合时宜的话题。

也许只有李凡尘能告诉我答案了。但他还愿意跟我聊许光的事吗？

恍惚间，我眼前出现了庄妍跟我形容的，那天在大会堂前李凡尘默默走过许光身边的情景。她说的有一点是对的，以他们曾经的关系，即便是在后来的日子里渐行渐远，也绝不可能落到这种形同陌路的地步。我猜，后来一定是发生了一些事情，掀翻了他们友谊的小船。也许那件事并没有多严重，两个人只是碍于面子在闹脾气；也许那件事真的很严重，两个人已经因此彻底决裂。

我可能不太了解男孩子之间的友情，但我能肯定的是，如果他们曾经真心待过彼此，那当时的那一瞬间他们各自心里究竟有多难受，只有他们自己知道。装作若无其事谁都会，也只有自己最好骗。

我想起了关谨天刚刚对我撂下的那句话。

"要真实。"

3

面前的楼房低矮错落，是典型的"老破小"小区。不过好在这个地段还可以，算是市中心二环边上，所以周边的配套设施相当齐全，人口也挺密集的。我一路打听，很快找到了李凡尘住的地方。然后沿着狭窄昏暗的楼道一路爬到六层，敲响了一扇贴满了小广告、锈迹斑斑、四处漏风的防盗门。

不一会儿，门被打开，露出了李凡尘略显苍白又无比震惊的脸。

"徐闪星……"他的后半句应该是"你怎么找到这儿来了？"，但他明显咽回去了。

随后我被迎进门。李凡尘穿的是一套浅蓝的睡衣睡裤，没戴眼镜，头发也乱蓬蓬的，看上去许久没有打理。也许是连隐形眼镜都没有戴的缘故，他举手投足间双眼总是下意识地眯着。我才发现他的长相还是挺可爱的，鼻梁有着恰到好处的弧度，脸蛋也是那种秀气而不失阳刚的形状。

他急匆匆地取了眼镜，又给我拿了一听可乐，然后一路小跑进了卧室去换衣服。

我把手里提着的一袋水果放在玄关，看到这是一套五十平方米左右的一居室，格局有些奇怪，客厅里唯一的一扇窗户是通着厨房的，所以采光非常差，估计需要常年开灯。黄澄澄的灯光下，房间里四下都摆满了日用品。虽然整理得还算有序，但也不难看出都是草草收拾的，像一些球鞋盒子、衬衣短裤都叠放在转角沙发上，窗边晾着洗好的袜子，茶几中央还摆着一罐硕大的蛋白粉，看上去很有大龄独居男青年的风情。

据说李凡尘还有一个比他大十一岁的姐姐。而他们的父母因为年事已高,身患疾病,在前两年相继去世。李凡尘后来基本是被姐姐带大的,姐姐出嫁后没多久,父母又都没了,这套房子就留给了李凡尘一个人。说起来也算是个可怜人,这可能也是他形成依赖型性格的原因之一吧。

我在老旧的沙发上坐下来,屁股还没坐热,李凡尘就跑了出来。短短几分钟时间里他换了衣服、洗了头,坐在我面前时头发还冒着热气。

"我去你们院找你了。你同事说你三天没来上班了,说是发烧。我就想着来看看你。他们说你住这儿,还说你上午还给他们安排工作呢,我就想着你肯定在家。"

"来就来,还拿东西干吗啊。"

"还发烧吗?"

"不烧了,今天早上就好了。"

老实讲,我是有点内疚。毕竟上回他受刺激也有我的原因,要是不闻不问,似乎也挺不仁义的。而且不知为什么,我对他好像总有一种动不动就会觉得有所亏欠的感觉,不论阴晴冷暖,我都想知道他是否安好。哪怕在我知道他和许光的关系可能没有那么简单时,我也下意识地想为他开脱。所以我思前想后,觉得今天必须过来一趟,只为表明一个立场。

我说:"上回的事情实在不好意思。我本来想打电话跟你解释一下,但后来想还是当面说比较好。"

他显然被我说得不好意思了,挠头笑笑,说没事。

随后我跟他说了那天他走后,艾如跟我说的话。他很认真地听了,虽然看上去仍旧严肃,但也算是消化了艾如的意思。最后他说:"但愿如她所说吧,希望许光没有救错人。"

我点点头,他也点点头。

沉默了一会儿,我又说:"其实这几天我一直在想一个问题,我也不知道要怎么跟你说才算贴切。"

"没事,你说吧。"他看着我。

我尽量让自己显得温和而婉转:"我是说啊,如果你本人对宣讲许光事迹这件事,有一定的……呃,怎么说呢,抵触也好,心理障碍也罢。或者说,也许他这个人,或者这件事,你心中所想和我们要表达出来的情怀并不一致,我觉得你可以提出来,不要闷着不说。"

他似乎没听懂,又似乎领会了一点:"你的意思是?"

"我的意思是,如果你不想接受这个宣讲任务,你可以提出来,我不想勉强你。哪怕这个任务再神圣,但勉强你说一些你不愿意说的内容,或者说一些与在自己内心观点不符的内容,我不想做,也做不来。"

我终于把意思完整表达了出来。

李凡尘愣了两秒,问我:"是有人跟你说了什么吗,庄妍?"

"没有,完全没有。我就是看你上次挺难受的。所以我就想,以你跟许光那么要好的关系,让你当着大家的面回忆和他的往事,对你来说是不是挺难的?"

李凡尘使劲摆手,面带一丝无辜:"没有没有!我不是那个意思。"

随后他稍稍平静了一些,继续解释:"可能我当时确实有点失控,但我以后会注意的,不会让这些情绪再影响到我的。"

我说:"真的可以吗?"

他使劲点点头:"真的,你相信我。我也想为许光做点事情,无论什么都好。既然这件事找到了我,我就一定要好好地完成。"

我说:"看来你们关系真的是非常铁。"

他再次点头:"是的。"

我想了想,从身边的背包里掏出了笔记本电脑,把它摆在茶几上,歪了歪头看着他:"那咱们就继续?"

"好啊。"

"上次咱们说到哪儿了?"

"丰凌。"

第五章
女尸

1

  李凡尘告诉我，如果利用现在的大数据进行筛查，从全中国筛出一个从风格、爱好等各方面综合起来最贴合许光的人，那么这个人只能是丰凌。

  只能说，他俩真的是天造地设的一对。

  丰凌是四川人，许光恰好喜欢吃辣；丰凌爱看电影，许光也是实打实的影迷；丰凌有点急性子，许光也是雷厉风行的性格；丰凌张嘴闭嘴都是俏皮搞怪的网络段子，许光也最爱用流行语插科打诨。最令李凡尘觉得不可思议的是，丰凌一个女孩子竟然痴迷看NBA，而许光平时最爱的运动就是打篮球。

  神了。这俩人一结合，估计全世界的痴男怨女都相信爱情了。

  李凡尘也不例外。他曾经跟着他们爬遍了崤城的名山，吃遍了市里城外的网红小店。他们游泳、冲浪，踩着沙滩嬉笑打闹，捧着爆米花互相投喂。夏日、金秋，哪怕是白雪皑皑的寒冬、大风席卷的初春，他们也活跃在大街小巷，为我国的第三产业增砖添瓦。

  他们的轻松自然总能让李凡尘忽略掉自己尴尬的电灯泡身份。但他也知道，在他起身买奶茶或者上厕所时，许光会和丰凌会偷偷交换一个香甜无比的吻，在他偶尔起身结账时，两人会笑嘻嘻地小声分享一个不可告人的小秘密。有时候许光和丰凌两人过于亲热，许光感觉李凡尘可能受到冷落，他还会一把搂住李凡尘，没皮没脸地笑道："李凡尘小哥哥，让我媳妇再给你介绍个对象吧！"

后来李凡尘实在是扶不上墙，许光就每次都说："再等等，再等等。丰凌有个闺密人特别好，但人家现在有对象，分了我第一时间就把她微信推给你。我看他们长不了。"

这样过了两年，许光和李凡尘就参加工作了。俩人从同学变成了同事，后来许光因为表现优异当上了探长，俩人还成了上下级。他们同住一间宿舍，同在一个探组上班。探组每次出现场，但凡许光出现，身后必然跟着李凡尘。有时候执勤，李凡尘偶尔被领导分到别的组，许光还不忘嘱咐一下那组的同事："哎，你照顾着点我凡哥啊，别什么活儿都塞给他！"

李凡尘清楚地记得，有一回他大早晨去支援重点地铁站的勤务，刚戴上"八大件"，还没到执勤点位呢，就见丰凌从不远处的人群中快速走来，然后把一个纸袋子塞到他手里："许光说你大早上没吃早饭，也肯定不好意思吃人家派出所的饭，就特意让我路过这站时给你带点吃的。都得给我吃了啊，这包子味道大着呢，我可是在车厢里顶着无数白眼给你捎的！"

能把女朋友拖下水的友谊才是真友谊。我听了都羡慕。

那段时间，丰凌和许光的感情也像飘红的股票一样持续走高。因为那时她还没毕业，所以时间上总是比许光弹性许多。她会在半夜突然出现在许光执勤的巡逻车外，拎出足够一车人享用的热咖啡，也会相隔千里点上热气腾腾的炸鸡外卖，送到许光出差的酒店房间。最让李凡尘印象深刻的是，在他们相识两周年的纪念日，丰凌把他们和几个朋友约到酒吧，几人喝得微醺之际，丰凌突如其来地在大屏幕上播放了她认真制作的两人日常热恋的短片，成功撒了一大波狗粮。

李凡尘记得，那天台下的许光眼中有泪光。他从来没有看到过自己兄弟的这副模样。

后来丰凌毕业，她因为许光留在了崤城，在一家会计师事务所找到了一份助理会计的工作。两人的计划是第二年领证，然后找时机办婚礼。因为许光家只有一套房子,家里还有个父亲以及妹妹许纯,所以那套房子基本上没法结婚用。许光问过单位的公租房,却发现公租房离丰凌上班的地方太远了,租下来也是鸡肋。于是两人打算婚后先在合适的区域租房住,然后慢慢攒钱买房。

许光永远是乐观向上的,跟丰凌也发展得顺风顺水,所以压根也没想到会在房子上迎来现实给他的第一波打击。那就是,丰凌过年跟父母说了他们的计划,父母深思熟虑之后,给予了委婉而无奈的否决。

丰凌的父母认为,独生女远嫁本就令他们心疼,如果再居无定所,那就更让他们没有安全感。想来丰凌也是成都人,成都不比崤城差,她根本没必要为了爱情如此牺牲。父母甚至在跟女儿彻夜长谈之后提出,如果许光愿意随丰凌来成都定居,他们可以腾出一套市区的老房子给他们当婚房,还会找关系帮许光解决工作问题。但丰凌也毫不让步地替许光拒绝了他们的好意。

最后一家三口利用整个春节假期磨出了一个还算中肯的解决方案:双方家里出首付,帮助他们购买一套崤城市区的房子。丰凌很高兴地带着这个方案回到许光身边,许光也欣然接受。当时许光工作了两年,手上有了几万块钱积蓄,他琢磨着管家里再借个十几万,然后再跟同事和朋友张张嘴,凑个小户型的首付应该不成问题。但等他回家跟父亲开口时,父亲如迎头浇冷水一样,给了他一个意料之外的答复。

父亲说:"没钱,家里除了日常开销根本剩不下钱。"

许光说:"钱呢?我是借又不是要,到时候会还你。"

父亲说:"钱去了哪里你又不是不知道。"

讲到这里时,李凡尘跟我梳理了一下许光的家庭状况。许光的母亲年轻时是郊区一家陶瓷厂的工人,父亲则是隔壁建材城的经理。当时的两人郎才女貌,之后两人飞快结婚,婚后不久就生下了许光。十五年后二人又中年得女,生下了女儿许纯。不过世事难料,许纯出生时建材城倒闭,许父一夜之间下了岗,而许母则一路摸爬滚打,在当年升任了陶瓷厂的副厂长。许光是母亲带大的,而许纯则由父亲一手拉扯大。于是在家里,许母更疼许光,许父则比较偏袒女儿。好在许光从小懂事,对妹妹是那种百依百顺的好,一家四口倒也过得和谐顺遂。

许纯出生三年后,风水又转了转。许母的陶瓷厂效益太差,导致她动了别的脑筋,想带领手下靠得住的工人接私活儿。接了那么一两回,尝到了些甜头,她胆子渐渐大了起来,竟有了自己拉产品线、投资办厂的念头。于是拉了四五十万的投资,半年不到,厂子没办起来,上家跑了,下家们自然就追债上门,一时间许母成了众矢之的。也正是在那时候,许家真正走上了似乎永远也没有底的下坡路。

父亲最终因为钱的事情和母亲闹翻了,两人也到了协议离婚的地步。据说当时的协议是卖掉房子,许父继续抚养许纯,许母则跟着正在读大学的许光过。这样既不会太影响许纯的成长,许母也能有个依靠。没想到离婚的事拖了两年,许母突然两腿一蹬,突发脑出血,死在了阳台的花盆丛中。于是许父最不想见到的情况发生了:夫妻共同债务成了他一个人的债务,两人的孩子也成了他一个人的孩子。

接下来几年,许父和许光的关系也一直很微妙。当年他与妻子虽然没离婚,但实际上已经是同一屋檐下两家人的状态。再加上许光当时坚决要和母亲一起生活,父子之间难免横生芥蒂。用许光曾经告诉李凡尘的话说,就是俩人在家里基本没话说,哪怕是许光加班夜不归宿,父亲基本也会不过问。

许光知道父亲这些年没少为母亲还账,于是他多少都承担一些家里的开销。他也会私下偷偷塞给妹妹零用钱,或者让她替父亲添置一些衣物等等。有时许纯也会提议让哥哥去缓和一下父子关系,但许光常常是一笑置之。不是他不想,而是他完全不知道该怎么缓和。他隐隐觉得,父亲好像把这些年对母亲的怨气都转嫁到了他身上。他们父子之间从不剑拔弩张,反而是格外礼貌客气。父亲好像刻意保持着和他的距离,似乎是认定,未来有一天儿子找到另外一个女人成家时,儿子就会再次选择抛弃他。

男人似乎都非常惧怕背叛。所以在许光结婚的这件事上，许父表现出了前所未有的消极和心机。他提出可以让许光婚后住在家里。许纯上学读的是寄宿班，平时住校，也不会太受影响。这样既可以省掉一大笔开销，他们日后也不会背负沉重的房贷。

许光也像丰凌拒绝父母时一样，毫不犹豫地拒绝了他。

谈崩之后，许光把李凡尘叫出来喝酒。李凡尘出门前清点了自己这两年所有的可支配财产，一共三万一千二百六十三块钱，跟许光说随时用随时拿。许光握着啤酒瓶子感激地摇摇头，笑了，依旧是那样帅，却也显出几分苍凉："不用了。零零碎碎地凑半天，也就凑个卫生间的钱。我也不找这份刺激了。"

一文钱难倒英雄汉啊。虽然我听到了许光"落魄"的一面，但也正因如此，他在我的感知中更加有了温度。如果非要做一个形容的话，就是从一个光芒耀眼的英模，逐渐转变为一个朴实的邻家小哥。

"那怎么办？不结婚了？"李凡尘当时问。

"结啊，但是不是现在，等两年吧，我再攒攒钱，这两年我们就先租房住吧。"

没想到这一等，就是三年。

李凡尘说到这里，蓦然苦笑："于是那三年我们基本从不在外面消费。看电影就来我家用手机投屏看，吃喝也都是从市场买来自己瞎做，到外面也基本就是逛逛街，只看不买的那种，然后去免费公园，拍拍照什么的。现在想想，也挺有意思的。"

李凡尘告诉我，许光是那种胆大心细，而且抗压能力非常强的男生。平日里看他嘻嘻哈哈、油嘴滑舌的，实际上万事都能被他料理得干净利落。哪怕工作上接手再复杂的案子，从立案到抓人，再到送审和报捕，以及后续的移送起诉，他都一个人盯。做备案、设提醒，一丝不苟，即便是连续加班熬夜，头脑也总能保持清晰。哪怕生活中日子过得再紧巴，到了吃吃喝喝的放松时刻他也绝不将就。他跟着小视频里的教学学做鱼，学杀鸡，学着怎样腌泡菜、焖豆芽，没事的时候总能在李凡尘家的厨房里大展身手。

那段时间的节假日里，李凡尘经常坐在客厅，假装没事人一样看电视，实际上稍微往窗户里的厨房一瞥，就能看见丰凌和戴着围裙的许光嬉笑拥吻、尝菜擦汗的场景。

往往这个时候，也是李凡尘的小屋满屋飘香、人气最旺的时候。

李凡尘说着，下意识地又看看那扇窗户，眼里一阵放空。我也朝那窗户望去，很难想象，那个看上去昏暗油腻的厨房，还有过这么浪漫的爱情童话。

听到这里，我不禁有点心疼他们三个人。尤其是丰凌，她那么爱许光，为他割舍了那么多东西，那许光牺牲时，她接受得了吗？真的是难以想象。要搁我，我肯定痛苦死了。所以我略微庆幸我没有那么美好的爱情。

正在我想要问问他关于丰凌的事时，李凡尘忽然意识到了什么，挠挠头说："哦，是不是许光生活上的事说得太多了？咱们这个报告会，还得讲一些工作上的事，对吧？"

"啊，其实也没关系的……"我说。也许是我的视角有问题，我现在更想听有关丰凌的事情。

李凡尘却陷入了沉思："要说工作上的事，其实还挺有的说。因为就在这个时候发生了'五二一'案。"

"'五二一'案？"我天生对数字不敏感。

"对，就是熊峰做的第一起案子。"

2

二〇一九年五月二十一日，李凡尘对这个日子印象很深。他记得头一天晚上是他和许光值班。值班当天没有案子，他白天陪着许光拍摄了一个局内推树先进典型的宣传片，晚上又跟着许光一起给之前的几起案子做了目录，钉了卷皮，整理平台上的电子卷，然后两人在宿舍吃了一顿小龙虾外卖，随后各自沉沉睡去。早上五点左右，他听见许光床头的电台开始嗞嗞作响，很快许光就从床上坐了起来，光着身子认真聆听电台里的内容。

李凡尘迷迷糊糊地听电台里指挥中心说，刚才有工人打电话报警，在桃园地铁站新站施工工地里，发现了一具女尸，所属派出所已经到现场进行处置，现在局领导要求公交刑警马上介入调查。

桃园地铁站新站和旧站距离不过百米，当时还是一座正在建设中的地铁站，不仅没有通车，连车站主体也没成形。因为桃园站旧站已经难以负担日渐增多的乘客，所以市委规划在旧站附近开辟出一块土地建设新站。挖地铁需要处理大量的泥土，土方人员很早就在工地旁边专门挖开了几个大坑供工程临时填土。而女尸就在其中的一个土方大坑里被发现。

案发前两天一直在下雨，大坑里几乎灌满了水。早晨一个小工头端着早饭从大坑旁边经过时，发现坑里好像浮着一团白花花的东西。工头很奇怪，以为是谁把什么塑料泡沫之类的垃圾扔到大坑里了，便骂骂咧咧地过去查看，没走到跟前便闻到一股钻鼻恶臭。此时那工头已经感觉不妙，拔腿要跑之际，眼睛还是不受控制地朝那个白物望去，随后就看见了一团如同枯萎的睡莲般浮在脏水上的头发。

工头摔倒在软泥之中。半个小时后，此起彼伏的警笛声划破黎明的寂静，多辆警车把大坑团团围住。大家发现，水坑旁边的工地防护栏有一处明显的松动，于是推测死者可能是从这里主动或者被动进入案发现场的。又过了二十分钟，许光带着李凡尘和组里另外两个侦查员王铁莹、曾竹也赶到了现场。

听到这里我问："曾竹和王铁莹是上次我在你们办公室见到的那一男一女吗？"

"对，他俩一直都在我们探组，朱哥是许光走后调过来的。"

我心想，怪不得那姑娘那么横，名字都起得这么刚。

当时先期赶到的刑警队大队长申杰让许光过去看看尸体。许光和李凡尘深一脚浅一脚地踩着铺好的地垫，慢慢跨过警戒线，向大坑中央靠近。随后李凡尘便看到了让他终生难忘的惨烈场景。水坑中一具依稀能看出人形的赤裸尸体雪白发胀，一些蛆虫附在上面，尸体散发着浓浓的尸臭，周围还有团团萦绕的苍蝇。李凡尘胃里一阵翻涌，几乎当场就要交待。

看着对面李凡尘有点龇牙咧嘴的表情，我完全可以想象出他当时的窘状。

许光让他先下去和王铁莹负责维护外围秩序。

太阳渐高，现场外围聚集了很多围观者，大家扒着人缝看技术队给现场立标牌、拍照和搜集痕迹，随后法医也到了现场。法医查看了捞上来的女尸的体表情况，大致判定死者是一名二十岁到三十岁的女性，全身赤裸，体表处有一些明显外伤。因为大雨是从五月十九日清晨开始下的，也就能推断出尸体大概在水里泡了两天两夜。

其实这个季节并不是崤城的雨季，所以土方人员才没有及时回填土坑。岂料天气反常地降雨，耽误工期之余，大坑附近也没有人定期巡视。所以申队长初步推定，尸体很有可能是下雨前就在坑里了，而且案发现场很可能是第一现场。因为如果凶手是专门抛尸的话，不太可能选择这种市区的水坑，一来工地人多眼杂，容易被发现；二来尸体上并没有坠重物，也不符合故意沉尸的特点。最重要的是这种工地水坑并不能很好地隐藏尸体，一旦工地开工，暴露是分分钟的事。除非凶手作案就在此地或者此地附近，否则绝不会大费周章地选择这里隐藏罪证。

因为尸体身上和周围并没有发现带有身份标志的东西，所以只能先排查失踪人口，同时大致划定嫌疑人的群体范围。因为连续两天的大雨冲刷，案发现场的痕迹已经是少之又少，再加上工头报案时已经有多名工人到现场围观，鞋印痕迹几乎难以提取和分析。所以目前此案唯一有价值的线索，便是尸体。

申队和许光一致认为死者可能是从桃园站旧站出站的乘客。因为桃园站新站和旧站都是地上车站，从旧站出站后，如果绕行到工地，经过大坑旁边的这个水坑，再走一百来米就能钻过地铁高架桥，来到另一侧的马路上。那里有一些公交车站，还方便打车，白天很多乘客都是这样绕行。但因为没有在死者身上和周围发现其手机和公交卡，所以也无法马上验证这个推测。

申队随后又猜测作案人可能是附近工地的民工，而且是多人作案，例如把夜行至此的死者拖下大坑进行猥亵等等。但许光仔细琢磨了一下，想到一个问题：如果是工人作案，把尸体扔在自己的工作地点，那不就是一颗身边的定时炸弹吗？作案人肯定是要跑路的啊。随后他们便以最快的速度排查附近工地内包外包的都算在内大概三百多名工人，想找出下落不明或突然辞工的人，最后却没发现此类人员。

随后法医传来初步验尸消息，死者致命伤为机械性窒息，就是俗称的掐死，肺部没有积水，可以判定不是溺水身亡，死亡时间大概是五月十八日的下午六点至晚上十一点。尸表有一定程度的外伤，感觉像是滚落坑内的擦伤；后脑有一处钝器撞击伤，并不致命；下体并没有被侵犯的明显痕迹；左手几根手指内侧有刀伤，不深，很像是挣扎自卫过程中形成的。与此同时，在其指甲内提取到微量屑状物，是不是人体组织，还有待进一步化验。

也就是说尸体上线索不少，但是整合起来也有一定难度。我才知道现实中的法医鉴定和小说或者影视剧中的相差甚远。现在的法医都很谨慎，出具的报告都不称"结果"，而叫"意见"，谨慎、客观，而又不带指向性。像这里的擦伤、自卫性伤口，都是刑警队根据经验推测出来的。

案发现场附近没有监控，桃园站旧站周边倒是有，但是对于新站工地方向还存在很大的盲区，而且因为不掌握死者案发时所穿的衣物信息，所以排查起来也是困难重重。

李凡尘觉得困惑极了，凌晨回到宿舍躺在床上还跟许光分析："一个女的，没有被性侵，衣服却全被扒光了，那么凶手的意图是什么？难道是图财？抑或是图色没成功，不小心把人弄死了，于是脱光死者衣服隐藏罪证？那他为什么不处理一下尸体？"

"我也想到了这个问题，我认为凶手有可能之前把尸体草草地埋在坑里，但埋得浅，这两天坑里蓄了水，尸体腐烂胀气就漂上来了。"许光双手背在脑后靠在枕头上。

顺着许光的思路，李凡尘有了一个比较靠谱的推理："凶手之所以扒光死者衣服，会不会是在和死者搏斗中他流血了，沾在死者衣服上了？"

"很有可能。"

关于死者手上的刀伤，许光也觉得有些奇怪。如果是凶手持刀向死者行凶，那这个过程应该是很激烈的，但死者身上其他部位却没有刀伤，只有手指上有类似防御性伤口，而且致死原因也不是刀刺，是被掐死。反观现在凶手身上倒可能挨了刀，那就说明在争执过程中刀一度被死者夺走了，这可能性大吗？

许光突然从床上坐起来，伏案唰唰地在笔记本上写字。

李凡尘问他写什么，他说："明天我去找法医聊聊那刀口，看看能不能分析出刀的种类。我感觉那刀可能不是凶手的。"

"是死者的？"

"对。死者掏出刀防卫，凶手抢刀，死者不慎划伤自己，凶手也受了伤，随后刀被凶手抢走，扔到一边，凶手想继续强奸死者，这个过程中不小心把死者掐死了。"

"所以凶手一开始就不是奔着强奸杀人去的？"

"至少不是用刀杀，或者说他没带刀。顺着这个思路，咱们就可以先不重点查凶器，没准会少走很多弯路。"

李凡尘这才明白许光的逻辑所在。

我也深感佩服。

"可是还有一个问题。"许光又挠头了。

"什么问题？"

许光想了想，一时组织不好语言，于是干脆站起来穿衣服。李凡尘忙问他要干什么，许光边穿袜子边说："没什么，你休息吧，我再去案发现场溜达一圈。"

"我陪你一起去吧。"李凡尘其实已经困得不行了，但觉得还是多少跟他客气一下。

没想到许光高兴极了："好！谢谢凡哥！"

3

李凡尘跟我说其实他胆子一直很小，只不过警察这个职业把他给硬撑起来了，他内心深处一直还是那个旁边有人打喷嚏他都会跟着哆嗦一下的小男孩。那天晚上他们重返案发现场，他一直紧紧贴着许光，不敢离开他半步。

我经常研究悬疑小说，知道一种理论，说杀人犯有时也会重返犯罪现场寻找刺激，便问他是不是怕遇到这类危险。他却说："听他们胡扯呢，一百个杀人犯中也找不出一个这号的来，除非是现场落下了身份证，否则跑还来不及呢，还有心思整这个？"

"那你是怕什么啊？"

李凡尘愣了："我怕鬼。"

我俩互相看着对方，都笑了。

随后李凡尘继续说，他看见许光一直开着手电认认真真地在附近地上摸索什么。其实案发现场在当天白天已经勘验完毕，警戒线都撤了，人一拨拨地来去，根本没什么线索了。但许光就是不甘心，他听说现场提取的一些东西都是不痛不痒的，对破案很难有帮助，如果不趁着这一两天再仔细找找，说不定还未被发现的证据就全部灭失了。

他认为四周泥地、水坑经过大雨冲刷，一定会有小型的滑坡现象，这些滑坡说不定会让一些痕迹或者物证被掩埋。李凡尘听了觉得有一定道理，于是跟着他在黑暗中爬到水坑边缘，小心翼翼地用木棍翻着脚下的泥土。

身下就是黑乎乎的泡尸水，俩人叼着手电漫无目的地挖了好半天，除了一些破塑料袋和石子，什么也没发现。许光蹲着挠头擦汗："不应该啊，难道这凶手反侦查意识那么强？"

"反侦查意识强还这么草率地处理尸体？"李凡尘动作没停，边挖边说。

"可说呢。"

此时李凡尘手上一滑，不小心把挖的土崩到了许光鼻子上。许光吓了一跳，哪里饶得过他，手指头蘸了地上的泥水就往他脸上抹。李凡尘往后一躲，直接坐了一个屁股蹲。许光站起来居高临下地哈哈大笑。

李凡尘狼狈之余觉得手掌疼得刺骨。抬手一看，是挖开的泥土里好像有什么东西硌着肉了。李凡尘拿起来，借着月色看到是个小指甲盖大小的圆圆的东西，摸起来挺顺滑，感觉像是一枚打磨过的小石子，但是重量又比石子轻。

"什么东西？我看看。"许光一把抢过来。

李凡尘在一边用手电打光，发现那东西像是一颗小核桃，细看之下又比核桃圆润，总体看，像一枚佛珠。虽然他俩一时之间也不好断定这到底是什么，和案件有没有关系，但这玩意儿好歹也是他们今晚忙活半天唯一的收获，许光就把它揣在了兜里。

翌日许光把在现场找到的小佛珠拿给王铁莹和曾竹看，曾竹平时爱盘核桃，认为这东西应该是菩提子，常用来做手串或者项链，属于文玩的一种。这枚佛珠比较小，中间还有一条打磨出来的洞，看样子应该是穿过手串的，样子很普通，应该不值钱。许光想了想，最后把这枚佛珠拿给了技术队，想碰碰运气看看上面能不能化验出什么东西。

三天过去，情报中心那边也没比对出和尸体特征相符的失踪人口，技术队那边的指纹库里也没有和死者对应的信息，法医的DNA比对还需要时日，不过根据惯例，像这种成年失踪人口，指纹比不出来的，DNA库里也不大可能有其数据，只能寄希望于其谱系亲属近年来有过犯罪前科。外宣部门在案发第二天就发布了公告征集线索，也一直没有任何有价值的收获。

王铁莹和曾竹这几天一直倒班看地铁站内外的监控视频，发现五月十八日傍晚到夜间从桃园站旧站出站，往新站工地方向走的人有几千人之多。这还仅仅是一个大概方向的统计，因为新站工地在旧站北侧，但北侧既有大马路又有公交站，还有一个旧站的停车场，这些位置的监控设备都不齐全，很难判定哪些人是绕行到工地了。

案子似乎陷入僵局，申队觉得光等着验尸报告太浪费时间，开了好几次会召集大家分析案情，又安排了两次大规模的在地铁站附近的走访排查工作，但收效甚微。平时公交刑警队很难遇到这种完全没有头绪的案子，毕竟地铁站里监控密布，只要用心查，视频录像里总能找到蛛丝马迹。但这回的案发地是在毫无监控设备的工地里，现场又下了两天两夜的雨，想认真查都不知道该怎么下手。

  这时候技术队把许光前两天给他们的佛珠还回来了，答复是：这东西干干净净的，上面什么都没有，目前看不到线索价值，先收着，万一后期发现有用，可以当作补充证据。连李凡尘都听出后半句是客气话，那意思就是别什么都捡回来让我们验，大家都挺忙的。

  晚上许光和丰凌在李凡尘家吃饭时还在琢磨这个佛珠的事。他总觉得这个东西出现在那个地方挺奇怪的，和周围环境有点格格不入。

  "曾竹不是说了吗，这东西不值钱，没准就是哪个抄近路的乘客扔的，或者就是以前土里埋着的，挖坑时被挖出来了。"李凡尘边撸着烤串边说。

  丰凌捏着那菩提子观察好半天，说："我听说文玩这类东西水挺深的，要不你们找个专门倒腾这玩意儿的人问问？说不定能得到一些提示。"

  "对啊！"许光咽下一口啤酒，眼睛发亮，"技术队只会傻呵呵地找痕迹，也许这东西的价值根本不在痕迹上，而在于本身。"

  丰凌伸出摊开的手："给钱！顾问费！"

  许光用脸蹭丰凌肩膀："那人家只能以身相许咯。"

  李凡尘心想：完蛋，我今晚又要睡客厅了。

4

  第二天一早，许光和李凡尘来到附近一处贩卖文玩的市场，希望懂行之人能给他们一些指点。李凡尘跟我说，其实他们当时是没抱什么太大希望的，只当是碰碰运气。现在案件陷入瓶颈，只能四处乱碰，寻找一些新的突破口。

他们找到了一家店，店老板原先是许光的一个事主，在公交车上被摸了钱包，曾经找许光报过案。老板很热情地接待了他们，然后在柜台后面用放大镜仔细看了那枚佛珠，随后对他们说："你们稍等一会儿。"

老板就进到了门帘子里，许光和李凡尘坐在椅子上喝茶。

不大会儿工夫老板出来了，把那小玩意儿谨慎地摆在一张手绢上，问许光："光哥，你是从哪儿得到的这东西啊？"

许光也不知道是老板故弄玄虚还是这东西真有来头，直言道："您就说这是什么吧！"

"这是五线菩提子。"老板的表情有点高深莫测。

"五线菩提子是什么？"

"这么说吧，就是这一小枚菩提子，就至少值一千多块钱。价格还不是最主要的，主要是这东西稀有，我在崤城从来没有见过，以前只在上海见过。"

许光和李凡尘面面相觑。看来这不是凡物啊，这趟没白来。

"你们懂明朝历史吗？"老板问他们。

两人都摇头。老板又说："明朝的最后一个皇太后，就是万历皇帝的妈，叫李太后，她是个虔诚的佛教徒，她在北京故宫英华殿院里种过一棵菩提树，就是后来的'九莲菩提树'，特别有名。这棵树一直活到现在，每年只产少量的子，而且故宫的英华殿这么多年也没有对外开放过。所以你们说这东西稀有不？"

许光和李凡尘目瞪口呆。这么一个小玩意儿，还整出历史故事来了。李凡尘问："那它为什么叫'五线'菩提子？"

"来你们看。"老板把柜台上的台灯拉低，照在那佛珠上，"你们看这佛珠上，是不是有五条暗红色的线？"

两人仔细看去，确实有，只不过之前一直当作寻常纹路，没怎么关注过。那老板却说："因为'九莲菩提树'是外来物种，一般来讲这种树在北方是活不了的，可这棵树不仅在北京紫禁城活了几百年，还能够产子。但因为水土不服，它产的子会跟别的菩提树的子不大一样。别的菩提树产的子上的五条线都是黑色或者白色的，它的子上的五条线一开始是灰白色的，经常上手盘的话，就会慢慢变成暗红色，而且会越来越红，非常好看，所以得名'五线菩提子'。"

听到这里，我觉得自己奇怪的知识又增加了，在笔记本电脑上噼里啪啦把这些内容一字不落地记了下来。

"不会是假的吧？"当时许光难以置信。

"不会。这东西作假稍微用心一眼就能看出来。画出来的和长出来的能一样吗？"

老板介绍，从这枚菩提子中间的空洞来看，应该是穿过佛珠手串的。而且这五线菩提子确实基本都是用来做手串的，一串普遍一百零八枚，售价基本都是人民币六位数以上。关键是物以稀为贵，好些文玩迷出高价也寻不到。老板还专门提到，很少会有人收藏单独的五线菩提子，更不可能把单枚的五线菩提子带在身上把玩。这样是外行人的做法，而外行人却根本不可能有这种东西。所以如果只是在某地单单发现了一枚，那大概率只有一种情况，就是五线菩提子手串曾经在此地断裂过，恰好漏掉了这一枚。

我问李凡尘："也就是说，那这枚五线菩提子佛珠，绝对不可能是路人随手扔掉的垃圾，或者无意中掉的随身物品，对吧？说不定它就属于凶手或者死者，是他们在那晚的搏斗中掉落的。"

"对，许光和你想得一模一样。"

许光认为这枚佛珠很可能与案情有关，于是回到队里，立即发布一项命令：在五月十八日晚间地铁桃园站旧站的监控录像里，寻找戴佛珠手串的乘客。

峪城的五月中旬已经基本进入夏季，多数乘客，尤其是男性乘客都穿起了短袖，而五线菩提子手串较长，戴在胳膊上需要套好几圈，所以排查起来也算有迹可循。经过王铁莹和曾竹半宿的努力，他们终于找到五月十八日晚上九点十二分一名高度疑似佩戴此类手串的男乘客。那男人看起来约莫三四十岁，面戴一只白色口罩，穿着黑色短袖和牛仔裤，身材魁梧，左侧小臂还有一条龙文身。曾竹联系了地铁车辆段，追查到了该人乘坐地铁的班次，随后调取了该班次地铁列车在此时段的车厢监控。

许光等人查看所有涉及该男子的监控录像发现，该男子在地铁列车内就与一名身穿淡黄色连衣裙的女子贴得很近，在地铁列车到达桃园站旧站后，两人从同一个车门下车。再排查监控录像发现，两人下车后，可疑男子一直尾随着黄衣女子，两人从同一个地铁出站口出站，一前一后往新站工地方向走了。

随后两人的身影都消失在录像画面里。

黄色连衣裙女子虽然没戴口罩，但在监控录像中始终属于半低头状态，看不到面部的特征。不过从其体态和衣着特征来看，应该是一名时髦的女青年。在录像中，看不到此女和黑衣男子有任何交流，两人也从未并肩而行过。再往前倒车厢录像，发现黄衣女与黑衣男并不是同一站上的车，但在录像中可以明显地看到，在黑衣男上车发现了和自己同一车厢的黄衣女后，他有意无意地与黄衣女接近，站到了黄衣女的身后，直到地铁列车抵达桃园站旧站，黄衣女下车，他没有再挪过位置。

但因为当时属于周围互联网公司晚班下班的高峰期，车厢内人并不少，再加上监控探头的角度原因，并不能看出黑衣男对黄衣女做了什么。黄衣女自始至终好像也一直处于静默的状态，也没有和黑衣男子发生什么争执。

如果两人并不是同行人，却有着如此耐人寻味的"交集"，这意味着什么？许光探组所有人都不约而同地有了一个猜测：猥亵。

对于女方没有被猥亵的反抗反应，大家并不稀奇。地铁列车内的很多猥亵案，被侵害人都会选择忍气吞声。一方面怕闹起来没人施以援手，难以收场，一方面又害怕激怒对方，从而引来报复。而且很多被侵害人都觉得被人猥亵是一件很丢人的事情，闹大了会影响自己声誉。而黑衣男子可能也正是吃准对方这一点，看到如此她都不敢反抗，于是胆子越发肥了起来，在她下车后继续尾随她，找准时机实施进一步侵害。

所以这个黄衣女子，很可能就是死者。

第六章
凶手

1

随着调查的深入，黄衣女子进地铁的时间被查了出来，但黑衣男子的还一时没有头绪，许光只能带领大家用监控录像继续追踪该人的行动轨迹。有天深夜大家正在一边吃许光买来的关东煮一边查看录像，申队带着两个男人来到了探组办公室。那两人是分局下属地铁派出所的打击处置队民警，经常办理地铁内发生的各类行政案件。他们观看了有关黑衣男子的监控录像后，一致说："没错，这个人就是熊峰。"

当时许光还不知道熊峰是何许人也，但对在相关辖区工作的派出所民警来说，这个人再熟悉不过。此人三十六岁，生活在西河区，未婚，以前家里有点小钱，开过一间茶楼。后来因为涉赌被警方一窝端了，人也进去待了半年，此后潦倒了一阵，成天和一些搞地下娱乐产业的"大哥"混，帮人家看场子、盯生意、上门讨债，慢慢地有了一些资源，现在在西河湾子经营着一间台球厅。不过台球厅也不是他的，他顶多算是挂牌店长。在西河湾子这种城乡接合地带，台球厅、棋牌室、KTV之类的行业鱼龙混杂，暗藏着诸多猫腻和争斗。熊峰也正是凭着自己多年来在道上混出来的名号给老板镇场子，自诩无人敢惹，走路都是横着的。

熊峰有两个嗜好，第一是文玩。虽然他也不是什么富豪，但对于核桃、橄榄核之类的玩物痴迷至极，似乎总觉得玩这个很有范，像个大老板。走到哪里手里都得盘着一样，就更别提脖子上挂的、手腕上戴的了。据说他有一个翡翠挂坠，市价四十万，是地地道道的玻璃种。还有一条蜜蜡手串，是清朝宫里的老物件，端康皇贵妃上过手的，盘到如今和黄宝石一样剔透。

他第二个嗜好严格来说应该叫毛病。他喜欢在地铁列车车厢里偷偷摸女人，被逮到不是一次两次了。这个人也是奇怪，专门就在地铁里寻这种乐子，就跟有着某种执念似的，屡屡作案，仿佛只有地铁列车车厢的环境和陌生女乘客的身份能够让他的快感达到极致。而且此人非常具备法律常识和反侦查意识，不仅熟悉车厢里的每一个监控所在的位置，还知道利用拥挤、上下车的各种机会来顺势揩油，一旦被抓住打死不认，被侵害的女性也找不到什么证据检举他。

熊峰一共被举报到派出所三次，三次都因为取不到证据而逃避了法律制裁。就更别提那些选择忍气吞声的女性被害人了。

李凡尘讲到这里，也带出了一些怨气，很不忿地对我说："那个流氓王八蛋，就是一个滚刀肉，他已经把地铁性骚扰这件事吃透了，所以连警察也拿他没办法。咱们分局派出所民警后来还跟踪过他，就为了能拍到他猥亵女乘客的证据。但他非常机敏，只要感觉周围可能有便衣警察，就立刻打道回府。所以后来真是有些拿他没办法了。"

我有些诧异："这种性骚扰案件，取证这么困难吗？"

"对。猥亵案件的定案绝对不能只依据被侵害人一方的孤证，必须有其他证据辅助才能成为证据链。"

我这下明白为什么熊峰能这么理直气壮了。所以这样的法律规定真的合理吗？不过想想，任何案件都需要有证据链，猥亵案也不可能例外。只是这种违法行为对流氓来说实在是太信手拈来和不留痕迹了，取证才格外棘手。

我想到了以前看的推理小说中的一句话：最难破的案子其实不是杀人案这种重案，反而是一些并不致命的轻犯罪案件。因为证据这种东西是和犯罪程度息息相关的，罪行越深，留下的痕迹、线索就会越多；反而一些偷鸡摸狗的小违法最容易逃脱法律制裁。因为它们都是隐蔽的小动作，实施起来神不知鬼不觉。

所以我迫切地想要听到许光是怎么抓那个色魔熊峰的。

李凡尘说，因为得到了派出所同事的确认，他们决定对熊峰实施刑事传唤。不出所料，熊峰家里已经人去楼空，看样子这家伙跑路不是一天两天了。申队和许光合计了一下，决定突击他的台球厅，哪怕是见不到熊峰本人，也肯定能找到一些知情人。

李凡尘印象很深，那天是个雨天，天冷路滑，水坑遍地。西河湾子又遍布各种自建楼房，胡同小巷多得眼花缭乱，令他们好一顿寻找。最终他们在一个灰色的水泥小楼底下找到了熊峰台球厅的跑马灯牌子。一行人闯进二楼依然在营业的台球厅，按住了所有服务员和几个熟客，然后依次给他们做笔录。

不得不说熊峰确实老奸巨猾、心思缜密。他跑路之前告诉众小弟，自己在外面打伤了一个朋友，需要去外地躲一阵，而且私下里跟每个小弟说的去的地方都不一样。他跟有的人说自己去乡下，跟有的人说去邻市，还跟有的人说自己坐飞机去海南。总之许光他们取到的每一条口供都无法互相印证。

其中一个服务员小弟供述：熊峰曾经让他帮忙买过一张去邻市的长途车票，但根据那车票调取的长途车站录像，发现熊峰根本就没有乘坐那辆长途汽车。可见也是对警方使出的障眼法。

自始至终，熊峰的出逃都是一场自导自演的骗局。甚至在许光带队去台球厅找他时，他可能就猫在不远的某处，看着警察冲破他老窝的房门。

一天之后，申队和许光等人在西河湾子附近的一栋破民房里发现了熊峰的踪迹。

实施抓捕的时候熊峰似乎有所察觉，在大家破门而入的时候，这家伙刚刚跳窗而逃。许光追了他足足三条街，才在附近一个尾货市场里把他按住。李凡尘和曾竹赶到时，熊峰正在一家卖内衣内裤的小门脸门口跟许光纠缠对峙，赖在地上嗷嗷地跟围观的群众说警察暴力执法，自己的头被撞坏了，受了严重的伤，无法配合工作，也无法行动。

因为他一直哭诉自己受了伤，许光只能拨打了急救电话，让急救车把他拉到医院检查。在医院里折腾了大半天，没有查出什么异常，熊峰被警察带回了队里。

令大家兴奋的是，熊峰的右手手掌有一处包扎着的刀伤，从伤口的愈合程度来看，很像是几天之前案发前后造成的。但在讯问室里，他矢口否认十八日晚上的犯罪情节，说自己只是正常的乘车坐地铁，根本没有猥亵女乘客，更没有尾随其出站并实施侵犯。至于刀伤，他说是几天前自己用小刀开红酒瓶子时不小心划伤的。而且他还反复强调警方总是找他的麻烦，他出去一定要起诉，去维权，要把这些看他不顺眼、故意对他进行栽赃诬陷的恶警们清除出公安队伍。

好嚣张啊，我听着都上火了。如果他没有作案，为什么还要躲起来？肯定是做贼心虚啊。但是熊峰显然也深刻明白一个道理，那就是一旦谎言被戳穿了，就更要镇定自若。当时的场面千钧一发，输什么都不能输气势。如果自己手里没有底牌，就要把立场当作最大的撒手锏。这个时候你就可以抛弃一切逻辑了，只需要否认、否认，一再地否认，否认到自己都相信了，你就"死"不过去，就有涅槃的希望。

所以我更想知道后来许光是怎样给他定罪的。

加油，许光！

2

因为熊峰拒不供述犯罪事实，寻找其他客观证据就显得尤为重要。许光联想到五线菩提子手串是件珍品，断裂后熊峰一定舍不得扔掉或者销毁掉，只会偷藏在某处，于是连夜带着李凡尘等人到熊峰的几处住处进行搜查。一开始他们根本寻不到任何踪迹，于是申队又带着几个侦查员依次审问了台球厅的一众服务员小弟。小弟们都说从未收到过熊总的嘱托让保管什么东西，熊总那些宝贝也从来不让别人染指。

许光一想也对。熊峰知道手串上面有一枚佛珠很可能掉在了现场，那剩下的佛珠必然算是证物，怎么可能轻易托付给小弟呢？所以这东西一定还在他自己手上。

那天下午，把熊峰卧室翻得底朝天的许光探组众人坐在地板上怀疑人生。他们连空调外机都打开了，马桶水箱都捞了，油烟机管子都掏了，愣是没有看见一枚五线菩提子。熊峰这个老狐狸，到底会把那些佛珠藏到哪儿去呢？

申队给许光打电话，说："不行就挖地吧。"

大家各自去搜罗工具，准备把院子掘地三尺，许光盯着窗外思量着先从哪里挖起。他的目光从窗户玻璃慢慢移到了窗框上，随后又移到了两侧的窗帘上。顺着窗帘，他又看到了一样东西。

窗帘盒。

许光想起什么，蹿上床头柜，站直了往窗帘盒里面看。李凡尘说，许光的厉害之处在于，他对于自己观测到的事物往往都有很强的思维延展性。之前他们在窗帘盒底下走来走去、翻上翻下，谁也没想到高高在上、单薄镂空的窗帘盒还能藏东西。所以当许光贴在窗前的身子激动地舞起来的时候，大家都吃惊极了。

熊峰把一百多枚菩提子整整齐齐塞到了窗帘盒底部卷起的边缝里。说来也巧，那窗帘盒做得粗糙，卷边缝的宽度刚好和菩提子的直径一样长。估计当时熊峰藏的时候也是偶然发现，没准就直接当成是老天给他的旨意了。只是没想到，他这回碰到了许光。

所有的佛珠都抠出来后，大家发现这些佛珠和许光在案发现场找到的菩提子佛珠几乎一模一样，说是出自同一手串毫无问题。他们数了数，这回找出的菩提子一共一百零六枚。许光想起了之前行家给他的介绍，再加上他自己又在网上查了一些内容，认为这种菩提子佛珠手串应该是一百零八枚。这似乎也和佛教有关，几乎所有的佛珠手串都是这个数目。

如果加上后来在现场找到的那枚菩提子，那么他们手上拢共有一百零七枚佛珠。差一枚，有可能还散落在案发现场没被发现。但是到现场经过又一轮的寻找，侦查员们并没有新的收获。想来那最后一枚佛珠有可能是被雨水冲走，或者被泥土掩埋到更深处了。

不过那也不算什么问题，既然在熊峰住处找到了绝大多数菩提子佛珠，就可以认定他当晚在案发现场出现过。许光把这些菩提子佛珠拍成照片放在熊峰面前，问他认不认识此物。熊峰见图，先是一激灵，但很快又故作镇定，反问许光想干什么。

"你不认识这些东西？看看这张，是在你家找到的一百零六枚佛珠，另外这张，是在案发现场找到的佛珠。你瞅瞅这佛珠的大小，这纹路颜色，明显就是一串手串上的。五线菩提子是什么东西不用我跟你科普了吧？这东西的稀有程度你自己心里清楚。怎么可能那么巧，在你家找到的菩提子，和我们在现场发现的一模一样？"

"我怎么知道！说不定就是你们这些恶警栽赃陷害我！"熊峰龇着满嘴黄牙朝许光翻白眼。

"说什么呢你！"李凡尘都听不下去了，用笔尖指着熊峰，"那我问你，好好的，你把你那些佛珠塞到窗帘盒里干什么？"

"线不小心断了，我怕随便放在哪里被人偷了，就塞到窗帘盒里了。"

"那少的那两枚佛珠呢？"

"少了吗？少了你们得赔我！"

"我们都有录像！有见证人！"

"行了吧，都是你们安排好的，录像能摆拍，人你们也能摆平。你们什么干不了呀！"

"那你之前为什么要躲起来？"

"我没跑呀，那是我一个哥们儿的房子，他一直不在崤城，以前就拜托我看房子，我看闲着没事就过去住两天，打扫打扫，走走水电，怎么了，违法？"

此后几个小时对熊峰的讯问中，他始终不承认佛珠是自己的，也不承认自己去过案发现场。不过在熊峰家的搜查有执法视频为证，这一点到了法庭他也无从抵赖。不过许光还是有些顾虑，毕竟那枚在案发现场找到的佛珠上没有验出DNA，所以只能算作间接证据。再者就是没有在他的住处找到死者的衣服，以及那把可能是凶器的刀。如果真想给他定罪，至少还需要一样直接证据。

正在许光和李凡尘一筹莫展之时，好消息传来：死者身份确认了。

通过对海量监控视频的分析，探组成员掌握了监控视频里那名黄衣女子的乘车规律，发现在五月十八日之后，她就再也没有乘坐过地铁，这进一步印证了探组的猜测，即这个黄衣女子很可能就是死者。

一天之后，警务支援大队通过属地公安机关的监控录像系统，追踪到了黄衣女子居住的城南的一个叫牡丹园的小区。在许光和李凡尘搜查熊峰家的时候，申队带着人去那个小区进行走访，逐渐查出了黄衣女的身份。此人名叫田英敏，是安徽芜湖一个叫作平岭的小地方的人，独自一人租住在牡丹园小区的一处一居室里。据周围邻居透露，他们已经一周左右没有见到田英敏出入了。但因为她是新租户，和街坊们并不熟悉，没什么存在感，也就没人注意到这些异常。

通过联络社区民警和房东，申队发现田英敏一直失联，也没有人有她亲属或者朋友的联系方式。没办法，申队在房东的见证下，进入了她的家，取走了她的一些照片和梳妆台梳子上的几根头发。两天以后DNA比对结果出来，无名女尸确认是田英敏无误。

死者身份确认后，许光就派王铁莹和曾竹专门梳理田英敏的社会关系。田英敏的手机至今未找到，他们用内网查询到她是三月刚刚坐高铁来到崤城的，目前也没有在任何一家企业缴纳社保，应该是无业状态。通过到手机运营商处调取她的通信记录发现，她在本地的社会关系几乎为零，每天打电话基本也是订外卖、收快递。这也是她失踪一周多都没有人发觉的原因。

不过最令大家感到意外的是，这个田英敏似乎很有钱。在她的住处，侦查员发现了很多名牌包和衣物，虽然有的也是以假乱真的A货（假货），但价值不菲的正品也不在少数。她似乎是个格外注重外表的女人，保养品、化妆品在家里满坑满谷，笔记本电脑里也存着自己许多颇具网红风格的磨皮自拍照。除此之外，她好像还很爱喝酒，家里到处都是空酒瓶和没有开封的红酒、啤酒。

一个刚刚独自来到本市的外地年轻女人，没有正式工作，没有交际圈子，住处却是这种挥金如土的风格，不禁让王铁莹等人产生了一些联想。随后她尝试联系了田英敏老家的派出所，根据老家派出所户籍民警的核查，田英敏至今未婚，父母双亡，户口本上除了她还有哥哥一家人。但当王铁莹联系到田英敏的哥哥时，那男人竟然对妹妹的死亡出奇冷漠。在电话里沉默了半分钟后，她哥哥问王铁莹："怎么，是需要我做什么吗？"

"当然，这边如果尸检完了，会在我们这儿火化，然后你们把骨灰领回去，还有，你不先过来认认尸吗？"

"不了。我们好多年没联系了，她也一直不在老家。"

据田英敏的哥哥说，田英敏在十六岁的时候就辍了学，然后在老家晃荡了两年，交了个男朋友，没几天就和那男人出去"挣大钱"了。因为她从来不负担父母的生活费，所以家人对她很有怨言，两个老人相继去世后，她几乎和家里断了联系，只在重新办理身份证的时候回过一次原籍。那次她浓妆艳抹、趾高气扬地回家要户口本，还一言不合跟嫂子吵了一架，就算是和哥哥家彻底决裂了，后来就再也没露过面。

不过对于田英敏在外地靠什么营生，她哥哥称不知道，但态度上听来多少有点暧昧。最后她哥哥还问王铁莹："那个，人死了，死亡证明是从你们那儿拿吧？"

"是的。"

"能邮寄过来吗？我把户口销了。"

"我请示一下领导。"

"还有，凶手抓到了吗？"

"抓到了一个嫌疑人，还没批捕呢。"

"有赔偿吗？有赔偿的话记得联系我。"

王铁莹后来在聊天时说，她当时差点没忍住飙脏话。

情况就是这个情况。后来曾竹通过对田英敏通信记录的筛查，找到了她在当地唯一一个能称得上是朋友的女人。那女人叫小倩，正是她在崤城帮田英敏物色的出租房。小倩是田英敏的初中同学，初中毕业后她就随家人移居到了崤城。这些年她和田英敏都只是在网上联系，据她透露，今年年初的一天田英敏忽然联系她，问她能不能在崤城帮自己找一间靠谱的房子，最好再介绍一个工作，她要搬过去住一阵子。当问到田英敏为何突然做此决定时，田英敏最初支支吾吾，但最后还是本着有求于人就需坦诚的态度，告诉她自己曾经在广州给一个富豪当情妇，但被富豪的老婆发现了。富豪老婆不是省油的灯，吓唬她要毁了她的容，让她一辈子做不成狐狸精。她在当地待不下去了，又没脸回老家，于是才想到来崤城投奔昔日同学。

于是小倩就帮田英敏找了房子，但还没来得及帮她搞定工作呢，她就死在了工地大坑里。小倩自责极了，在询问室里哭哭啼啼，后来还跟曾竹去法医中心认了尸。

至此，死者生平和凶手嫌疑基本都理清了。

我感叹："刑警破案原来这么麻烦啊？得做这么多份笔录，联系这么多人，跑这么多地方啊？"我藏着没说的下半句是，这跟我在各种影视剧里看到的完全不一样啊。电视里的警探们都是一开始对着诸多线索一筹莫展，然后忽然灵光乍现走入化境，各种逻辑碎片马上就拼接起来了，主角就在万众瞩目中口若悬河地揭露真相了，一通灵魂拷问把凶手说得哑口无言、涕泗横流了。

而李凡尘对我说的这些办案经历，才真正让我体会到了现实中警察探究真相、惩恶扬善究竟要付出多少成本。也让我知道，寻人、查案、追凶不光需要精力和时间，更需要一剂注入灵魂的使命感。

我看着口干舌燥、正在喝水的李凡尘，暗暗产生一丝钦佩。从头到尾他都注重描述办案时许光的奔波劳碌，但毋庸置疑，以他和许光的关系，许光忙得脚不沾地时，他也一定清闲不到哪儿去。

果然，李凡尘又说道："这才哪儿到哪儿啊。后来我们还出差去查了田英敏在广州傍的大款，以及大款的老婆，排除了他们的作案嫌疑呢。案子里每一个口子都必须堵严了，否则即使是法制处不挑错，检察院那关你也过不了。"

我说："你们挺棒的。"

李凡尘忽然问我："听说你本来也是要来刑警队的，只不过被半路截和了？"

"是啊。"我皱眉苦笑。

"你想去刑警队哪个部门呢？内勤？指挥室？还是技术？"

"你要是收留我，我就去你们探组。"

他的脸腾地红了。

3

熊峰被刑拘的第三天，法医在田英敏尸体的指甲缝里，成功提取到一个男人的DNA。后经比对，和犯罪嫌疑人熊峰相匹配。

这就是大家翘首以盼的直接证据。有了这条佐证，熊峰被批捕就指日可待了。许光探组众人听闻后欢呼雀跃。李凡尘笑得尤为开心，因为那天恰巧也是他二十六岁生日。

姐姐给李凡尘发了信息，说给他买了一台笔记本电脑当作生日礼物，晚上可以到家里来拿，还可以一起吃个饭。但那天下午许光安排他去法医中心取了鉴定意见，回来后还得在办案平台上制作一份呈请调取证据决定书，所以他一直在办公室忙到晚上六点半才得以脱身。他在宿舍换衣服的时候，忽然又接到许光的电话，口气还挺着急："你调取证据通知书怎么就开了五张？五张够吗？跟你说多少遍了十张起开，要不以后还得重新呈请、重新审批。"

"哦。"

"下来重新弄吧，明天我等着用呢。"

李凡尘赶紧又折回办公室，从窗户看见办公室已经关灯了，估计连许光也不在。他还纳闷许光是从哪儿登录的平台呢，刚推开门，刹那间屋里灯光全开，一群人突然蹿出来朝他大喊大叫。

一团什么东西在他头顶炸开，无数彩带纸条喷涌而下。许光带领曾竹、王铁莹在飘荡的彩带中笑靥如花，许光把一个纸质的生日王冠套在了李凡尘头上："李凡尘小哥哥生日快乐！"

随后丰凌不知道从哪儿冒了出来，手里还端着一个已经点上蜡烛的生日蛋糕。她慢慢走到目瞪口呆的李凡尘面前，笑着命令道："先闭眼许愿！"

李凡尘回过神来，抑制住兴奋把眼闭上，几秒之后，一口气吹灭了上面的二十六根蜡烛。

许光说："嗬，泄愤呢？唾沫星子都喷我脸上了。"

大家让李凡尘站在C位（中心），一起用自拍杆合了张影，丰凌、王铁莹和曾竹还送了礼物。丰凌送的那件礼物，李凡尘现在还摆在自己床上，是一个大鳄鱼造型的抱枕，她说："许光告诉我，你晚上睡觉老爱蹬被子，我们就一起买了这个，你晚上睡觉记得抱着啊，能暖和点。"

李凡尘讲到这里，特地打开手机，找出那张生日照给我看。照片里我看到了与之前印象截然不同的、笑靥如花的王铁莹和曾竹，以及我从未谋面的丰凌。我之前一直以为丰凌是俏皮可爱型，但照片里的她比我想象中要惊艳多了，不仅颜值高，妆容也精致极了，特别像一个女明星。

我一下自惭形秽了："丰凌真漂亮啊。"

"嗯，她属于越长越开的那种，再加上后来会打扮了，谁见到都说是大美女。"他顿了顿又说，"她和许光给我买的鳄鱼抱枕我现在还留着呢。"

我不禁问道："许光对谁都是这么暖心吗？"

李凡尘点点头："对，也不光是暖心，就是他这个人看着大大咧咧的，实际上非常细心。不论工作多忙，事情多烦琐，一些微不足道的小事他也丝毫不落。像我们探组几个人的生日，甚至是家里人的生日，他知道后一般都记得很清楚，日子到了，哪怕当天聚会组织不起来，他都会带头在组里送祝福，然后让过生日的人早下班。"

我说："真是个好人。我怎么就碰不见这样的领导。"

李凡尘说："唉。"

我问："能看看许光的朋友圈吗？"

李凡尘愣了一下，说行，然后他打开手机，从微信通讯录里找到许光的名字。我以为像许光这样的帅哥都会用自己的照片做头像，没想到他的头像却是一幅面朝星辰大海的漫画。

李凡尘点开那头像，我无意间瞥见了两人的聊天记录。然而就是那么一瞥，却让我发现了一些不一样的东西。

他们最后一次联络，还是在今年二月过春节的时候。看样子是李凡尘给许光发了一条拜年信息，还配上了好多烟花和礼物的表情。

许光却没有回复。

李凡尘好像也意识到我有可能发现这个细节，动作明显有些慌乱，点了两次许光头像都没有点开个人资料。

对话框里弹出一条提示:"我拍了拍'许光'。"

李凡尘吓了一跳,大声问我:"这个能撤回吗?"随后他发现可以,于是赶紧操作。但撤回之后,他又好一阵愣神。也许这时候他才意识到,许光已经不在了,看不到任何消息提示了。

最后他点进许光的朋友圈,发现里面空空如也,显示朋友动态半年内可见。

"他以前可爱发朋友圈了。秀美食,秀恩爱,秀加班,我都不知道他这么久没有发了。还以为是他给我屏蔽了。"

我本想问问他为什么这么想,但联想到之前庄妍的话,猜到后来他和许光之间应该确实发生了什么事情。于是我也就没再多嘴。这个时候提出这种问题,似乎有点残忍。

李凡尘可能意识到我会疑惑,随手点开了许光曾经发给他的一条语音,手机里立刻传来了清脆而略带沙哑的男人声音:"凡哥啊,那个,你别买鱼了,松鼠鳜鱼我还没学会呢,而且丰凌吃不了太甜的,你买点火腿就行,晚上我给你们做沙拉!"

这是我第一次听到许光的声音,觉得奇妙极了。

李凡尘脸上又有了笑意:"那阵他研究做饭上瘾了,我们队里都叫他'许厨子'。"

他一阵出神,随后才扭头看我:"哦,对了,咱们说到哪儿了?"

我说:"熊峰。熊峰后来是不是被批捕了?"

"对。"李凡尘回过神,抬眼看看墙上的挂钟,"都中午了,你还没吃饭吧?就在家里吃吧。"

我本来不想麻烦他,但觉到饭点了自己拍屁股走人好像也不太礼貌,就拿出手机:"我请你吧,咱们点些好吃的。"

李凡尘把我的手机按下去:"点什么外卖啊,家里有菜,都是现成的,我去看看。"

"行,那下回我请你。"

李凡尘把脑袋探进冰箱里看了半天，最后决定做一个菠菜炒鸡蛋，一个粉丝炒豆芽，随后他又翻出一块酱牛肉，说可以拿这个开荤，问我行不行。我说："你挺厉害呀，还会酱牛肉呢？"

"是许光教我的，丰凌喜欢吃。不过他也没做过几回，现在牛肉太贵了，这块还是我姐给我买的。"

随后李凡尘切菜，我搅和鸡蛋。厨房里一阵叮当乱响，阴暗的小屋里慢慢有了像模像样的烟火气。李凡尘侧着脸，半带笑意地说："好久没人跟我一起做饭、吃饭了。"

其实我也好久没有和别人一起做饭、吃饭了。我现在和一个在咨询公司上班的女孩合租一套小两居室，虽说客厅、厨房和卫生间共用，但我在家里压根也没见过她几回。倒不是因为她有家不回，而是我们的作息完全不一样。我每天八点出门上班时，姑娘房门都紧闭着，想来还在呼呼大睡。我下班时，她又肯定不在家。后来我才知道他们那种咨询公司每天都是中午上班凌晨下班，随着夜夜笙歌的客户们的时间走。

独自在家时我也会做饭。我爸去世后，我妈虽然逐渐走出伤痛，但思想上多少还是受到一些影响。以前她总是跟我们说女孩子要学会做饭，否则长大嫁人没法理家。但我爸出事后，她却明令禁止我和烁星再动火碰电，连我们晚上洗澡，开关燃气都得她亲自操作。我明显感觉到她是有些怕了，怕我和烁星再因为一些意外发生好歹，她受不了打击。她的心脏已经比纸薄了，保护我们就是保护她自己。

我本以为独居后，脱离了她的管控，就会如鱼得水般自由自在，但不知怎的，一个人在厨房手忙脚乱时，我又希望身边有个人能对我说句话，哪怕是冲我发发牢骚也行。有时候不小心把盘子摔了，把下水管堵了，把老抽和生抽搞混了，我都只能自问自答、自怨自艾。有时候好不容易做出一桌子饭菜端上桌，我坐在椅子上，会突然胃口全无。

我在干什么？一个人做这么多饭菜干什么？是闲得没事了吗？

然后我会幡然醒悟，这里并不是我家。这里没有我的家人。所以我会丧失食欲，以及作为一个家庭成员的自信与活力。

我看着身边戴着围裙、认真往锅里倒油的李凡尘，心底忽然生出一种很奇怪的、说不清道不明的感觉。非要形容的话，这感觉依稀就像我之前感情裂口中，正巧缺失的那一部分。

第七章
释放

1

吃完饭，洗了碗，李凡尘跟我说，下午他也要回单位上班了。于是我们一起到公共汽车站坐车。路途中，他跟我讲了熊峰案件的后续发展。

我本以为人证物证俱在，熊峰指定逃脱不了法律的制裁，但事实证明，我还是太幼稚了。或者说，是因为我之前看了太多理想化的罪案作品，想法太悬浮了。

半年之后熊峰被提起公诉。这期间他拒不认罪，并且聘请了崤城当地非常有名的一个刑辩律师。律师去检察院调取案卷后，对案情进行了全面梳理，并且去看守所反复与熊峰探讨研究。

第一次开庭的时候，许光和李凡尘专门去旁听了，俩人听得鼻子都气歪了。

刚一开庭，这位律师竭力替熊峰脱罪，并且对检方提出的各项证据逐一进行反驳。

首先是最关键的 DNA 比对证据，以及伤情证据和现场遗留物证据。

在后来熊峰的供述中，他只是承认有可能和田英敏乘坐了同一班次的地铁列车，他下车后的确走在田英敏后面出站，但出站不多久就赶超到她的前面。所以当熊峰走到桃园站新站工地时，田英敏根本还没有到达此处，就更别提被熊峰杀害了。两个人在出地铁站之后基本上没有交集。

至于田英敏的手指甲中有熊峰的 DNA，律师认为很有可能是其在乘车过程中与熊峰发生的刮擦"误会"。因为据熊峰供述，在挤车时，因为他和田英敏距离过近，两人曾经发生了一些肢体触碰。田英敏于是很不友好地"推"了熊峰一把。因为田英敏的指甲比较长，两人又近在咫尺，田英敏的指甲就挠到了熊峰的皮肉，所以其指甲内会有熊峰的皮屑残留物。

但是因为监控探头位置比较远，车厢内人多拥挤，所以监控没有拍到田英敏的这一动作。

等等，我听着怎么觉得有点诡异？细琢磨，这还是猥亵啊。

"你想得没错。"李凡尘很肯定地朝我点头。"那个律师的厉害之处在于，几乎已经变相承认了熊峰曾经在车厢里猥亵过田英敏，也正是如此，田英敏才会用指甲抓了他一把。虽然没有明说，但法官不是傻子，他也看过检方提交的证据，知道熊峰以前总被人举报猥亵，一听就能明白几分。而一旦接受了这种描述，法官也会下意识思考田英敏在车厢里用指甲伤害过熊峰，以及熊峰因此不太可能再次侵犯田英敏。所以说当时辩方的开局几乎是满分。"

熊峰的律师认为，凭借田英敏指甲中能够化验出熊峰的 DNA 并不能证明熊峰就是杀人凶手，毕竟两人在案发前曾经存在交集，只能证明田英敏曾经挠过熊峰。而挠的原因、地点，并不一定和田英敏被杀一案有关。如果按照检方的公诉陈述，熊峰是以性侵犯为目的实施犯罪，那么死者身上以及案发现场为什么没有发现熊峰的体液或者毛发？即便是因为雨水冲刷导致证据灭失，死者体内也不太可能没有性侵的痕迹。

然后律师话锋一转，又提到了许光和李凡尘在案发现场找到的佛珠物证。他表示，虽然公安人员在熊峰家搜查取证时有比较完整的执法录像，但在案发现场找到那枚佛珠时却没有，甚至连第三方见证人也没有。虽然两位民警出具了关于寻找到这枚物证的询问笔录，但不能排除这枚物证存在着违规程序，甚至是不合法性。

"这是什么意思？"我觉得难以理解。

"他的意思是，我们有可能故意诬陷熊峰，做假证。"

律师提到，熊峰之前好几次都被事主以猥亵的缘由扭送到公交分局，但公交分局都无法找到证据给其定案。那么这一次公交刑警队的办案人员，会不会在有可乘之机时，蓄意捏造了这么一个证据呢？比如先找到了熊峰藏在家里的佛珠，然后拿出其中一枚，故意丢在案发现场。毕竟那枚佛珠上，验不出死者的DNA，甚至连熊峰自己的DNA也没有。这就很值得玩味了。

我有些气愤：“这就有些过分了吧？这不是凭空诬陷吗？他也没有证据证明是你们做假证啊。"

"对，他也没有证据。但反过来，因为他说的这些，我们也确实拿不出反驳的证据。排除非法证据是辩方的基本权利，所以我们也没有办法。"

熊峰的律师甚至还专门研究了五线菩提子的来历。他向法官提出，五线菩提子虽然是稀罕物，在崤城更是难得一见，但其实这种东西在全国也并非无处可寻。故宫的那棵九莲菩提树至今还存活，每年产子虽然不多，但这些五线菩提子被人收集之后制成文玩，可能流传到全国各地甚至是境外，再加上历年产的和流传在市面上的，也不是个小数目。现场找到的那枚菩提子哪怕成色和熊峰的手串再相近，也没法百分之百就确定属于熊峰。

综上所述，熊峰的律师认为，性侵这个动机，在一开始就是一个伪命题。更何况熊峰此前并没有这一类的犯罪前科，检方不能上来就对其进行有罪推定。

我觉得很可笑，问李凡尘：“他之前为什么没有这类前科，自己没有点数吗？不都是自己耍赖不承认吗？"

李凡尘坐在公交车座位上无奈耸肩：“没办法，法院就认证据。当时检方也向法官出示了熊峰被人举报三次的110报警单。但法院认为报警只是事主单方面的检举，没有定案结案，就不是警方查明的事实，所以不予采纳。于是在第二次开庭前，我们还专门联系了那三次检举熊峰的女事主，希望她们能当庭指认熊峰，但她们听说要出庭做证，全都拒绝了。"

意料之内，情理之中。那三起报案事过已久，三名报案人谁也不想再给自己找麻烦。

在第二次开庭时，熊峰的律师向检方提问，为何没有找到死者血衣以及造成死者伤情的刀具。检方回应称，熊峰拒不承认自己杀害死者并藏匿或者销毁了这些证据，所以这些物证暂时无从找起。熊峰的律师向法官提出，这些证据很重要，如果找不到，或者没有熊峰销毁证据的佐证，那是不能够给熊峰定罪的。因为目前并没有熊峰杀害死者的直接证据，那么熊峰扒掉死者全部衣物并进行隐藏就没有理论支撑。

随后那位律师又向法院提交了一份证据，即案发后，熊峰换乘公交车时，在车站被拍下的一段监控录像。录像的时间是五月十八日晚上的九点二十五分，录像中的熊峰正在等车，手里并没有拿着什么疑似血衣或者死者物品的东西，身上也没有明显的受伤痕迹。此时距熊峰下地铁，只有不到十五分钟的时间。律师计算过从桃园站旧站出站，途经新站工地，到达那座公交车站的时间，最多也就十来分钟。所以从这段时间长度来讲，熊峰不太可能先把一个人掐死并拖入工地大坑，即使这个时间够，他也没有充分的时间藏匿罪证。

我认为这个说法虽有一定道理，却也不尽然。假设熊峰把死者衣物随手藏在某处，然后选择别的时间段进行转移呢？

"所以当时控辩双方在现场展开了很激烈的讨论。法官也觉得双方陈词虽然都具备一定合理性，但都不是很完整的证据链条。直到熊峰的律师又向法官展示了一样证据，也正是这证据的出现，彻底改变了案件的走势。"

"什么证据？"

"是刚才我都没来得及跟你细说的，其实当时在田英敏尸体上，还检测出了另外的DNA痕迹。"

2

事实上，当时法医在田英敏尸体脖颈上的掐痕处，还检测出了一组混合 DNA 信息。

什么是混合 DNA 呢？就是说法医提取的这个 DNA 检材，属于混合生物样本，它来自两个或两个以上的个体。混合生物检材由两名或两名以上个体的血液、精液、脱落上皮细胞等同种或不同种类生物样本附着在犯罪现场载体上形成。现在现场勘查技术非常先进，仪器检测灵敏度的增强和实验室操作水平的上升，很微量的 DNA 也可以被检测到，于是混合检材的比例也越来越高。

但是同时，混合检材往往也令人头疼。因为想要把混合 DNA 分开，进行个体比对，就需要人工手动拆分 DNA 信息。当时在田英敏尸体脖子上提取的这组混合检材，根据分析师的分析，目前只能判断出是来自两名男性，却一时无法将这两条 DNA 拆分成功，也就无法进行个体的 DNA 数据比对。

我觉得匪夷所思："能看出是男性，却无法把 DNA 成功分离出来？"

"对，DNA 分析不像你想的那样，有样本，一观测，什么信息就出来了，那是非常理想化的情节。实际上 DNA 的分析是要看峰值的，峰值出得不明显，就不好进行判断；而混合型的 DNA 拆分则需要看每个位点下峰的个数、峰高等参数，如果出现两个基因位点在同一个地方的峰值，就很难拆分。"李凡尘解释道。

我完全不知所云，只能问："那么，出现这种情况的可能性是什么？

凶手有两个人？"

"不，只能说至少有两个人在尸体的掐伤处都留下了自己的痕迹。但究竟是怎么留下的，现在根本不好说。我们当时只是主观推断一条DNA属于熊峰，另一条，有可能属于检材污染。这种情况也很常见，比如尸体在现场，甚至是在解剖室被人误触过。但因为这组混合DNA一直拆分不成功，所以也无法证实这个猜测。"

李凡尘说，正是由于这条混合DNA存在着不确定性，熊峰的律师坚称此案的凶手可能另有其人。毕竟田英敏是机械性窒息死亡，谁在其颈部留下了伤痕，那么谁才具有杀人嫌疑。如果在这么关键的部位提取的生物样本不能有清晰、明确的结论的话，很有可能会造成冤假错案。

随后法官宣布休庭。

我说："够曲折的。"

李凡尘说："是啊。"

此时我们已经下了公交车，走到了分局门口。刑警队在西院，李凡尘停住了脚步。影影绰绰的树荫下，他背着书包的样子很有少年感。

"后来法院是怎么宣判的？"

"再开庭我和许光就没有去。那次开庭之后依然没有当庭宣判，我们感觉就不太好。后来一个月之后又开了一次庭，法官认真梳理了双方提交的各项证据后，认为检方的举证不够充分，不足以给熊峰定罪，于是宣布他当庭无罪释放。"他撇了撇嘴说。

"就是这样被放出来的啊？这么干脆吗？"我也很不忿。

"这是咱们国家近来注重的以审判为中心的司法体制改革，一切都以法院的审判为最终依据。"

"后来呢？"

"后来的事情你就都知道了，他又一次作案，被许光逮住了。"

李凡尘说，在熊峰被许光击毙后，警方从他胳膊上发现了其佩戴的一串手串，竟然还是一串五线菩提子手串！

只不过这回的这条手串，有一百零七枚五线菩提子，正好比一百零八枚的"常规数目"少一枚。鉴于之前田英敏那起案子中的一百零六枚佛珠物证已经发还给了熊峰本人，当时的办案人员就猜测，假设这条手串就是他之前的那一串，其中的一枚佛珠被许光在案发现场找到，因为熊峰否认是自己的财物，所以并未发还给他，那么现在多出来的那一枚，会是他从哪里搞来的呢？

会不会是田英敏一案案发后，散落在现场的佛珠并非两枚，而是只有一枚，另外那一枚，其实是沾染了什么痕迹，而被熊峰单独隐藏了起来。后来熊峰觉得风头已过，便把那枚单独藏起来的佛珠又重新穿到了手串上，再次戴着招摇过市。

抱着这个猜测，技术人员对这次发现的一百零七枚佛珠进行了更为细致缜密的检验。一开始并没有什么发现，但领导们经过认真分析探讨后，认为哪怕嫌疑人已死，也不应当漏过任何一条蛛丝马迹，而且许光是因此殉职的，所以必须严查彻查！于是技术人员破釜沉舟，对每一粒佛珠进行了切割，终于在其中一只佛珠的内部空洞处，检验出了一些早已凝固的血液。

这枚佛珠，应该就是当初熊峰处心积虑藏匿起来的那一枚。

经过DNA比对，血液属于田英敏。也就是说，熊峰曾经和田英敏爆发过相当激烈的冲突，而且熊峰为了隐藏真相，故意藏匿了这项直接证据。如今此案终于在这一佐证下真相大白。熊峰，正是杀害田英敏的凶手。

这个结果，也算是为许光悲壮的结局，画上了一个还算圆满的句号。

不知为何，听到这里，我本应激动的内心此时却空落落的，一时无话可说。许光那么好的一个人，就这样和一个恶棍玉石俱焚，想来也真是酸楚。

李凡尘可能不想在这种有些尴尬的氛围中离开，于是又笑着补充道："那个，没事，你要非得请吃饭，我去就是了。"

我做了一个给力的手势："没问题。"

李凡尘抬脚要走，我想起什么，又问道："哎，对了，那个……"

"嗯？"

"你和丰凌……后来还有联系吗？"

"没有。"

说完，他头也不回地走了。

3

又是连着三天，我没与李凡尘联系。这三天中，我开始写他宣讲稿的初稿。这种稿子对我来说不难写，无非就是以宣讲人的角度，对主人公生前的工作做一下简单回顾，再用一些克己奉公、任劳任怨的细节加以点缀，最后提炼一下感情，升华一下，主题归到弘扬社会正能量上，大功告成。

不过我自认为很认真地刻画了许光。我满怀敬意，甚至是满怀爱意地把他写成了一个既心怀格局、灵魂又十分落地的基层青年民警。如果说某个人在某一方面突出是优秀的表现，那么当一个人在各个方面都令人交口称赞、无可指摘时，这就不能用优秀来形容了，就说明他有着极强的人格魅力。

许光正是如此，他忠诚、勇敢、真实、正义感爆棚，对待工作一丝不苟，对待兄弟如同家人，他对待爱情也能够保持纯洁和专一。这说明什么？就说明他的好不是偶然的，不是装出来的，也不是刻意打造的。人都有另一面，甚至心里都会有一些阴暗的角落；利益与欲望面前，难免也会暴露出一些原始的生物本能。但许光就没有，他似乎以一种很独特的方式在世间行走：佛系的追求，带来平和而阳光的心态，哪怕万宠集于一身，也从不背负名利。所以，毫不争强好胜的他，却是人群中最耀眼的那一个。

英雄之所以能成长为英雄，是因为他们并没有那么多自我存在感。这一点我深有感触。好比我爸，活了大半辈子，不图当官、不谋发财，脑子里最多就是家庭温饱、子女教育这点事。除此之外，他好像也没什么操心的。每天吹着口哨去上班，哼着小曲四处忙活，默默无闻、勤勤恳恳，谁都不觉得他能成为英雄。他的幸福阈值好像很低，口干了身边有杯水就特知足，天冷了单位发个脖套就会感恩戴德。好像他来到这个世界就没带着自己这副身子，根本不懂得为自己着想。所以在救人于水火的关键时刻，他才能毫不犹豫地舍生取义。

许光也是如此。他没有过强的自我意识，也就不会为其中的欲望和纷扰所牵绊。他最大的愿望也就是一套小小的婚房而已，有就有，没有也不是那么不能接受。可他的所作所为，却是很多人穷其一生都无法企及的。

我对许光的这些赞美几乎是溢于字里行间，以至于写到最后我格外憋闷，这么好的一个人，我还没来得及认识，怎么就死了呢？

我之所以这样投入，也有李凡尘的原因。写作的时候，我眼前总是浮现出李凡尘时而饱含哀伤、时而清明如炬的眼睛。我清楚地知道，他对许光有着太多的不舍。哪怕是和我畅聊许光的话题，他也一定有很多难以对我开口的内容。这些内容在许光生前，可能仅仅是哥们儿之间无可厚非的观点，或者一闪而过的念头，但放到现在，却已经成为一生都无法对其倾诉的懊悔。

对于别人，这可能不那么打紧，但对一直深深依赖许光的李凡尘而言，却足以抱憾终身。更何况如庄妍曾经对我说的，许光去世之前，两人关系好像出现了什么问题。虽然我没有追问这个细节，但不管他们之间发生了什么，李凡尘此时都一定追悔莫及。他需要一个宣泄口，来表达对许光的哀思。

所以就算是为了李凡尘，我也要把这个宣讲稿写得生动感人。

不过令我颇感意外的是，这三天里，李凡尘也并未联系我。有时候我也会稍稍纠结一下：明明之前已经比较熟了，他询问一下稿子进度，或者进行一些临时起意的补充，也是自然而然吧？怎么心就这么大，聊完就完了呢？况且除了稿件，我们之间难道就没有别的交集了吗？

写完稿子的第二天是个周六，晚上忽然有人敲我的房门。我以为是舍友小姐姐忘带钥匙了，没想到打开门一看，站在门口的竟然是我妹妹徐烁星。

烁星打小就古灵精怪，做什么事都能刚好踩到点上。这次她是陪着自己的未婚夫小赵来崤城置办一些居家用品。他们年底就要领证了，小赵家出钱在绵岭给他们全款买了一套两居室。我喜闻乐见，若不是他们这边进展迅速，我妈跟我奶奶的注意力肯定还在大龄未婚的我身上。自从烁星小两口把结婚提上日程，她们有了很大盼头，除了偶尔在我面前显摆一下烁星的美好归宿，暗讽我冥顽不灵，也就佛系多了。

所以最近两年我虽然表面上对烁星依旧保持长姐风范，实际上心里感激极了。要不是她速战速决、成效显著，我估计得被家里天天安排车轮战相亲。

我和烁星在门口大声尖叫。她要拥抱我，被我一把推开："去去去，一身臭汗味，逛了一天商场吧？"

"可不，大城市就是好，叫车方便极啦。不像咱们老家，到晚上就只有黑车啦。"

她说她和小赵逛了一天，什么宜家、苏宁、大中，订了好些家具和电器，存款余额锐减，俩人也急需找个避风港，消除内心的剁手罪恶感。小赵去找家在崤城的老同学喝酒去了，她就独自跑来给我制造惊喜。

"看看你屋子里藏没藏男人。"

"有，跟床底下呢，你赶紧给拽出来吧。"

我和烁星也有大半年没见了，上一次相聚还是过年的时候。于是那天晚上我俩开了几罐冰镇啤酒，坐在我卧室的小地毯上胡聊乱侃。我和烁星属于那种典型的暴躁姐妹，长期相处总会冲突不断，短暂分离反而能增进感情。

我和她之间最重要的双边关系在于，我们是彼此的垃圾桶，好些内心的负能量必须定时地互相倾倒，否则双方都会疯掉。

比如，喝到微醺之际，徐烁星跟我说了好多最近令她头疼的事：小赵身上的臭毛病、他妈妈的清奇脑回路，以及他们双方对于房子装修的不同意见等等。说到最后摇头晃脑地劝我："真的，我劝你能不结婚还是不要结，烦死了，就跟打怪闯关似的，你永远不知道下一个冒出来的是什么恶心的怪，而且这还是刚刚开始。"

我和她碰杯："深表同情。"

"哎，对了。"徐烁星几乎必然地想到了一个人，"哎，你跟翟忆山彻底没有后续了啊？怎么没有他一点消息了啊？"

翟忆山是我的前男友，耀安分局的一个派出所民警，比我大一岁。我俩是一起去省厅培训时认识的，相识半年之后确定关系。之所以接受他的追求，一方面是他人高马大肌肉发达，让我很有安全感；另一方面是他出自警察世家，和我的原生家庭背景比较像，我们很有这方面的共同语言。

没想到也正是因为这个看似是我们感情的加分项的一点，导致了我们最终的分手。

原因很简单，他妈妈不同意他找个警察女朋友。这就"小孩没娘说来话长"了，最简单的概括就是，他妈妈这些年深深体会到了双警家庭的艰辛不易，尤其对未来赡养老人和教育孩子来说，双警家庭都存在着诸多弊端。所以他妈妈始终无法接受警察儿子再给她娶一个警察儿媳妇，尤其是听说我的志向是当刑警之后，更是难以理解我的思路。于是对翟忆山百般劝阻，后来母子俩为此几乎到了水火不容的地步。

于是谈了整整三年的我们，就因为这个分手了。

我当然有一些他的后续消息，但我不愿意说，于是摆出一副臭脸瞪徐烁星："没有。你操心得还挺多。"

"那你最近忙什么啊？"

我跟她说我去刑警队了，目前正在给一个牺牲刑警写英雄事迹。她眼睛一亮，警察英雄？咱爸那种吗？我说是，不过这个警察是个年轻人，挺可惜的。她说那你可得好好写，得多做采访工作，多搞些素材。咱爸当年就是因为宣传力度不够，没过两年就被人忘光了。

我说："有一个人专门和我对接这事，他是牺牲警察的兄弟，所有的素材都是他提供给我的。我们聊了好久，而且他还要拿着我的稿子去做宣讲。"

烁星说："哦。"

然后她就突然不说话了，捏了一颗花生米放嘴里，低头看着飘窗下面的夜景。我也不知道她是想念我爸了，还是触什么景生什么情了，就没话找话地补充道："我这个宣讲人还挺有意思的，跟一般刑警不太一样。"

"怎么不一样了？"

"特别……"我也不知道是酒精作祟还是怎么的，嘴忽然有点不听使唤了，"就是给人一种特别温顺的感觉。"

"为什么啊？"

我还在认真地展开对李凡尘的描述，丝毫没觉得她是在套我的话："就是吧，你跟他在一起，感觉挺舒服的，因为他自己总是没什么想法，你干吗他就干吗，受了委屈也忍着，跟个受气包似的。"

"哦？能说个例子吗？"

我就把李凡尘抓贼被冤枉的事说了。但徐烁星说没听够，还让我继续讲。我才发现她没憋好屁："干什么？"

徐烁星死死盯着我："这个人叫什么名字？"

"不告诉你。"

"你说不说？"

"跟你有什么关系啊？"不知为什么，我越拒绝脸上就越发热。完了完了，喝酒真是耽误事，我闲得没事跟她说这个干吗啊。

她一脸奸笑地瞅着我："我说怎么说放下就放下了，合着有了新欢了。"

然后她打开窗户一个缝，扒着窗框朝外面喊道："徐闪星爱上小奶狗啦！"

我头皮都要炸了，把她扯到地上好一通纠缠。她最后喘着粗气捋着头发说："反正你肯定对他有意思。这么多年了我还不了解你？你上次这么主动上赶着跟我形容一个男的，还是翟忆山吧？大方点，喜欢就是喜欢，干吗弄得跟嫖娼似的？"

虽说徐烁星总是不着四六，但对我这个忠厚有余、心机不足的姐姐来说，她还是拿捏得死死的。以往我俩吵架，她总能把我噎得上不来气，因为她太犀利了，对我都是一语中的、一针见血的必杀。我妈曾经偷偷告诉我，有了男朋友就千万别惹你妹妹了，她就是你肚里的蛔虫，哪天她又急了，当着人家面把你那些臭毛病、小伎俩一抖搂，这辈子谁还敢要你啊？

所以她的评价我不得不理性参考，认真评估。

我是喜欢李凡尘吗？可是……我又不是没谈过恋爱，这和我以往对男人的感觉也不一样呀。以前的我，觉得爱情可刺激、可带劲了，完全能让人大脑充血那种。根本不是这种清汤寡水的单纯暖意啊。

至少得有那种怦然心动的感觉吧？

而且我怎么会喜欢他那种一脚踹不出仨屁的铁憨憨呢？

第八章
初演

1

再次见到李凡尘，是两天之后。当时庄妍把我们这些撰稿人和宣讲人约到一起进行宣讲团首次集体演练。

这次演练局里格外重视，五位宣讲人、五位撰稿人悉数到齐，包括关谨天在内的一些领导也到场观摩。我到场有些晚，进到大会议室的时候，一个领导正在讲话。我迎着庄妍有些埋怨的目光，战战兢兢地找到李凡尘身边的空位子坐下，发现他正在认真地往笔记本上写着会议记录。

想着那天晚上酒后，我竟然把李凡尘列入了可能喜欢的人的行列，我从脖子到脚一阵发热，不敢直视他，只是看着他的本子。

他的本子挺大，上面记的内容格外工整。随后他才发现我的到来，然后投给我一个仓促的笑。

我也想笑，脸蛋子抖了抖，却不知笑出来没有，想来应该是挺诡异的表情。随后我把连夜打印出来的稿子拿出来，让他先行阅读。

此时讲台上已经有工作人员开始调试影音设备。他们计划先让宣讲人上台和着配乐读初稿，看大致效果，然后再根据各方面的反响提出修改意见。之前省厅举办的所有宣讲活动，都是按照这个流程来一步步演练和完善的。许光的事迹报告会规格又格外高，所以审核起来会更加严格。

我是机关老同志了，深谙这套操作，所以并没觉得有什么稀奇。李凡尘却很紧张，眼镜片上好像都出雾了。我小声问他："稿子怎么样？"

"挺好的，挺好的。"他咽着唾沫。

"加油，你没问题的。"

"嗯。"他微微皱了皱眉头。

我其实还特想问一句，这几天忙吗？但还没开口，就发现他已经小声快速诵读起了稿子。早知道就提前把稿子发给他了，也不至于令他这样紧迫。但我也不想啊，昨天晚上写完稿子都凌晨了，我也是怕打扰他休息。

几分钟后，演练正式开始。几个宣讲人将按照顺序上台预演宣讲。第一个是刑警队的大队长申杰，他将以昔日领导的角度，对许光生前孜孜不倦的工作精神展开回忆。给他撰稿的是市局专门从外分局借调来的一名外宣"笔杆子"，那人原来以写各种大案、要案的纪实文学闻名，据说还得过奖，所以写起这种堆砌劳动成果的稿子可谓游刃有余。他在稿子里提到了许光带领团队破获的好多刑事案件，比如地铁站区间内电缆被窃案、公交场站内的破坏生产经营案，以及在地铁站内查获的伪造贩卖国家证件印章案等等。他重点描述了许光对待工作严肃认真的态度和任劳任怨的品格，特意指出许光曾经牺牲了无数休息时间加班加点、冒着生命危险蹲守抓人，为国家、为人民挽回了数以百万计的财产损失。

申杰队长不愧是见识过大场面、登得上大台面的老领导，虽说也是第一次拿到稿件，但诵读流畅自然，并且灌入了非常激昂澎湃的感情，配合着婉转悠扬的背景音乐，最终呈现的效果很是惊艳。

申队长宣讲完毕，向大家敬礼。台下掌声四起。

虽然反响热烈，但我还是觉得没我的稿子好。他的内容太扁平了，都是在讲工作，情感也很单薄。这年头，别说因公牺牲的民警，但凡年底能拿到优秀公务员奖的同志，哪一个不是认真对待工作的？何况刑警的本职就是破案抓人，单拿一个职责所在来提炼优秀品质，本身就不是那么有说服力。

我认为真正能打动人的，是这个人内心的修为，而不仅仅是他完成了哪项工作、说了什么高格调的话。他的意识、三观和使命感，才是我们最应该关注和挖掘的精神内在。

按照之前理好的宣讲顺序，第二个上台的就该是李凡尘了。我忽然信心倍增，冲他做了一个"必胜"的手势。

李凡尘的反应却不那么给力，他只是草草和我对视了一眼，然后抓起稿子匆匆起身。显然他还是紧张的，离开座位时还带歪了椅子，整个人打了个趔趄。

他在众目睽睽之下走上讲台，靠近话筒。也许是命运相关的原因，此时的我也心跳加速了起来。

"大家好，我是公交分局刑警队的探长李凡尘。我宣讲的题目是《我身边的光》。"

他带着微微的颤音开了口，奶声奶气的嗓音顺着功放音响传输到会议室每个角落，让大家感受到了和刚才申队长的高亢洪亮完全不同的风格。李凡尘的声音如同他的脸庞一样，年轻，温润，甚至还带着那么一丝稚嫩。也正因如此，他的这个开场白也仿佛透着那么一种天然无雕琢的舒缓和自然。

最关键的是，他说的每一个词、每一句话，都出自我手，或者说，都来自我们两人几天来的沟通。这才是最令我富有成就感的。

背景音乐响起，是《菊次郎的夏天》中的名曲 *The Rain*。

然而就在悠扬的大提琴声慢慢起伏时，李凡尘却停住了。他看着稿子，再也说不出一个字。

最初大家以为他只是暂时的停顿，没想到几秒之后，他忽然抬起头朝台下的庄妍说了一句："我……我忘记敬礼了！"

在还没等到任何回复的时候，他又自作主张地立定站好，认认真真地向全场补了一个敬礼。虽然他礼敬得四平八稳，但整套动作下来，几乎是大汗淋漓。

大家木然相对。

音乐还在继续，李凡尘只能又说了一遍开场白。此时的他明显已经乱了方寸，不仅断句错乱，吐字上也出现了各种连词和气泡音。以至于开始念正文的时候，他磕巴得完全不成样子，声音也毫无气势。

不得不说压垮骆驼的最后一根稻草还是我的稿子。因为我在稿子中，用了一个成语"鳌里夺尊"，大概是出类拔萃的意思。因为上面的段落已经用了出类拔萃，所以我本着不重复用词的想法，用上了这么一个有些少见的成语。没想到就是这个"鳌"字，让李凡尘彻底卡了壳。

他脖子往前一探，嘴巴微张，完全不知道该怎么念。我在台下一直给他用嘴形提示，他却根本不抬头看我一眼。终于，我最担心的事情发生了，在长达至少五秒的纠结之后，李凡尘这样念道："许光之所以能够在业务中'鳖'里夺尊，缘于他对工作的无限热忱。"

"鳖"里夺尊！我一口老血差点喷出来。

"停！"庄妍朝工作台打了一个手势。台下已经有人忍不住笑出了声。

音乐戛然而止，李凡尘抬头，诚惶诚恐地看着她。

"你行不行啊？不会念就问啊，一字之差，你知道这错有多大吗？"庄妍明显还戴着看废物的滤镜看李凡尘，丝毫没给他留情面。

李凡尘满脸通红，头深深地垂了下去。

最后还是关谨天说了句："先让他下来吧！听听别人是怎么讲的。"

李凡尘就这样被轰下了台，垂头丧气地坐回我身边。

我比他还难受。早知道我就不卖弄辞藻，写这么晦涩的成语了。现在害得他在众人面前出丑，我自责极了。

不过想想这"鳖"里夺尊，我又实在忍不住想笑。许光要是知道李凡尘用这种词形容他，估计晚上得飘到他床边找他算账。

我正有点发神经地想着，此时对面的一个站务员大姐步履轻盈地走上讲台，她将以地铁站方工作人员的视角，对许光生前驻站工作的点点滴滴展开追忆。

据说那大姐本身就是地铁公司的文艺骨干，此刻就像找到了施展才华的舞台似的如鱼得水。她那篇稿子的撰稿人也是地铁派出所民警，通篇内容基本都是围绕许光后来在地铁警务站时的工作生活展开的，比较富有烟火气息。站务员大姐更是接地气的典范，声情并茂地讲述许光是如何在车站内调解乘客纠纷、如何维持早晚高峰站内秩序、如何督导安检的，从她的口吻中不难听出，许光后来的主要工作和之前在刑警队时完全不同。如果说在刑警队时他是个猎鹰般犀利的探长，那么成为驻站民警后，他则变成了成天与鸡毛蒜皮打交道的暖心小哥。

大姐的演讲也很成功。台下的领导象征性地提了一些意见后，后面两位宣讲人也陆续登台。他们发挥得同样不错，虽然稿子在我看来仍旧不那么出彩，但都得到了与会成员的肯定。只有李凡尘，仿佛成了团队的弃子，在后来的领导总结讲话中，对他也只字未提。

最后会议决定撰稿人按照要求修改稿件，通过后，宣讲人背诵稿件，一周之后再进行一次脱稿演练。

散场时，庄妍特意走到了我们跟前。她向我要走了我们的初稿，又不忘挤对李凡尘："你好好配合你徐姐工作，该下的功夫得下！别不当回事，这可不是靠混就能过去的。"

李凡尘还没说话呢，我先提醒她道："主任，别一口一个姐，李凡尘比我还大三个月呢。"

"那也叫姐！"

我一时无话可说。李凡尘面上似乎有点挂不住，拎起书包就往外走。

我追上他，主动揽责："都是我不好，回头我就把那个词删了。"

"不用。也不是第一回了，我也无所谓了。"他加快脚步，带着一股破罐破摔的沮丧。

"别呀！"我追上他，"你别看他们说得人五人六的，其实都不如你有潜力。咱俩要是整好了，绝对碾压他们。"

李凡尘目不斜视、脚下生风："你也挺奇怪的，第一次开会后，你不是跟庄妍说你不想接这个活儿吗？怎么现在又这么来劲了？"

原来那天我和庄妍说的话被他听到了。原来他一早就知道我曾经拒绝过。但听他的话,他似乎并不知道后来我和关谨天的交谈,也不知道我是因为一时之气才改变了主意。但如果我此时按照实情解释,恐怕要绕好大好大一个弯子,还得扯到我那可怜的死去的爹身上。我也不想这么累,干脆对他说道:"还不是因为你!"

"因为我?"他停下脚步,难以置信。

"对啊,庄妍说,我不来,她就只能找一个五十多岁、天天在机关写稿子、话都说不利落的老头子来写你的宣讲稿。你愿意啊?"

"真的假的?"他眉头又皱起来了。

"当然了,你愿意让他给你写,还是我给你写?"

"我……"

我假装生气:"那算了,还是找老头子给你写吧!"

他赶紧说:"还是你吧。"

我高兴极了,忽然心血来潮,拽着他胳膊:"来,我带你去一个好地方。"

"干吗去?"

"'鳖'里夺尊去。"

2

我在市局混了好几年,也不是白混的。我知道大院里有一个非常静谧,而且景观十分别致的小天井。这里就像一个桃花源,站在楼层中往下看是各种绿植和鲜花,往上看便是倾泻下来的金色阳光。以前我写东西写烦了，经常偷偷溜到这里来放松心情。坐在这里的台阶上，有种坐井观天的闲适与无畏。

我拉着他坐下，拿出稿子和笔对他说："你再读一遍稿子，看看哪里不顺，我修改一下。尽量让你说得顺口。"

我多贴心啊。

李凡尘显然也被这里惊艳到了，并没有拿出稿子诵读，而是环视四周，半天都没有看够。最后他指了指远处："我能去那边抽支烟吗？"

"当然。你不用过去，在这儿抽就行。"

他还是站起身，走到几米开外的一棵硕大油绿的天堂芭蕉旁，点燃了一支香烟。在烟雾的阻隔和阳光的照射下，芭蕉树和李凡尘形成了一对很有风情的艺术组合。迷离变化的烟雾包裹着树和他，朦胧刺眼之下，给人一种很清冷也很神秘的气息。如果放在大学校园里，这绝对是一幅吸引小女生的画面。

"其实不赖你，可能我还是不适合这种活动。人多的场面，我一说话就紧张。"李凡尘掐灭烟头，坐到我旁边。

"你挺好的，和他们的感觉都不一样。他们都……都太刻意了。只有你，特别自然，特别真实。"

"是吗？"他终于笑了，挠挠头，"我完全不知道怎么应对这种场合。大家一看我，我就毛了，感觉自己浑身上下都是问题，比被凌迟还难受。"

他做了一个鼻歪眼斜的痛苦表情。我感同身受，不过还是觉得他这个表情挺逗的，也挺可爱。

我认真地看着他："只要你自信，就不存在什么问题。"

"可是怎么才能自信呢？"

"你一上台就告诉自己，台下的每一个人都特别喜欢我。哪怕我怕说错了、搞砸了，大家也不会不喜欢我。相反，大家会更体贴我、更关心我。"

"这不是自我麻痹嘛。再说你也看到了，有人根本不可能像你说的那样。"

"别理她，她什么都不懂，就知道瞎吃喝。"

李凡尘完全没想到我会是这样的立场，吃惊之余，也有些感动："要是都像你一样，就好啦。"

我看着他，忽然有种冲动，就是一路带着他披荆斩棘，整治各种不服，克服各种困难，一直走到报告会的最后，甚至走上人民大会堂那种万众瞩目的场合。无数灯光下，我看着他站在万人中央意气风发，周围掌声雷鸣，他像凯旋的英雄一样精神抖擞，笑看众人。

到时候我得多有成就感啊。

我问他："你以前也怕这种场合吗？"

他说："也不是……就是因为一件事……"

"什么事啊？"

他不置可否，低头看地。我感觉这事没那么简单。

"跟我说说呗。"

"还是不说了吧。"他显得顾虑重重。

"李凡尘，"我特真诚地看着他，"你把我当朋友吗？"

他也看着我，好像第一次思考这么庄重的问题。这家伙最大的杀伤力，就是脸上这种纯良又无辜的表情。每次他一这样，我都感觉自己可能对他做了什么过分的事，从而不想再继续坚持了，只能无奈地依着他。

不过他还是慎重考虑了我的问题，并且表了态："行，那我跟你说说吧，但是你不要把这件事写在宣讲稿里哟。"

"怎么会呢？这是你的事，又不是许光的事。"

"不，这里面也有许光的事。"

"啊？是因为许光吗？"

"不，是因为熊峰。"

李凡尘说，自己去年上半年的时候，网恋了。

网恋的对象，是崤城本地一个搞在线教育的姑娘。李凡尘跟那姑娘聊了小半年，相处一直非常融洽，话里话外都有点想要奔现的意思。于是在某个阳光明媚的下午，他终于鼓起勇气把姑娘约了出来。

　　当然促使他做这个决定的很大因素还是许光。许光这个人看起来爽利大条，其实内心也非常八卦，没事就爱打听李凡尘的网恋进度。有时候他会带着丰凌一起怂恿李凡尘快刀斩乱麻，赶紧把他们的尴尬三人组扩充成完美四人组，到时候再去吃喝玩乐就自在多啦。

　　"省得每次咱们去游乐园你都买不了情侣票。"许光说。

　　"省得每次上厕所都没人陪着我。"丰凌说。

　　"省得买饮料第二杯半价你都享受不着。"许光说。

　　"省得去游泳馆都没人跟我拼更衣室柜子。"丰凌说。

　　李凡尘却说："可是我们现在在网上聊的都是人生理想，我突然约人家出来见面，人家会不会觉得我图谋不轨。"

　　"谁傻啊？但凡是男的，谁不想多认识个女的啊！"许光故意邪恶一笑。

　　丰凌立马钳住许光后脖颈子："你再说一个！"

　　许光求饶，叫姑奶奶。

　　李凡尘当机立断下手邀约，再也不能任这对男女肆无忌惮地发放狗粮。

　　那天下午在宿舍里，许光帮李凡尘物色好了附近商场里的一家酸菜鱼饭馆。李凡尘很讨厌吃鱼，许光却说吃鱼最适合撩妹了，可以贴心地帮妹子挑鱼刺和辣椒。而且第一次见面，大汗淋漓地吃火锅很不浪漫，龇牙咧嘴撸串又影响形象。西餐和日料也不行，太贵，大排档和路边摊又没有档次。就吃鱼最好，经济实惠，又显得细心和有涵养。

　　李凡尘被洗脑了，一路上就想着怎么挑鱼刺。没想到在饭馆见到姑娘后，姑娘竟然点了处理好的无刺的巴沙鱼，还是不辣的，令他好生沮丧，只能象征性地帮姑娘挑挑花椒。

　　不过即使这样，姑娘对李凡尘也很满意。姑娘属于忠厚老实那一挂，成天窝在办公室里写教案，社交圈子很小，跟李凡尘一样都是情感世界的懵懂小白。这次见到一个和想象中完全不一样的警察小哥哥，她自然是新鲜好奇，问了李凡尘好多工作中的趣事，也逐渐被他温暾轻柔的说话风格吸引。两人聊到尽兴处，还会不期然地相视大笑。李凡尘已经好久没有这种被中意的兴奋感了。以前和他接触的女孩子都觉得他太闷骚，缺乏幽默感和男人的冲劲，殊不知自己这款原来也有市场。他开心极了。

更令他动心的是，那姑娘长得还不错。他记得她那天穿了件粉色的纱裙，一头长发，小腰细细的，脖子如莲藕一般，戴着条细细的银项链，很有仙气。

纱裙，长发，银项链，我偷偷记下知识点。

两人相聊甚欢，吃完饭，李凡尘去餐台结账，姑娘在座位上吃着冰激凌。两个人的表情都很甜，似乎也都在暗忖一会儿继续去哪儿娱乐。

然而事情就出在这时候。

当时李凡尘刚刚走到餐台，忽然被另外一个体态丰腴而且浓妆艳抹的妙龄女子加了塞。李凡尘没说什么，只是站在其身后静默排队。

忽然他身前那名女子扭头看着他，然后怪叫了一声："妈的，你摸谁呢?!"

李凡尘一阵错愕，以为她认错了人。直到那女子又提高音量重复了一句，李凡尘才知道这通莫名其妙的邪火是冲他撒的。

他登时大脑一片空白。虽然自己和这女的近在咫尺，但他根本没有碰过她啊！连误碰都不可能有。

这时候正是用餐高峰，不少进进出出的食客都停住步子，看着门口这一出"好戏"。更让李凡尘尴尬的是，刚刚和自己吃过饭的纱裙姑娘也不明就里地走了过来一探究竟。

李凡尘赶紧对那女子说："谁碰你了，我在这儿排队，等着结账呢。"

那女子气势汹汹："就是你！你刚才摸我屁股来着！"

李凡尘还来不及辩驳，就见周围的人群中，忽然钻进来一个熟悉的面孔。那人面带冷笑、眉眼凌厉，像瞅着什么刚刚捕获到手、无力挣扎的小猎物似的狠毒而又悠闲。他朝着众人说:"我看见了,我看见这个男的摸这位女同志了!"

是熊峰。

李凡尘整个人像被雷击中一般浑身滚烫而又麻木。他知道这已经不是一出简单的误会,这两个人显然是一伙的,在成心搞他。也正因如此,他才更加慌乱和无助。他从没有这么被人栽赃陷害过,也压根不知道遇到这种场合该怎么申冤自救。

李凡尘告诉我,当时熊峰刚刚被放出来一个多月,正是重归自由、逍遥自在的时刻。也正是因为一度陷入法律制裁边缘却未受到任何惩罚的经历,给了他莫大的自信和膨胀,他才敢公然"以彼之道还施彼身"地挑衅、诬陷曾经对他执法的民警。

而根据李凡尘后来的猜测,当时熊峰和那名妖艳女子应该是恰好也在那家饭馆吃饭。看见李凡尘和姑娘之后,熊峰临时起意,故意让妖艳女子扮作和他不认识的样子,去找李凡尘碰瓷,他再作为证人把李凡尘莫须有的罪名坐实。

李凡尘当时虽然明白这是赤裸裸的陷害,但因为熊峰和那女子言之凿凿,气势又十分凶猛,自己根本压不过去。而且他分明看见,刚才和自己吃饭的纱裙姑娘在见到事态失控之后几乎是夺路而逃,连头也没回。再加上周围无数双眼睛盯着自己,无数张嘴对他议论纷纷,他的心理已经要崩溃了。

熊峰见他蒙得说不出话,更加肆无忌惮,一手扯住他脖领子,朝众人大叫:"啊,我见过这个人,这人还是个警察!走,跟我去派出所,看看警察猥亵妇女,有没有人管!"

听见警察这两个字,李凡尘才过电似的一激灵,我他妈的是个警察啊!他使劲掰扯熊峰的手:"你放开!我根本没碰过那女的!你们血口喷人!"

"怎么,警察还想打人?"

那女的也跟打了鸡血似的推李凡尘："去警察局！去做笔录！走！"

李凡尘愤怒之余又不敢动粗，气得满眼通红、浑身颤抖。虽然极力挣扎，但他还是被那两人前拉后推地扯到了饭馆门口。围观众人不断指指点点，还有人拿着手机拍摄他的窘态。李凡尘觉得自己整个身子都僵了，身边所有的景物都化作冒着寒气的冰山，所有声音都变成了尖锐刺耳的轰鸣。刚刚还令他感到期待和温馨的场合瞬间变成了他的刑场，在行刑之前还要粉碎他的所有清誉和尊严。

杀人诛心啊！

他绝望得想一头撞死。

正在这时，忽然有一个人冲过来一把薅住熊峰的脖领子，把他抵到了饭馆的玻璃门上！因为动作行云流水、快如闪电，周围所有人都被吓了一跳。熊峰更是被撞得发蒙，那妖艳女子也目瞪口呆。

"把他放开！"许光死死盯着熊峰的脸。

李凡尘看见许光，眼泪差点喷出来！

熊峰回过神来了，发现是许光，气焰立刻消了三分。李凡尘告诉我，从熊峰被抓的那一天起，警察局里他唯一忌惮的就是许光。作为一根老油条，熊峰根本不怕警察发威，因为他知道警察有底线、有纪律，最多也就是虚张声势。但许光凶起来实在是有点吓人，那样子根本不像是一个警察，倒像是混迹社会的混蛋头子，让人心里没底，让人担心场面可能失控。虽然他也没做什么，但就是让人闻风丧胆，不敢小觑。

"放开！听见没有?!"许光继续朝熊峰大叫。

不过熊峰好歹也是社会经验丰富的滚刀肉，当即又耍起无赖："来来来，大家看看啊，这个人也是警察，他们官官相护，欺负咱老百姓！"

妖艳女子也大声附和。

许光见熊峰还不撒手，一把捏住他手脖子上的穴位，死掐不放。

熊峰惨叫松手。许光一把把李凡尘扯到自己身边，李凡尘绝境逢生，喘上来一大口气，要不是被许光扯着，几乎就要瘫软在地。

"大家看看啊，给他们录像！恶警，欺负老百姓，还猥亵女同志，他们无法无天了！"熊峰咧嘴捂着痛处，对着众人血泪控诉。

他一说完，果然又有好事者举起手机，对着混乱的场面一通拍摄。

许光成为焦点却处变不惊，看着四下里诸多手机镜头，指着熊峰鼻子大声质问："我问你，二〇一六年六月十三日晚上七点你在哪里？"

"你管我呢！警察知法犯法，侵犯人权啦！"

"那天晚上你在地铁3号线车厢里摸女乘客屁股，被人报警抓到双惠地铁派出所你忘了？二〇一七年八月十一日晚上你还用你下面顶女乘客，6号线清源路站，你也忘了？二〇一八年四月二十五日你也因为摸人大腿被扭送派出所了吧？陆家庄地铁派出所，当时你做笔录做到凌晨三点，你不会又忘了吧？你个臭流氓！"许光跟连珠炮似的在众人面前大声细数熊峰的罪恶史，因为时间地点清晰有据，不少围观的人都震惊极了。

熊峰没想到许光会来这一出，被激怒的同时也乱了章法："放你的屁！你们查实了吗？我摸了、顶了你们为什么不拘留我？"

那女子也在侧帮腔："你诽谤他！我要告你诽谤！"

李凡尘登时反应过来了，大声质问那女子："你们是一伙的吗？你怎么知道他没做过？"

女子这才发现自己失言，强行镇定地朝他翻了一个白眼。

熊峰还在气急败坏地辱骂许光："你个王八蛋警察！警痞！社会的渣子！污蔑无辜群众，你眼里还有没有法律，知不知道什么叫公平正义……"

许光的混劲上来了，龇着牙和熊峰对骂："你个臭流氓！老顶！咸猪手！被多名女乘客扭送到公安机关，还拒不承认的臭流氓！对你这种人千刀万剐、挫骨扬灰都不过分！臭流氓！"说着许光还故意去看在拍摄他们的手机镜头，就跟主播寻找机位似的，"大家都注意啊，尤其是女的。男的的话，家里有女同志坐地铁的也都小心这个人。这个人是个臭流氓，地铁里见谁摸谁，还拿下面顶。你是有多饥渴啊？你不光饥渴你还穷啊，连飞机杯你都买不起！你不光穷你还厌啊，摸完还不敢承认！臭流氓！"

李凡尘也是大开眼界，以前只知道许光凶起来很厉害，没想到他还这么能骂街。这嘴皮子功夫都能和霸街悍匪相媲美了。

　　熊峰见围观群众的镜头都朝向他了，气得嘴唇都发抖了："你他妈的就是一个无赖，你同事摸女人屁股你怎么不说？"

　　"摸了吗？"许光面不改色心不跳，"那咱们当着这么多人的面都发个毒誓，谁在公共场合摸陌生女人屁股，谁他妈全家得癌症断子绝孙，敢吗？"

　　这会儿旁边开始有人点头感叹："狠，真狠。"

　　也有人起哄："行！我看行！"

　　许光冷笑着看熊峰："我们先来，你再来？大家给做个见证？"

　　马上有人附和："好！"

　　熊峰此时已经完全继承了刚刚李凡尘"社死"的表情，呼吸急促，双眼充血，嘴唇都紫了，微微抖动，再也说不出一句话。

　　妖艳女人一看形势不妙，偷偷从人缝里挤走了。

　　熊峰用毒到极致的眼神看着许光好半天，最后反而平静了。他说："好，很好，你给我等着。"

　　说着他就推开人群，在一片揶揄声中大步离去。

3

　　许光这一顿操作猛如虎，真是令我爽到了极致。熊峰这种败类，就应该这样对付！摆事实讲道理对这种泼皮无赖是没用的，一个人恶到某种程度，反而会扮作弱者，去裹挟和绑架任何跟他对立的人。所以如果你想要打败他，就必须自行降维到他的层次，跟他互泼脏水、互相伤害，拼脸皮、拼意志，拼到他自己都觉得你是个不可理喻的泼皮了，你才有胜算。

不得不说，熊峰这一点被许光吃得死死的。熊峰当时如果再不收手，不知道许光还要当着无数手机镜头戳出他的多少黑历史，只要其中有一段被发到网上，他必然迎来真正的"社死大礼包"。

许光，你可真牛。

然而虽然骂跑了可恶的熊峰，那晚李凡尘的糟糕情绪却再也难以平复，要不是许光一直跟着他，他几乎要羞愧得跳河了。

更让他生无可恋的是，他的纱裙小姐姐，已经把他的微信拉黑了。她没有看到冲突的后半段，是不是这辈子都会笃定他是个臭流氓了？

人间惨案啊。

商场前面有一座小广场，广场上有个小型喷泉。李凡尘坐在喷泉外围的石礅上怀疑人生，许光则在身边陪着他。李凡尘当时烦躁极了，他不明白老天爷为什么就这么讨厌他，每当他想要诚心诚意地谈个女朋友时，都会使出浑身解数棒打鸳鸯。这回更是登峰造极了，竟然让他碰见了熊峰这个混蛋。要不是许光及时出现，说不定他就真要被那一对贱男妖女扭送到派出所了。

他问许光怎么突然来了，许光得意极了："这几天丰凌回老家了，我下班一个人没事干，就想去看看你的约会进展，于是就过来了。"说着许光盘腿坐上石礅，笑着逗他，"哎，你运气怎么这么差，能碰上熊峰？你确定你约会的那个女的不是他派来的？"

"怎么可能?! 你走吧，不用管我。"

"那可不行，回头你想不开一脑袋扎死在这喷泉里，我作为你的直接领导还得给上面写情况说明。"

李凡尘的火有些压不住了，他不明白许光这个时候怎么还有心情要贫嘴。

"你烦不烦？死我也先辞职再死，不给你找麻烦行不行？"

"那你能不能再体贴我一把，现在写个遗嘱，死了把你那小屋留给我？反正你也不住了，我拿来结婚用，就差这个了呢。"

听见"结婚"这个词，李凡尘脑子又炸了："你真的很烦哎！你让我一个人待会儿行不行？"

许光推了他一把："怎么跟我说话呢！"

李凡尘不言语了，低头生闷气。许光笑着拍他肩膀："急个什么，你小白脸一枚，还愁找不到对象？"

"我告诉你，我这辈子最烦别人叫我小白脸！"李凡尘严正声明。

"那你叫我小白脸行不行？我喜欢听。"许光一脸贱样。

李凡尘无语得直翻白眼。

许光站了起来，原地抽了支烟，然后消失在了李凡尘的视线中。

那一瞬间李凡尘有点过意不去，毕竟今天是许光帮自己解了围，人家没有功劳也有苦劳，他却把火都撒到了许光的身上。是不是有点不局气？想到这里他的心里更乱了。

没想到过了一会儿许光又回来了，手里还举着两个冰激凌。他把其中一个递给李凡尘。

"我不吃。"

"谁说让你吃了，两个都是我的，我还没吃饭呢，你先帮我拿着。"许光一边舔着冰激凌一边给他下命令。

听说许光连饭也没吃，李凡尘心里更不好受了。他说："要不我陪你去吃一点？"

"得了，你就再傲娇几句，给我气饱算了。"许光笑着说。

李凡尘却一点也笑不出来，他现在只想哭。听着身后哗啦啦的喷泉水声，他真希望那是自己的眼泪声。如果能流出这么多眼泪，那可能就会舒服许多吧。但他现在是欲哭无泪，一肚子委屈不知怎么排出体外，所以他很羡慕这个喷泉。

许光却说："妈的，刚才骂得爽死我了，把这几天的火都撒出去了。"

李凡尘很费解。按说这会儿应该正是许光春风得意的时候，因为最近他们破了一个涉案金额很高的地铁诈骗案，队里给他们探组呈报了集体三等功，还准备给探长许光申报公安部二级英模。今天上午政治处庄妍副主任找来了媒体记者采访许光，搞得他晕头转向。所以毫不夸张地说，许光现在是队里甚至局里的大红人，是最有潜力的储备干部，只要等他探长年限一到，说不定就到哪个单位当科长或者副所长了。

所以李凡尘问他，你有什么可烦的？

于是许光告诉他，之所以烦，还是因为丰凌的家里。

4

通过李凡尘对许光话的转述，以及后来自己的想象，我大概理出了许光当时面临的问题：三年前他和丰凌与丰凌父母达成一致，攒一段时间的钱，然后重新考虑买房的事。那时候他们觉得房价已经到了顶点，说不定还会降一些，再等许光工作年限长一点，公积金也能多贷一部分，到时候再出手可谓水到渠成。但现在已经过去了三年，钱虽然攒了一部分，但房价不仅未降反而还涨到了新高，还是令他们望而却步。

这个时候丰凌就觉得父母对他们的态度转变了。他们每次给丰凌打电话，不再主动问"小许怎么样啦""他工作还那么忙吗"，也不再提"给我向小许家里带好"这种话。相反地，他们会有意无意地问闺女未来的打算。丰凌不傻，于是只能装傻充愣，硬着头皮敷衍。最后母亲干脆把话挑明了：要不你"五一"放假回家一趟吧。我跟你爸也都五十了，各种毛病也都找到身上了。你回来一趟，有些事情咱们得商量一下，成不成的，最起码别老让我们惦记着，影响心情，也影响身体。

丰凌心里跟明镜似的，商量什么？无非就是自己终身大事呗。她和许光在峭城逍遥自在的这几年，也正是他们二老心里七上八下的几年。这年头多少小年轻因为房子的事断送了感情，她和父母都懂，也都心照不宣。但若要自己与许光分手是不可能的，所以丰凌连夜跟许光商量对策，看看能不能找出什么说辞先把爹妈糊弄过去。

许光穿着大背心靠在床头想了半天，打了一个喷嚏，忽然有了思路："要不我跟你一起回去吧，见见他们，买点东西孝敬他们。回头他们看见我这么英俊潇洒有能力，说不定上赶着把你嫁给我。"

虽然是信口胡诌，但不得不说许光其实也没有夸张。他当时二十七岁了，脸上还保持着少年感，身材虽然有些偏瘦，肌肉却还保持着紧绷，哪怕穿着背心、大裤衩也帅得有模有样。丰凌心里有些得意，但嘴上还是说："哪儿来的自信，帅能当饭吃吗？出门买东西能刷你那张脸吗？"

许光躺到她的腿上："那要不你给我半年时间，我傍个富婆，首付就差不多够了。"

"哪个富婆能这么不开眼？"

"你这不是骂你自己吗？"

"我又没嫖你。"

"怎么没有，给你记着账呢。"

两人骚话说到半夜，也没怎么聊正事。直到许光次日向队里了解，才知道"五一"期间他们有勤务，没办法请假。这也正合了丰凌的心意。她压根不同意许光跟自己一道回去，倒不是怕他拉胯，而是怕万一父母那边有了什么单方决议，带着他会让事态变得更加不可控。

丰凌是很了解自己爹妈的。他们对她的爱深入骨髓，哪怕是一些过火的行为，只要他们认定于她有益，也会坚决地去做。他们不怕女儿恨自己，从来不。他们认为对她放任自流，才是最大的不负责任。他们愿意付出任何代价，让女儿后半生过上安稳、富足的生活。代价中就包括了所有他们最珍视的东西，比如生命、健康和女儿对他们的看法。

好在丰凌从小就是非常懂事的孩子。对于父母的这种心情，她都能理解。理解之后，她更爱父母，父母那边，也更愿为她肝脑涂地。看起来这是一种相互促进的效应，长期发展下来，实则也暗藏了祸患。

比如这次丰凌回家，就明显感觉到家里气氛不对。父母一反常态地对她客客气气，话里话外就像是有求于她似的。她故意不当回事，该吃饭吃饭，该睡觉睡觉。果不其然，第二天母亲就坐到了她的床头，说想跟她聊聊许光的事。

母亲单刀直入地说："你和他吹了吧，这边我有好几个朋友想给你介绍对象，条件都很好，家里跟咱们家也是老相识，很靠谱。"

听她的口气，已经不像是商量，而是事务性的通知。

丰凌第一反应不是反对，而是慌了。虽然之前也有过这种焦虑，但她从没有把问题想得如此灾难，更不敢设想和许光分手后的生活会是什么样子。她结结巴巴地申辩了一番，母亲同样也有一套很务实的说辞。母亲说："你从没有想过和你男朋友分手，我也压根没有想过让我的女儿远嫁，更别提连物质生活都保证不了的远嫁了。我和你爸爸辛苦奋斗了大半生，如果你就这样嫁到千里之外，我们会觉得我们半辈子都白瞎了。"

说着母亲流着眼泪说："更何况我们还有下半辈子。"

丰凌敏锐地感觉到，对于此事母亲的口风已经彻底发生了改变。以前她还会提让他们在崤城买房的事，会提出让许光能到成都发展的事，但此时这些提议也没有了。她直截了当地希望丰凌与许光分手，然后趁着还算年轻，在本地找一个优秀的男孩开花结果。这对丰凌，对丰凌的家庭，都是最优选。

时间不等人，长痛不如短痛。这是母亲与父亲一致的想法，并且他们必须把这个尽快落实，不留后患。

随后母亲出了房间，换父亲进来跟她谈判。父亲说："你知道你妈去年心脏做了两个支架吗？这个我都没敢跟你说。她想你这事想得天天晚上睡不着觉，好几次凌晨两三点想给你打电话都让我拦住了。我们这个岁数，眼前没别的事了，只有你，你就是我们的全部。你说你想嫁给许光，别说你们买不起房子了，就算你们买得起，许光以后也一直对你好，那我们两个人怎么办？如果以后你们有了孩子，谁又能帮你带？他爸爸和他妹妹吗？

"更何况你们买不起房子，你只能和他爸爸、他妹妹住在一起，许光也未必就永远对你好。"父亲面带愁容，叹气摇头。

如果说父亲之前的话句句在理，那么这最后一句丰凌绝不认同。她哭了，说许光一定会一直对她好，这个不可能变。

父亲说："你说出这句话就说明你还是很幼稚。你可以说许光现在对你是真心的，这个我们也相信。但是男人女人结婚以后，会面临大大小小的问题，那些问题不是靠谁喜欢谁就能消解的。所谓爱情最好的结果就是它逐渐演变成亲情，而维系亲情的东西，都来自现实。

"比如我和你妈刚结婚时，哪怕我们吵得再厉害，双方也有家族背景做后盾。我再生你妈的气，我也不敢拿她怎么样，因为我怕你姥爷，我怕老头听说我欺负他女儿，拿着烧火棍上门敲我的头。即使是我们真吵架了，你妈一气之下扭头回娘家，去你大姨家住两天，气消了也就回家了。但你在崤城有什么？以后你跟许光闹脾气了，过不下去了，你又能奔哪儿去？大是大非面前，你指望着你公公和你小姑子能站在你这一头？今后你们有了孩子，你上班上不踏实，孩子还要自己带，许光还天天加班不在家，你能不崩溃？"

父亲字字戳心地说，丰凌默默地听。她不杠不轴，所以并不觉得这些话是危言耸听，但她也绝对不会放弃许光，她太爱许光了！她在认真思索在不失去许光的前提下，怎么打消父母的这些顾虑。

那天晚上，丰凌和许光视频，说到了这个话题。许光说，要不等勤务结束，我亲自去趟成都，跟你爸妈好好保证，我可以写保证书，可以立字据，让他们相信我！丰凌却摇摇头，对着摄像头若有所思。那会儿许光才隐隐感觉到，她并不是这个意思。她对父母已经有了一种变相的屈服，就是：希望许光能够陪她来成都安家。

这就是许光那些天一直烦心的事。公安工作不比其他职业，除非有非常硬的关系，否则很难跨省调动。以许光当时的状况，如果真想走这一步，除了辞职几乎别无他法。可他太热爱警察这个行业了，脱去警察制服，他也不知道自己能干什么。而且他在单位干得风生水起，是全局瞩目的耀眼明星，真要辞职了去异地发展，不就相当于自毁前程吗？这份代价他承受得起吗？

更何况他家里也有老人和还未成年的妹妹。他也要对他们负责。母亲已逝，家里经济状况也不好，他和丰凌手一撒在女方老家成家了，先不管世俗偏见如何，首先他对不起自己的良心。

但许光同样不想分手。于是他承接了女友的思路，又对她的想法进行了利己的改良，他希望在不失去丰凌也不用去成都的前提下，打消她父母的顾虑。

看似都想积极解决问题，实则就是都不想妥协。

我听到这里也替他们两个头疼。从女孩子的角度来说，远嫁确实是很不靠谱的选择，还不如异地恋。如果远嫁再没有自己的婚房，那无疑就是进入了地狱模式。所以说，丰凌父母的忧虑，我感同身受。

这个问题中，最关键的就是许光和丰凌的感情。听他们的故事这么长时间，我对他们俩的感情基础很有信心。他们已经恋爱七年了，虽然中间也经历了很多现实问题，但从没出过什么狗血的乱子。他们一如既往地相爱，哪怕是一起同居生活，也时刻保持着对彼此的新鲜感。许光告诉李凡尘，有时候午夜梦回，他醒来看着身边躺着的睡意酣然的丰凌，他会幸福得以为自己还在做梦。黑暗中他就想，哪怕是为了自己，他也要永远把这份属于大男人的粉红色的梦留在枕边。

这份爱情，正是寻常人的毕生所求啊。

因为我深深地代入，所以也格外地羡慕。

但我也心痛，因为我知道这个故事的结局是残酷的。

许光，愿你直到生命的最后一刻，也没有丢掉你最为可贵的爱情。

第九章
考验

1

听完这一段，我迫不及待地问李凡尘："那许光和丰凌后来怎么样？在许光出事之前，俩人……是一个什么状态？"

李凡尘眉头紧紧锁住了。他一沉默，天井中的空气都清冷了下来。一缕微风拂过，植物们在光影里摇晃。我这才发现我们已经聊了一个小时了。

"他们不在一起了。"李凡尘说。

"哦。"我简单回应，心里失落极了。爱情里果然没有童话，因为童话里的主角都是超然物外的，许光和丰凌显然没有这种能力。不过我也聊以自慰地想，分了也好。如果他们没分，许光牺牲时，丰凌得多悲痛啊。说不定丰凌此时已经在成都有了新的感情归宿，许光的逝去固然会令她难过，但分道扬镳之后的难过，总比天人永隔的难过要强一些。

许光永远留在了他的二十八岁，而她，说不定会活到八十二岁，甚至更久。也许丰凌此时才会明白，他们中间是有童话的，只不过这些童话被许光带走了，带到了一个真正永恒的世界。

聊到这里，许光的故事基本也就结束了。但我还有一个好奇了很久的问题，那就是，许光为什么从刑警队去了派出所？

李凡尘的回答十分简单："哦，就是他后来不想干探长了，领导就把他调离了。"

"是和丰凌分手之后的事情吗?"

"嗯。"

我大概明白了。失恋给了许光沉重的打击,他一蹶不振,影响了工作,甚至可能还犯了一些不可挽回的错误,于是他就被免掉了现职,下放到了派出所。但这些内容显然不适合写在稿件里。从李凡尘简明扼要的口气中,不难听出他也是这个想法。从这点来看,他和庄妍是一样的。他们不想破坏许光生前的形象,哪怕他不是个英雄,也没必要议论这些无关宏旨的事情。

我也不好多问,只能用沉默来回应。

李凡尘站了起来:"我该回单位了。还有一堆活儿没干呢。"

我也站起来。李凡尘忽然很有仪式感地向我伸出手:"合作愉快!你的稿子写得真的不赖!"

我也握住他的手,本来也想说一些振奋人心的客套话,但我却浑身发热,格外扭捏起来。然后说了这么一句我自己都觉得匪夷所思的话:"哈哈,你也不赖。"

我和他出了市局,坐上了地铁,重复着我们第一次相遇时的路线。如果说那个时候他在我眼中还是一个行事莽撞的二把刀小探长,那么此时的他对我而言却有着很多同行都没有的魅力。他隐忍、温柔、仗义,虽然胸无大志,却心有大善。

而且他似乎还总能对我保持一种神秘感。很多时候他聊到一些事情,明显就是敞开心胸在讲述甚至倾诉,但触碰到一些话题的时候,又点到为止不愿深入。我搞不明白是这些内容的缘故,还是他自身的原因。

他可以跟我谈天说地,可以跟我做饭、吃饭,也可以好几天也不发一条微信,再次见面时依然保持着客气。我也很想知道,他对我是什么感觉。或者说,我想搞清楚,我到底是不是有点自作多情。

看着地铁车厢里李凡尘干净挺拔的背影,我羞愧地低下了头。

晚上庄妍给我打电话,说我的稿子有问题,关谨天要当面和我聊聊。

我觉得很奇怪,问她问题出在哪里,庄妍说她也不知道啊,她觉得挺好的呀,但就是在关局那儿没过,还说让我明天亲自找他一趟。

说实话,我抵触极了。我这个人最介意的就是创作被人为干扰,被迫写一堆实现别人想法的东西。以前写悬疑小说,编辑总说:"哎呀你这个人物高光不够呀,需要成长和蜕变呀,你这个冲突不够激烈呀,戏剧张力不足呀。"但你要让她说怎么改,她又说不出个所以然来。他们这种人看文章都是凭自己感觉,自己爽了,你就合格了,不爽,你就要找出让他们不爽的原因。

尤其是关谨天这个人。悄悄地说一句,也许是因为我爸爸,我现在对他真是有种挺不对头的恶意。他好像故意在我面前刷存在感,或者说是权威感。我知道在中国有一种人,曾经和你半斤八两,但某日他发达了,就一定要找到各种机会在你面前秀,否则就跟对不起自己似的。这个关谨天就是如此,以前见不到我也就罢了,这回偶遇我,先是想干涉我参与活动,然后又一本正经地教我要如何创作。这回干脆横生枝节推翻我的稿子。他这么来回乱跳,不就是让我知道他现在不比往日,是个人人敬仰、说一不二的大人物了吗?

2

虽然心里骂得开花,但第二天我还是灰溜溜地敲响了关副局长办公室的门。

他正在批示文件，两个年轻民警在他宽大的办公桌前静默等候。他让我坐在皮沙发上等着，吩咐一个民警给我倒了杯水。

文件批示完后，他又接了一个电话，说的正好就是报告会的事。我听见他对着话筒询问："许光的爸爸还是确定不参加吗？行吧，那也别让他妹妹来了，小孩子到这种场合也不好。"

他又交代了两句，随后挂断了电话，把目光投向我。

我心有疑惑，主动问道："许光的爸爸不参加什么呀？报告会吗？"

"对，首场报告会定在下个月一号，在咱们市局，到时候省厅也会派人来观摩。第一场挺重要的，所以我想跟你聊聊你的稿子。"

"好。"尽管没什么兴致，我还是在沙发里正了正身子，做洗耳恭听状。

关谨天此时问我："在你心里，许光是一个什么样的人？"

"阳光，勇敢，有担当，重情重义，而且……"我停顿了一下，还是继续说道，"对手下人特别尽心、负责。"

您可别多心啊，我说许光呢。

关谨天沉默了，也说不好是真多心了，还是在想别的。随后他起身走到我跟前，坐到了我对面的沙发上。隔着一个小茶几，他很认真地看着我："你知道的，你是所有撰稿人中，唯一一个写许光个人生活的人。你和他们那些写工作实绩的人不一样。工作实绩就摆在那里，是很客观的东西。但个人生活不一样，这取决于你自己对他的了解与解读。我是对你这篇稿子寄予了很大期望的，我希望李凡尘能通过它，告诉我们一个真实的、鲜活的许光。"

我很认真地点头，虽然并没有搞清楚他到底要表达什么，但我知道这种场合只要一直点头就肯定没毛病。

"我听庄妍说，许光生平事迹的报告文学也是由你来写？"

我继续点头。通过这段时间对许光的了解，我对这个任务已经不再抵触。就像李凡尘说的那样，我也想尽我所能地为许光做些什么。而我能做的，也就是用我的文字，还原出许光生前的形象。

而此时关谨天却说道:"但我觉得,你的思路有些问题。你笔下的许光太光辉了,让人不那么信服。"

什么?我也说不清是糊涂了还是清醒了,下意识问道:"您的意思是指,我把他写得太好了?"

关谨天点头:"你知道的,我是刚来咱们市局,就牵头来搞许光的事情。我不认识许光,他对我来说,就是一张白纸,很多关于他的事情我都是道听途说。我是领导,很多人关于他不方便说的、不想说的,也会比较坦诚地告诉我。所以我对许光是有一些大概的了解的。工作上,他的确可圈可点,我没话说;但是为人处世上,他真的是像你写的那样完美吗?一个二十多岁的小伙子,能有你文中所写的那样拔尖的觉悟和品格,就像一个历经磨难却痴心不改的老革命家一样,你觉得这现实吗?"

我明白他的意思了,就是说我吹过头了呗。他的想法固然有一定道理,但我还是无法苟同。二十多岁怎么了?人家不照样是壮烈牺牲的英雄!你一个活着的人,就少嘚瑟几句吧。

我沉默了,也不再点头。

"其实我是非常重视你这一篇稿子的。在你之前,我物色写手,都有一个要求,就是不能与许光交好甚至是认识,否则他们是写不出客观真实的文章的。但随后庄妍又向我推荐了你,你也很自信。可其实你的情况也非常特殊,我担心你会将自己代入得太深,导致写出来的根本不是许光,你明白吗?"

"您的意思是?"我隐隐明白了什么,但一时还无法形容出来。

他却很坦荡地摊牌了:"你的爸爸是英烈,这毋庸置疑,你敬仰他、崇拜他,这在你心里是没有问题的。但如果你把这种心态投射到别人事迹的创作中,就不好了,就会脱离实际,会给人一种特别飘的感觉。"

见我不说话,他又怕我没听懂似的补充:"你记住,我要真实。我需要你笔下的许光是有血有肉的,而不是沦为一个单纯帮你抒发情感的工具人。"

我仿佛挨了一闷棍。我承认我写许光的稿子确实可能受到了这种影响，但究其根本，这有错吗？正因为我作为英烈遗属，我才有痛彻心扉的感同身受。这是别人无法体会和揣摩的啊！到他这里怎么就不真实了？

我冷冷地看着他，用一种我从未在上级面前用过的放肆语气说道："您的意思是，我写的时候，得忘了我爸的事，就当那件事没有发生过，或者不是在我身上发生的？"

"我不是这个意思。"

我不想和他争执，扭头看向别处。我烦躁极了！

"咱们还是来说许光。"他并不急于结束话题，"许光是我们的好同志，但这只是一个大的概括，我们不能总用好不好、行不行来形容同志。他们不是一个符号，也不是一个样本，而是活生生的人，对不对？从你的稿子里，我看不出这一点，我觉得你没有真正走进这个人。"

"您的意思是，也让我挑一些他的缺点来写？"

那我要挑他的什么缺点呢？提取物证时没找见证人？还是好几年了，连一套房子的首付也没攒够？

关谨天摇头："不是单指缺点。我跟你说过，英雄之所以伟大，是因为他们跟我们一样，本质上都是普通人。普通人身上的光辉，才最耀眼。所以你要把他落地，不要让他飘浮着。大家听报告会不是来听评书的，是想听一个身边有血有肉的普通人做出的不普通的事。"

我做思考状，不语。

"就好比许光也曾经冲动过，也曾经迷茫过，甚至无意中伤害过身边的同志。这些你可以不写在稿子里，但你一定要了解，你了解了他的另一面，就不会连篇累牍地给他拔高、升格，写一堆特别政治正确的话。因为当你客观地了解了这个人，你就会找到最适合形容他的方式。"

许光的另一面……无非也就是他的脾气躁一些，说话冲一些，行事不羁一些吧？但说实话，我一直觉得他这样还挺酷的。

关谨天从桌上翻出了我的稿子,边看边说:"比如你在文中第三段说的,'许光这个人,最值得人佩服的,是总能将私人感情抛到身后,丝毫不影响自己的工作大局和为人处世。'如果你要真的了解清楚许光经历的事情,你就不会写出这句话。他女朋友死时闹出那么大动静,你们公交刑警队尽人皆知,你这么写,不是让李凡尘睁着眼睛说瞎话吗?"

等一下,"他女朋友死时"?

我在关谨天喋喋不休的说教中听到了一声晴天霹雳。我的下意识反应甚至快过了我的思维,在还没有完全领悟到这句话的意思时,我的大脑已经陷入混乱。

丰凌?丰凌死了?

我惊诧极了,忙问关谨天是怎么回事。关谨天反问:"怎么,这件事你不知道?"

我使劲点头。我用超级大的动作幅度力证我的不知情和好奇。

他却说:"那你再去了解吧,这是你的采访工作。如果你实在问不出来,再来找我。"

3

晚上六点,饭馆的玻璃窗外华灯初上,远处的盘桥光影流动,让人直观地感受到时光的流逝。我在这个僻静的小饭馆的一隅盯着窗外的车水马龙,心里想,如果不是刻意地探寻和追问,我会漏掉多少这世间令我难以置信、难以释怀的故事?

它们大多还都是悲剧。我不悲天悯人，但我对真实的故事会有强烈的代入感。所以有时候我听故事就像是自残，会陪着故事里的人物哀伤忧虑，对他们的不幸遭遇格外介怀。

幸与不幸，除了接受，别无他法。这就是生而为人的无奈。正因如此，我对每一个发生了不幸的人都抱有敬意。因为接受本身，就是一种屈服。但这种屈服是伟大的，它承载了我们人生中不能承受之重的同时，还极力维护着我们弱小生命的尊严，向命运点一个悲壮又含恨的头。

我不知道丰凌去世的时候，许光是不是也能够接受。

从昨天开始我的心里就乱极了，有种听了一个假故事的感觉。尽管我所知道的情节已经足够跌宕起伏，但我未知的那部分，似乎更加撕裂和劲爆。

丰凌怎么会去世呢？她好好的怎么会去世呢？

李凡尘到来之前，我有一种山雨欲来风满楼的感觉。

虽然迫切想知道答案，但我内心还是十分恐惧。许光，你是那么完美，我真怕听到什么关于你的不好的事情。因为你永远也不能开口说话了，所以我无法亲口问你，当时到底发生了什么。

想到这里，我身子沉重极了，陷在柔软的沙发中无法动弹。也正是在这时，李凡尘姗姗来迟。

"不好意思，昨晚一夜没睡，早上还去看守所送人了，下午就多睡了会儿，没想到睡过头了。"他好像没发现我的异样，坐下先端起茶壶给我加了水，自己又咕咚咕咚喝了一杯。

"没关系。"我看着他。

"怎么了，是需要改稿子吗？还是领导有别的指示？"

我不语，只是摇头，不知道要怎么自然而然地问起丰凌的事情。我忽然想起，李凡尘好像一直在跟我回避这件事。否则在之前我问他是否和丰凌还有联系时，他也不会只是简单地说没有；在我问他丰凌是否和许光分手时，他也不会敷衍地说他们不在一起了。

他不想提及，说明不堪回首。

李凡尘见我已经点了菜，却完全没有动筷子的意思，似乎觉得有些不对头："你怎么了？"

"能跟我说说丰凌的事吗？"我想不到任何铺陈的话，所以我的态度软化了。那一瞬间我甚至做出决定，如果李凡尘不想说，那我就不问了。没有人有权让他人从心里掏出悲伤，除非对方是罪犯，要陈述事实，否则出于任何目的都不行。

不过李凡尘的反应比我想的要好一些。他只是短暂地愣了一下，并没有太多意外和困惑："你都知道了？"

"嗯。"

李凡尘别过头看窗外黑漆漆又亮晶晶的夜景。他的侧脸一如既往地好看，好看之余，还带了点愁肠百结的无奈。

"我知道肯定会有别人告诉你，但我真是……不知道怎么说出口。"

"你愿意说吗？你愿意说，就说；不说，我就不听了。"说着我拿起筷子递给他，"先吃饭吧，你也饿坏了吧。"

他接过筷子，很迷惑地看着我："可是你约我来不就是问这件事的吗？如果我不告诉你，你是不是比较难办？"

他还在为我考虑。我很感动："不会的。这些内容不是我稿件里的素材，我只是关心许光，所以才想知道这件事。但你跟许光太好了，跟丰凌也很好，你不愿意告诉我我也理解。真的，吃饭吧。"

随后我又解嘲地笑笑："其实我也不是很好奇，就是随便问问，无所谓的。"

我给他夹菜。

李凡尘迟疑了一下，吃了我夹给他的带鱼，很小口地咀嚼着，似乎脑子里有万千思绪。也正因如此，本就熬了一夜的他显得更憔悴了，以往洁净的唇边隐隐有了一圈小胡子，眼底也泛着微微的血丝。这个我见犹怜的样子，我怎么还忍心继续追问？所以我放弃了，转移了话题，再也不提丰

158

凌的事。

我们像两个久别重逢的朋友一样，聊了近期上映的电影，聊了最近翻车的艺人，聊了单位里令人瞠目结舌的奇葩事，唯独不聊许光和丰凌。也许只有这样，才显得我们之间的沟通不那么事务性，让我们更像是一对畅所欲言的朋友。

我很享受这种感觉。如果说听许光的故事能让我沉迷，那么和李凡尘闲聊则让我有种活在当下的放松感。前者像是追番看剧，后者，则像是走进了属于自己的剧本，触手可及地感受每一幕剧情。

调整心态后，那顿饭我们吃得很开心，节奏也很明快。吃完饭，李凡尘抢着结账，我说我已经结完了。

然后我拿起挎包，站了起来，他却还在原地坐着。

我离开座位："你坐地铁吗？不坐的话我就先走了。你路上注意安全。"

他怔怔地抬头看我，突然说了句："徐闪星，我觉得你特别好。"

那一瞬间我觉得有些脚软。我笑了，虽然脑子里还是一片空白，但为了掩饰，还是随口应道："是吗？那下一顿你请我。"

他也笑了："好的，那就现在吧。"

在我还没反应过来时，他扭头朝饭馆服务台叫道："服务员！再拿一下菜单，和四瓶啤酒！"

在开始"第二场"之前，李凡尘先像煞有介事地给我打了一个铺垫：

"下面我要跟你说的关于许光的事情，可能会超出你现在对他的认知，你可能会惊讶甚至是质疑他的一些所作所为。但不管怎么样，他都是一个非常好的人，我希望你一定要坚信这一点。"

"好的，没问题。"我没有拿出任何记录的工具，而是延续了我们刚才无所顾忌的闲聊状态，以一个单纯的听众身份迎接接下来的内容。

推杯换盏之间，李凡尘跟我讲述了丰凌和许光后来的故事。

丰凌从成都坐高铁回来时，李凡尘和许光一起去接她。丰凌顺着人潮出站，看见许光连行李都不要了，直接跑过去跳到他的身上。两人不顾路人的目光抱了半天，直到许光的胳膊架不住了，才歪嘴笑着把她放下来。

李凡尘当时羡慕极了，自己几时才能拥有这么美好的神仙爱情啊？一直找不到另一半的他，活得都越来越不像自己了。

几天之后他和许光聊到这个话题，许光却靠在汽车副驾驶座位上唉声叹气，说你只看到贼吃肉没看见贼挨打，我这后院的火就没停过。

丰凌虽然对他痴心不改，但家里对她的施压也愈演愈烈。按照她父母最初的计划，他们是不准备放她回崤城的，直接让她隔空跟许光分手，再向工作单位辞职，最后安心在成都找工作，相亲，稳步推进。如果顺利的话，不出一年，她的婚事就可以提上日程了。即使是如此按部就班，她结婚时也得二十七八岁了，真的是一刻都耽误不得了。

但丰凌据理力争，说自己还有一堆家当在崤城呢，怎么能直接抛下不管？再说了，就算是分手，也得当面提吧？否则许光追到成都来，那还不乱了套？父母一听也有道理，于是给了她三个月的时间回崤城善后，让她快刀斩乱麻，长痛不如短痛。走之前，他们甚至还带着她去了一家托好关系的单位见了领导，领导让她先从基层行政干起。虽然琐碎但是不累，业余有精力还可以考研。

丰凌意识到父母这回绝不是虚张声势。他们要动真格的了。

她把这些内容告诉许光，提醒他事态严峻，他们必须打出一套切实可行的防守反击，才能确保他们的感情得以延续。

许光心里明白，最有效、最可行的解决办法还能是什么？无非就是两个：一个自己随她去成都，另一个是马上买房，就在现在，现房，拎包入住！

买房基本不可能，这取决于明明白白的客观条件，丰凌也认得清现实，除此之外只剩下第一条路。许光为此烦坏了，因为这条路虽然看似也困难重重，但并不是被物质左右的，而是取决于他的内心。

他愿意这样付出吗？

如果他不能这样付出，是不是就是背叛了他们的感情？

背叛感情就等于背叛他自己，他会自责的。自责这东西一旦形成，就很容易是一辈子的事。

而且偏偏丰凌还没有明着提这个办法。她是个聪明姑娘，知道话一旦出口，必然是许光的心头大患。无论他怎么选择，都会是被逼无奈。许光就认为，丰凌在等他主动开口。他提议，她接受，这样听起来、做起来都你情我愿，自然而然。但他摸不准的是，如果他不主动，她还有没有对策？如果他不主动，她会不会就真的灰心丧气，要离他而去了？

他不知道他们当时算不算是在互相试探底线。

于是那个时候许光对丰凌特别好，比以往还要好。他希望给她最大的温暖，让她感受到自己是这个世界上唯一能对她这么好的人。他们每天温存，之后还意犹未尽地在黑暗中聊天打趣，许光每次都等到她确实困得不行了才停止逗她笑。

有时候他还会用故意吃醋来调情。比如有时她出门前妆化得浓了一些，或者多戴了一件首饰，他就会坐在后面气哼哼地说："这么臭美，外面有人了吧？"

她撑他："那你每天举哑铃，是不是也外面有人啊？"

"可不，我们单位新来的小姑娘天天追着我，甩都甩不掉。"

"你怎么那么浪啊？"

有时候他还会成心犯坏。比如他戴着围裙在厨房炸肉，丰凌坐在客厅沙发上吃薯片，俩人有一搭没一搭地聊天。过会儿丰凌不搭理他了，注意力被电视剧吸引走了，他就把油烟机一关，使劲大声哎哟。

"怎么了？"

"烫着了！"

丰凌赶紧钻进厨房："烫哪儿了？"

许光指指后脑勺。

"怎么可能烫那儿了？你背着油锅炸肉吗？"丰凌不可思议地踮脚去扒拉他头发。

"嗯，我看傻媳妇来着。"

丰凌一把掐住他的腰，厨房里顿时热闹起来。

有时候他也会跟丰凌拌嘴，但每次都是为了维护她的利益。比如，有时候吃饭购物丰凌会抢先结账，他就急了，再看到她掏出手机要支付的样子就赶紧过去捂二维码。丰凌不乐意了："我买单怎么了，我就不能给你花钱了？"

他说："不行，只能我给你花钱。"

"为什么呀？咱俩还分那么清楚，你累不累。"

"不累，这是责任。"

"我就不能对你负责了？"

他笑："你物质上不用负责，精神上陪伴就行了。"

那段时间每天早晨许光会一反常态地早起，做早饭扫房间，哪儿有活儿就奔哪儿去。队里不加班时，他就带着丰凌四处闲逛，吃饭购物，观影赏花，营造出特别丰富多彩的生活氛围。他做这一切都是想让她知道，他能够给她幸福，尽管这份幸福平凡，却是世界上最适合她的、独一无二的幸福。

丰凌对许光的表现特别满足，很开心也很享受。那之后，她就再也没提起过父母对她的要求，以及那份三个月限令。虽然还没有到三个月，但她对此事的绝口不提，让许光有了一种乐观的揣测，是不是她私下里已经将两个老人搞定了？或者她找到了什么拖延之计了？抑或两个老人那边有了别的操心事，无暇顾及他们了？但他不敢问，他怕问了之后，会得到令他失望的答案。

4

那段日子虽然温馨快乐，但还是有一些令人烦忧，甚至是恶心的小插曲。

六月的一天，许光和丰凌去观看万民广场举办的一场灯光节。恰好万民广场就是两人相识的地方，两人都期待极了。灯光节定在晚上八点，他们吃了晚饭，又去附近的咖啡馆喝咖啡。

之所以要去咖啡馆，是因为许光还想给丰凌一个惊喜。他花了两个月的工资加一个季度的绩效奖金，给丰凌买了一只金手镯。他本就是想送给她一样重礼的，戒指不好，送戒指就意味着求婚，但现在求婚就等于逼婚，肯定不妥；名牌包包他又觉得不值，而且他对这方面也一无所知，怕回头选错了款式花冤枉钱。

头天值班时他躺在床上问李凡尘："你说我送什么好呢？"

李凡尘一听，好家伙，要给女朋友买一万多的礼物，他哪敢指手画脚呀。平时他遇见难题只会找两个人求助，一个是许光，一个就是自己姐姐。于是李凡尘一拍大腿："我给你咨询一下我姐姐。"

李凡尘姐姐接了电话一听，马上说："哎哟，这还用问吗，当然是送黄金啦。黄金保值，而且现在涨价呢，懂不啦，今天买到明天你就赚到啦。你弄个钻石到手就不值钱了，买两套顶级化妆品或者香水用完也就完啦，连个响都没有。就得买黄金！不光有面子，等你缺钱用了，出手还能挣钱！听姐的没错！"

"那买黄金的什么好？"

"金条！"

许光觉得买黄金的道理对极了，但金条就算了，太不浪漫。于是他带着李凡尘去珠宝市场逛，想给丰凌挑一件合适的黄金首饰。左挑右挑，他们选中了一款特别精致的镯子。许光还进行了预演，他让李凡尘闭眼再睁眼，问他看到这个镯子第一眼的感觉是什么。

李凡尘说："特漂亮。"

许光说："难道不是应该觉得特别贵吗？"

李凡尘说："也特别贵。"

"感动吗？"

"特感动。"

许光朝售货员说："就是它了！"

那天到了咖啡馆后，许光先点了咖啡和蛋糕，让丰凌坐在一侧，给她翻看手机里刚刚刷到的搞笑小视频。视频里一个萌娃吃米饭，把米粒蹭得到处都是，沙发上跟镶了水钻似的。许光借机试探道："以后咱有了孩子，肯定比这个还不省心，等你睡着了，拿你口红在你脸上乱画的那种。"

然后他紧张地观察丰凌的反应。

丰凌乐了，粉嘟嘟的小脸蛋上有了可爱的笑纹："还得用你的蛋白粉撒尿和泥玩。"

许光一听这个高兴极了，然后捅捅她，把首饰盒拿出来给她看。

"这是什么？"

"打开看看。"

丰凌小心翼翼扯开盒子，立刻被晃了眼。她没有急于拿出镯子，而是轻轻地用食指抚摸："真好看。"

"我给你戴上。"许光拿起镯子，轻柔地戴在她的手腕上。镯子挺沉，这份重量给了他很大的安全感。

丰凌抬着手腕子欣赏半天，一脸的春风得意。许光见她接受了，心里一块石头落了地。要不是公共场合，他真想一把搂住她使劲猛亲。

当时的气氛好极了，两人都陷入了巨大的幸福中，好像四周的光线都有了偶像剧的滤镜。他们在嘈杂的咖啡馆中窸窸窣窣地说着骚气的悄悄话，不时还调皮地打闹两下，快活极了。

然而就在他们乐不可支的时候，对面的椅子上忽然坐下了一个人。那人身材魁梧、动作迅捷，惬意地看着他们二人，奉上了格外殷勤的开场白："哟，光哥！真巧啊，光哥好！"

许光脸上还挂着笑呢，抬眼见那人，脸上的笑容逐渐变冷。

熊峰穿得人模狗样，脑袋上还顶着一个渔夫帽，却仍遮不住一脸的油腻。他看向丰凌："哟，这是嫂子吧？嫂子你好，你叫我小熊就行，我是光哥的'点子'，幸会幸会！"

丰凌不明就里，但还是客套地向他点点头，然后似懂非懂问许光："什么叫'点子'啊？"

熊峰抢答："哦，就是'线人'的意思。我作用可大了，我可给光哥提供了好些情报呢，光哥根据我的情报没少立功！"

见许光不语，熊峰又努着嘴问他："是吧光哥？"

许光说："没错，我还想好好谢你呢，会有机会的。"

丰凌还傻乎乎地问熊峰："你喝咖啡吗？我去给你买一杯咖啡吧，你喝什么？摩卡还是美式？还是拿铁？"

"都行，都行。"

丰凌要起身，许光一把把她扯住，狠狠按在自己身边。他不知道这里还有没有熊峰的同伙。

熊峰继续笑着跟许光挑衅："对了，光哥，我有个哥们儿之前被你们警察抓了，在看守所里待了小一年呢，哎呀那叫一个难受，天天生不如死、度日如年。结果呢，法院判人家无罪！他就跟我骂，说那帮办案的警察，又无能又可恨！还是你好，我就特崇拜你这样的！"

许光冷笑道："是吗？无罪释放？那你让他别太得意，小心被警察找到新证据，找到新证据案子也能重立重审。到时候判他个死刑，他哭都没地方哭。"

熊峰点点头:"哎!我这就转告他!不过光哥,"熊峰把眼珠子转向丰凌,"我还想向你汇报呢,最近天热了,崤城好多臭流氓出来作案,嫂子那么漂亮,你可得让她注意安全。"

"你多虑了,没人敢这么找死。"

第十章
丰凌

1

我听得心脏乱跳,问李凡尘:"熊峰是无意间碰到许光他们的,还是跟踪了他们?"

李凡尘摇摇头:"说不好。"

这个混蛋,看来上次被许光痛骂之后,就彻底恨上许光了。所以说君子易处小人难防,更何况是熊峰这种满肚子坏水、睚眦必报的小人。这种人你无法光明正大地跟他抗衡,只能用恶人磨恶人的方式彼此消耗。

但哪个好人有那么多精力陪着恶人玩?

我担忧极了,看着李凡尘的脸,希望他能说快一些,也让我不那么揪心;但同时我又不想那么快听到最后,因为知道那是一个虐心的结局。

那次之后丰凌也挺奇怪,问许光说:"那个人真是你的线人啊?那怎么感觉你俩之间怪怪的。"

丰凌生性胆小,许光也不敢跟她道出实情,就说:"那帮孙子坏着呢,虽然帮我做事,肚子里却全是小九九,一不小心就被他们绕进去。"

但许光又跟丰凌说:"他提供的消息应该挺靠谱的,最近流氓多,你得多注意。"于是从那天开始,许光尽可能地每天接送她上下班,还反复叮嘱她自己值班时,夜里千万不要出门。

丰凌还笑他是神经过敏,说人家不过随口说一句你就认真了。没想到许光却急了,用很少有的命令口气跟她说:"你就听我的就得了,算是为我好，别让我成天不踏实！"

丰凌于是谨记心头。但有一天，她还是遇上麻烦了。

那天晚上她有一个同事失恋了，那姑娘平时挺文艺的，据说本身就有轻度的抑郁症，为此痛苦得想要自杀。丰凌的工位和她相邻，两人关系很好，下班之后丰凌便一直留在办公室里陪她说话。对方死拧死拧的，非让丰凌给她前男友打电话，跟他描述自己的惨状，期盼对方能回心转意。丰凌试了，对方却冷酷无情地挂断了电话。姑娘当场崩溃，卧在桌面上号啕大哭，把保洁阿姨都吓得举着扫把跑了。

许光当时正加班出现场，给丰凌打电话说你回家了吗？周围这什么声音啊？怪吓人的。

丰凌就小声如实说了，许光说："那你好好安慰她，一会儿我下班去单位接你。"

没想到那姑娘哭了半晌也哭累了，就说要回家，要一个人在黑暗中舔平身上的伤口。丰凌担心她半路再出寻死觅活的变故，就把她送回了家。

这期间她知道许光在忙，也就没通知他，只在登上回家的地铁时才给他发了微信，告诉他不用去单位接她了。此时已经过了晚上十点。

她和许光租住的小区在老城区的边缘，那里租金相对便宜，也离双方的单位不远。但这种地界不好的地方就在于人口老龄化严重，一到晚上就人迹寥寥。丰凌其实还蛮喜欢这种安静的氛围的，她讨厌闹市的聒噪，晚上睡觉都会被路上喝高了的醉汉吵醒。那天她出了地铁站，一路戴着耳机听着空灵的吉他曲，在昏黄朦胧的路灯下轻步慢走，享受这份宁静的孤独。

但不知怎的，就在她走到离家不远的街区，准备拐到一条胡同里时，她忽然听见了一阵男人的笑声。那笑声混在她耳机的吉他曲中一闪而过，短暂又突兀。丰凌最初也不确定是真有此声，还是曲子的问题，还是自己耳鸣了，只警觉地向四周观察了一番，然后加快了脚步。

但她拐入的那个胡同的路灯坏了。她走到一半就不太敢走了,觉得有必要给许光打个电话,问他到家没有,如果到了就来接自己一趟。就在她拿出手机准备拨打,下意识回头时,她看见胡同口路灯下站着一个漆黑的人影。那人影人高马大,在光与暗的衔接处静默伫立,散发着不祥而诡异的气息。

丰凌当时瞬间出了一身冷汗,屏住呼吸不敢轻举妄动。她不知道下一秒这个男人是不是就要扑上来了,她不能坐以待毙!

然后她迅速往胡同的另一头跑去,边跑边用语音指令拨打许光的电话。谢天谢地,科技感人,电话打通了。

但就在此时,丰凌也看到那人发动攻势,朝自己跑过来了。她魂飞魄散,边跌跌撞撞跑着边祈求许光赶紧接电话。混乱的呼吸和僵硬酸冷的四肢令她的奔跑十分不协调,如果稍有不慎,就有可能摔翻在地。

"喂?你到哪儿了?"许光终于接了电话。

丰凌眼泪控制不住地往下流,嘴巴已经跟不上脑子了:"你快来……"

"怎么了?你在哪儿?"

"小区门口早点铺那里!有人追我。"她只记得前面不远处有个吃早点的地方,但此时那里已经封店关张,只摆着几张简易的桌子,地上还有几张随风飘动的破报纸。

"你别慌,也别挂电话,一直往前跑,他再追你你就大喊,我马上就到!"

丰凌却再也不敢回头,她怕自己还没有被捉住就已经吓趴下了。她只是一刻不停地往前跑,跑得越快,就离许光越近,就离安全越近!她听见耳机里许光那边一片嘈杂,似乎是正在往楼下跑,还叮叮当当地撞到了什么东西。然后许光问她:"怎么样了?那人还追你吗?我已经下楼了!"

丰凌此时也不知是因为害怕还是委屈,眼泪止不住地往外流,她的呼吸已经完全乱套了,说:"我不知道!我怎么还没有看见你?!"

随后她看见了从前方小区破败的小门中冲出来的许光。许光下楼之前正在洗澡，接到电话胡乱套了件背心裤衩就蹿出门了，脚上穿的是拖鞋，身上还挂着连片的水渍。两人冲到马路中间互相抱了起来，就像是战乱中失散的夫妻，历经沧桑终于在有生之年得以重逢。他们太不易了，但那一刻也只有他们自己才能感受到，他们是无比幸运的！

许光怀抱着瑟瑟发抖、耳机还丢了一只的丰凌，隔着薄薄的背心感受着她炽热的体温和柔软的肌理，心疼得无以复加。他后来跟李凡尘说："那件事就是赖我，她说她上地铁了我就直接回家了，我就应该去地铁站接她！我他妈的怎么就非得先回家洗个澡？"

李凡尘却跟我说："其实那天是我们出了一个特别惨烈的现场。他怕身上沾了尸臭让丰凌不适，才想着赶紧洗澡的。"

我脑子里出现了昏黄的路灯下，一对大汗淋漓的男女激情相拥的场景。那一瞬间虽然惊险，但却是永恒的浪漫，那也许是那条小街有史以来，诞生的最让人动容的画面。

"后来呢？那个跟踪丰凌的人是熊峰吗？"

李凡尘摇头，说不知道。那晚许光本要去四处搜索一番，被丰凌阻止了。丰凌担心有危险，死活不让他去。回到家后许光让丰凌仔细回忆那个跟踪者的体态样貌，但她因为太过紧张，实在是没有记清，只记得那人比较魁梧，好像戴了帽子。

许光蹙眉不语，这些都符合熊峰的特征。

"他左胳膊上有文身吗？"

"没注意。"

不过丰凌也有另一种推测，她晃晃手腕子说："我听说这附近晚上有盗窃的、抢劫的，会不会是因为我戴着这个镯子，招来了贼，他跟着我是想抢劫？"

虽然言之有理，但许光还是认为就是熊峰在作祟。如果是这样的话，那想必熊峰已经摸清了他们的住处和丰凌的上班地点，这就很严峻了。于是从那天开始，他守丰凌守得更紧了。甚至在晚上睡觉前，他都会一遍一遍地检查门窗，连睡觉都让丰凌睡在靠墙的里侧。有一次丰凌整理床铺，掀起许光的枕头，发现下面竟然放着手铐和甩棍。她觉得诡异极了，问他怎么会紧张到如此程度。许光见总瞒着也不便于防范，便讲述了熊峰曾经的种种恶行，以及跟他和李凡尘的仇怨。没想到丰凌理清了这里面的弯弯绕绕后反而很释然，甚至还云淡风轻地劝他："我听明白啦，这种人就是臭皮囊，是故意给你添恶心的，你越急，越生气，他就越兴奋，直到你做出出格的事了，他就捏住你小辫子了。"

许光一想也对，他不就是一直刺激自己，想让自己揍他一顿吗！

丰凌抱着许光的胳膊，特别正经地劝他："所以你一定要小心，不要跟他动气。他不敢拿我怎么样的，即使那个跟踪我的人真的是他，他也没有做出任何过激行为。不违法，你就没法抓他。但你要因为这个就跟他干仗，那他一定会去你单位告你的，到时候你就吃不了兜着走了。"

许光看着她："我就是看不了你担惊受怕。"

丰凌两手一摊："我没关系啊，知道是他以后，我反而不害怕了。他要是真敢吓唬我，我就像他欺负李凡尘一样，反咬他猥亵我，我看到时候谁难看。"

许光看着丰凌，看着她娇嫩的小脸蛋上被台灯照射出的甜甜的光晕，看她那副大义凛然又天真无邪的可爱表情，心里一阵酸楚。但他还是笑了，不知为什么他越是心酸就越是想笑。纵使艰难险阻，但美人始终相依，想必也是人生一大幸事吧。这种感觉激发了他充分的保护欲的同时，也增加了他对她的无限依赖。

他把她压在身下。

她说："等会儿。"

"干吗？"

"你先把你枕头底下那俩家伙拿走！不知道的以为咱俩有什么奇怪的嗜好呢。"

"我告诉你啊你可别招我，我心里一堆变态的想法呢，你别让我使出来。"

"滚！"

2

那次之后的一个月，没有再发生什么异常。丰凌除了在包里塞了防狼喷雾，还是一如既往地上班、回家，只是尽量不再加班，而且在许光值班的时候减少外出。许光心里也清楚，熊峰恶心他们的同时，绝对不会给自己挖坑，所以他多半是打心理战，不敢有什么实质性动作。而心理战的本质就是双方比拼谁更不在乎后果。完全不在乎许光是做不到的，但至少要看上去不在乎，这样才能让熊峰自觉没趣，不了了之。

那一个月还有其他令许光头大的事。他跟李凡尘诉苦，丰凌那阵子隔三岔五就会接到家里的电话，看来父母对女儿的三个月之约并未松口，而且越到后来就越是强势。一开始丰凌还当着他的面接电话，边敷衍边打哈哈，后来可能觉得不太好糊弄了，就一个人躲在房间里小声和他们解释。她每次从房间里出来时脸色都很沉闷，许光问她怎么样，她又总说没事，从不跟他细说。他再问，她就生气，说你就甭管了，都让我清静清静行不行？

到后来他也就不问了。每次她一接电话，他就到楼下去抽烟，看时间差不多了再回家，进门时丰凌已经挂了电话，该干什么干什么了。

许光问李凡尘："你说我是不是该做些什么啊？这么干耗着，我老怕出大事。"

李凡尘说:"你向她求婚。"

许光咧嘴挠头:"不太好吧?这个时候整这个,不是给她出难题吗?"

"那你就疯狂对她好,让她离不开你。"

"这还用你说。"

许光那时候自认为已经做了所有该做的,在三个月大限将至的前一天,他还是有了很不好的直觉。因为那天丰凌有了一个非常反常的举动。

那时候许光他们探组刚刚端了一个专偷地铁工地的盗窃团伙,二十多个嫌疑人,都要审查处理,许光已经连续加了三天的班,一直耗在单位没有回家。当时他正给好几个工人做辨认笔录,忽然接到了丰凌的电话,说知道他忙,让他出来一趟,她就在他们单位附近的小公园,有点事想当面跟他说说,说完就走,不会耽误他太久。

许光把手上的活儿交给李凡尘和曾竹,以最快的速度跑到了小公园。那个小公园只有半个足球场大小,周围有一些健身器材和小花坛,中间种着一棵颇有年代的参天槐树。许光刚刚上班时,丰凌中午没事就从学校溜过来看他,给他带一些寿司、粽子之类的小零食,两人趁着午休在树荫下吃东西聊天,把一天中最困懒的时光消磨掉。丰凌上班后却再也没来过这里,一是单位离得远,二是许光也越来越忙。

所以当许光看到那棵大槐树时,他仿佛又回到了五年前,自己刚刚成为一名新警,像早恋一样,心怀激动寻找那片树荫的时候。然后他会在树荫里的长椅中看到一个同样盼望着自己的小女生,两人隔着老远在浓烈的阳光下相视而笑,互相竟还能生出些许不好意思来。

那天的槐树没有变,树荫也没有变,甚至树荫里的长椅,以及长椅里的女孩都没有变。不是物是人非,但许光还是惴惴不安。他觉得再次出现这样美好的画面,很可能就是一次危险的回光返照。

他在靠近丰凌的时候敏锐地打量她的形象。她那天身穿白色的衬衣和简约的牛仔九分裤,脚上穿着白得发亮的帆布鞋,像是精心打扮过,又像是很随意的搭配。她的表情平淡自然，也不似在酝酿什么不好的事情。从这些外貌信息上他分析不出什么疑点。然而就在他稍微松口气的时候，一样东西猛然刺入他的视线，让他顿觉这个会面，似乎不会那么简单。

丰凌放在膝盖上的右手里拿着一只红色的小盒子。那盒子看上去很像是他之前送给她金镯子的包装盒。他赶紧去看她的右胳膊，发现上面空无一物。

他好像意识到了什么，但他不敢直接戳破。外面马路上一辆大货车轰轰隆隆地驶过，扔给了他们非常突兀的宁静。许光迎着她饱含深意的目光坐了下来，看似镇定，实际上已经心乱如麻。

"这几天累吗？"她问他。

"还行。"

她点点头，似乎在努力寻找开口的方式。

他紧张极了，她手里的东西就在眼前，她知道他不可能看不见。但他就是不问，他要等她开口，他觉得自己还是有可能误会了什么！

"许光，你先把这个拿回去。"她要把这个信物一样的东西退还给他，这意思不言而喻。

还不够直白吗？

可能是之前许光一直孩子气地心怀侥幸，所以此时无比慌乱。他脑中只有一个念头：我不要，我不要，咱们慢慢说，不要急……

他从长椅上下来，蹲在她的面前，握着她的手仰面看她："你怎么了？是不是叔叔阿姨又跟你说什么了？你现在给他们打电话，我跟他们说，你放心，我一定会说服他们的。"

丰凌轻轻摇头，轻轻叹气："许光，我十九岁就跟你在一起了，今年我二十六岁了。咱们两个这么久，我一直都觉得自己特别幸福。尤其是这三个月，你给了我所有我想要的，真的特别感谢你。"

感谢？许光的心就像掉进冰窟窿一般。

他的绝望就在于，原来在他以为她满怀欣喜地享受他们一起的时光的时候，她心里其实一直有自己的盘算。在他深陷自己幻想中的舒适区时，她与他截然相反的想法和计划也日渐成熟。但她不说、不表，只等着时间走到最后，才宣布一切到此为止。可笑的是，此时的他却还像一直等着电影开场一般，心中满怀憧憬和希望。

"凌凌，我……"他大脑空白，措辞艰难。

她打断道："咱们在一起的这些年，看起来是你什么都听我的，实际上我从来没有要求过你什么。但最近发生的事实在是太多了，我爸我妈对我已经到了各种围追堵截的程度，他们说如果我还是放不下，就会来崤城找我，拖也要把我拖回去。我是他们的孩子，我不可能跟他们一直硬顶。所以许光，我深思熟虑之后，想要做一件我思考了很久但都没有勇气做的事。"

正因为她句句在理，所以许光恐惧极了。他知道自己纵有万般能耐，也不可能有扭转人心的本领，纵使自己对丰凌用情再深，也跨不过血浓于水的生养之恩。但他就是不甘心，他觉得丰凌只要还在眼前，自己就还有一线希望！

他抢过话说："我知道，你说的我都理解。但你先别往下说，先听我说两句。我当警察这么多年，遇见过太多太多的人，有些人等了大半辈子都没等来什么爱情，所以我特别知足，我也特别想好好珍惜。我也快三十岁了，但其实在我心里，我一直都是那个在马路上帮你追小偷的警校生。"他说到这里眼泪都下来了，"我知道你也还是那个你，咱们都没变过，变的只是其他人。但其他人也可以被我们改变！所以不要分手，我们一定有办法的。实在不行，我就跟你去成都生活。我不当警察也可以，我能找个其他工作，业务员，销售，或者健身房教练，送快递，都行。"

丰凌也流泪了："我怎么能那样对不起你，我何德何能？"

"你甩了我才是真正对不起我。"

"你先听我把话说完。"

许光就这么蹲着看着她。他腿酸了，脚麻了，但就是不起来。他觉得自己一旦又坐回到她身边，就彻底进入了不可逆转的分手模式。

丰凌吸了吸鼻子，说："前些天我一直在用试纸测生理期，现在日子到了，你趁着这两天找一天回家。我想了很久很久，只有怀孕这个办法了。咱们孤注一掷，还有成功的希望。"

随后丰凌把手中的小盒子递给他："这个你拿去卖了，咱们现在这种情况，根本不需要这种东西装点，以后需要用钱的地方多着呢。"

许光愣了。

他花了足足半分钟才弄明白她的意思。然后他鼻子更酸了，他简直不知说什么好！

虽然让丰凌怀孕的事他并不赞同，但丰凌的态度给他打了一剂强心针。

丰凌摸着他的头发："肯定会好起来的，对吧？"

"会的，一定会！"

许光克制住内心的狂喜，把那包装盒打开，拿出镯子重新给她戴上。然后他使劲攥着她的手，就像是狠抓着他们的未来。

"这个你戴好，咱们不差这点钱，我媳妇这么漂亮，不装点装点那也太说不过去了。"

丰凌笑了，那笑容充满爱意，甚至慈祥。

"傻样。"

3

那天李凡尘见许光蹦蹦跳跳地从小公园回来，还跟吃了蜜似的哼着小曲，忙问他遇到什么开心事了。许光就把刚才的事情原原本本地跟他讲了一遍。不管是什么事情，许光向来对他毫无保留。李凡尘就像是许光的一个树洞，尽管不一定能产生多么强烈的共鸣，但他总是平和安宁的样子，是一个令人感到舒适的倾诉对象。

许光说完之后，还不住地拍自己胸口："妈的吓死我了，我以为真要跟我分手了。"

李凡尘笑了："你这么没自信啊？"

"我是怕她犯糊涂好吗，到时候又寻死觅活地倒追我，多尴尬！"

"呔！"

然后李凡尘问许光下一步的打算。他们手上的活儿还没有完，晚上把最后一拨嫌疑人送到看守所，估计就得后半夜了。于是许光决定最晚明天中午回家。

回家好好跟丰凌从长计议一下未来的事。

李凡尘讲到这里，又给自己倒了杯啤酒，却没有立即喝掉，而是抚摸着玻璃杯，很悲凉地说："当时一切还那么正常。谁知道，第二天就发生了那种事呢。"

我还没有立即猜到是什么事，但我知道，那一定是一件令这个故事中所有主要人物的命运都发生重大转折的事。因为李凡尘随后说了这样一句话："那天是我最后一次看见许光笑。"

许光，唉……

李凡尘说，那天许光干劲十足，连做笔录时都一直欢快地抖腿，问讯也一反常态地亲切温柔，搞得几个嫌疑人受宠若惊。他们一晚上的工夫就把所有案件材料都搞定了，然后晚上十一点从单位出发，在不到凌晨一点钟时，把最后三个嫌疑人送进了看守所。

随后许光带着大家在单位附近吃了夜宵。这也是他的习惯，一旦熬夜或者加班，他都会自掏腰包犒劳组员，而且把调休补休的时间也安排得精细合理。这也是他深得人心的原因之一。

李凡尘和许光回到宿舍已经是凌晨三点了。两人都洗了澡，然后准备睡一觉之后就下班。但他们睡了还不到三个小时，许光放在拖鞋边的手台就响了起来。

　　台子里说，在本市3号线地铁玉龙桥站和明台站之间的轨道区间内，一辆首发地铁列车把一名女性乘客撞死了，派出所已经先期出了警，现在需要刑警队派出警力前去调查。

　　这种情况以前也有过。不管是地下铁还是地上铁，都会有乘客有意无意地进入地铁轨道区间。有的不小心掉进去，有的是为了抄近路，有的就是为了寻短见。而一旦进入轨道区间，就必然面临被地铁列车撞死或者撞伤的危险。这时候刑警队要派人前去开展工作，看看此事是否涉及刑事犯罪。

　　一般这种情况都是意外事件，刑警队派人过去也是为了排除刑事作案嫌疑，走个程序，给死者家属和公众一个交代。这次也不例外，申队那会儿正在附近出现场，顺路先行过去点卯，然后让许光带着技术人员随后赶到。工作并不复杂，就是勘查现场和排查监控录像，再给一些相关人员做做笔录。剩下的活儿基本上都是派出所的，所以许光一开始都没打算带李凡尘，说让他继续睡觉，自己带着查录像的高手曾竹过去就行。但李凡尘被吵醒后困意全无，也就跟着他们一起出了门。

　　因为事发地是离玉龙桥站非常近的地铁区间内，所以他们驱车来到了玉龙桥地铁站。此时是早上六点半，地铁3号线因为此事已经停运了将近一个小时。李凡尘记得很清楚，那天清晨天空飘着蒙蒙细雨，已经封站的玉龙桥地铁站口挤满了打着五颜六色雨伞的乘客，不少人因为迟迟不能进站还跟站务人员发生了争执，场面有些混乱。

　　他们走下警车，穿过无数逗留的乘客，飞快地蹿上台阶，跑进站厅。玉龙桥站是地上站，车站主体是建在地上的，铁轨也是铺在路基上的，搁以前叫城铁，和别的地铁线路关联互通之后统称为地铁。而那个被撞死的女人此时就在离站台仅有一百米的防护网内的轨道上。

站厅里有治安支队的同志迎接了他们。其中一个副中队长还边引路边冲许光说："死者身上没有证件，目前还不确定身份。不过这回派出所动作挺快，站厅和车厢监控已经调出来了，也找到死者影像了。他们说看着死者周围有个男的挺可疑，不知道跟这事有没有关系，你们是先看现场，还是先看录像？"

许光让李凡尘和曾竹去看录像，自己则随着副中队长跑上二楼上行站台，径直走到站台尽头，跨过围栏走下台阶，进入轨道区域。申队已经在那里等他半天了。

李凡尘和曾竹被治安支队的同志带到了综合控制室，那里面设有各种通信仪器和监控台。派出所的几个民警正在对着桌上的一台笔记本电脑研究，见刑警队的人来了，便让他们一起回看监控录像。派出所民警先告诉李凡尘，这份监控录像的时间是从昨晚的末班车上下载下来的，在车里发现了死者最后乘车时的画面。与此同时，他们没有在一楼的站厅发现死者出站的影像，这说明死者乘坐昨晚最后一班地铁到达此站并下车后，就再也没有出过站。

李凡尘还寻思，这女的什么情况，在地铁站里过了一夜，然后在轨道区间里被早班车撞死？

曾竹也问："怎么可能在站里过夜都没人发现呢？晚上封站没有人检查吗？"

民警答："可说呢，站务这边说封站前没见到站厅站台有人逗留，如果这女的真是没出站，有可能是藏在二楼站台的厕所里，后来在封站后去的轨道区间里。因为排查了一层站厅监控没有发现她的影像。"

"二层站台的监控呢？"

"这个玉龙桥站是老站，最近站台监控正在更新换代，老监控拆了，新监控还没调试好，这几天刚好没有启用。"

没有站台监控，情况不是很明朗。李凡尘觉得很奇怪："那当时末班车进站离站时，站台上没有发现什么异常吗？比如矛盾纠纷什么的？"

"没有，完全没有。也没人报警。"

"封站之前也没人打扫厕所吗？"

"保洁员晚上九点就下班了，厕所一般都是次日首发车开动之前打扫。"

"轨道区间内有录像吗？"

"区间里从来不设监控，可能怕影响地铁通信信号吧。"

曾竹把目光转向桌上的笔记本电脑："那先看看车厢录像吧。"

派出所民警打开播放软件，调出监控录像的画面。李凡尘注意到那录像上的时间显示为二〇二〇年七月三十一日晚上十一点三十一分。

车厢一共六节，当时那位出事女乘客在第四节车厢乘车。可能是前几站有西井站的原因，这趟末班车里并不算太冷清，多多少少还是有些人的。因为西井站位于崤城市区内很有名的酒吧一条街，很多乘客，尤其是年轻人都是在下班小酌或者与朋友聚会之后，在这里乘坐地铁回家。而且这班地铁是末班车，自然也比前几班人更多些。

民警也介绍说，从目前他们追踪的死者生前轨迹来看，死者也正是从西井站进入的地铁。所以他就很疑惑，这个后来被撞死的女乘客，会不会之前刚刚在西井那边买完醉？

说着民警指了指车厢录像中，一个靠在车门处的年轻女乘客："这个就是死者。这时车还没进站呢。"

女乘客位于第四节车厢第一个门处。因为每节车厢只设有头尾两枚对角监控探头，那女乘客正好站在车厢头部那枚监控下方的盲区里，所以想要完整地追踪她在车厢里的动态，只能从车厢尾部的监控录像查看。而车厢尾部毕竟和车厢头部相距十多米，所以李凡尘和曾竹辨认起来并不是很清晰。只能依稀看出那女乘客年纪大约二十多岁，脸上戴着口罩，头发扎成马尾辫，上身穿白色的衬衫，下身穿蓝色的牛仔裤。

从监控录像中看，那女乘客并没有什么异常表现，只是安静地等待下车。不过其面戴口罩，离监控探头也很远，他们也很难捕捉到其脸上的神色或者情绪变化。

随后地铁进站，女乘客下车，消失在监控画面中。而之后大约五个小时后，她就在轨道内被首发地铁列车撞死了。

这中间她到底经历了什么？或者说，事发之前她身上到底存在着什么疑团？李凡尘一时觉得诡异极了。

曾竹问派出所民警："你们说的可疑人是哪个啊？"

"哦，就是这个人。"民警把录像倒回到地铁进站前的画面，然后指着其中一个在死者身后等待下车的男乘客说："是他，不过后来我们又研究了一下，觉得他应该没什么嫌疑。"

李凡尘往前探头，仔细观察。那男乘客面戴口罩，身材魁梧，身穿黑色短袖和棕色裤子。

曾竹问："怎么说，嫌疑排除了？"

"嗯，这男的吧，一开始我们觉得挺可疑，因为他也是和这个死者一起从西井站进的地铁，然后俩人就一直在同一节车厢，还脸对脸坐着。这个女乘客中途换过一次座位，这个男的不偏不倚又坐到她对面了。然后在这女的准备下车时，这男的也跟上去，两人在同一站下车了。我们就寻思，这俩人是认识，还是这男的骚扰这女的？不过这女的一直也没什么反应，除了换了一次座位，也没有其他表现。"

民警说着把录像大幅度往前倒了一下，画面里出现了出事女乘客和可疑男乘客面对面坐在座位上的情景。

"而且后来我们翻看了玉龙桥站一层站厅的录像，发现地铁列车到站后，那男乘客很快就从一层站厅出站了，从时间上看并没有什么延迟。所以我们猜测这男的可能也是在酒吧一条街喝酒的，喝得有点飘，就想在车厢里跟这女乘客逗闷子、套近乎，结果这女的不理他。"

李凡尘仔细观看这段监控录像，他脑子里忽然像过电一样，下意识发觉了什么。随后他思维才慢半拍地跟上，他发现那男乘客的左侧小臂上，似乎有条黑乎乎的文身。再结合此人的身高体形以及面部特征，他感觉这个人像极了熊峰！

最初他是难以置信的，指着那人让曾竹辨认。曾竹曾经给熊峰做过好几堂笔录，此时在他的提示下，也越发觉得那人和熊峰高度相似。

"好像还真是他哎！这傻×又跑地铁里作妖了？"

李凡尘没有回答。也许是冥冥之中的暗示，他飞快地再次观察出事女乘客的外貌特征。这个时间段看不清就让民警切换到另一个时间段。他口气急迫、刻不容缓，说话都不利落了，周围每个人都莫名其妙。

终于，在一个相对近距离的片段里，李凡尘依稀看到，那名坐在座椅上的女乘客的右手手腕上，戴着一个明晃晃的金镯子。

4

李凡尘在众人讶异的眼光中，发疯一样跑出了综合控制室，跑到站台上，打算跳下轨道寻找许光。然而就在他刚上站台时，发现那里已经站了好些人。他们中间有警察，有站务员，还有几个穿便装的领导模样的人。申队站在他们中央，正在小声和他们交代着什么。

此时太阳已经升起来了，雨却还没有完全停。光线顺着硕大的落地玻璃窗射进来，把站台提亮了一个度。今天的太阳光不知为何，显得苍白而又刺眼，让李凡尘一度迷失方向。

他仓皇地跑过去围着那帮人转了一圈，却没在他们中间发现许光的身影。

申队看见他跟个没头苍蝇似的乱跑，把他叫住："过来！"

李凡尘这才站住，但他没有过去。他现在只想立即跳下轨道，去看看那具尸体!

申队拨开人群,走到他面前,很严肃地问他:"你知道了?"

后面的人集体静默,不动声色地盯着他。

他想点头,又想摇头,却发现脖子像落枕了一般僵硬。

站台上灌进一阵凉风,他开始无法克制地发抖。他忽然觉得此刻申队太陌生了,其他人也显得非常魔性。或者说,他好像掉入了某个完全不属于自己的平行世界。这里的人们拥有什么、发生了什么,他一无所知。而且他已经回不到原来的世界了,他必须强行接受这里发生的风马牛不相及的一切,以及接下来所有可怕的变故。

申队非常了解李凡尘,知道他遇事就慌的秉性,所以也没再逼问,只是简单说道:"许光已经走了。"

李凡尘完全没有弄懂这句话的含义。

申队这个时候跟他说了这样一句话,也算是印证了他的猜测。那会儿他心里乱得一塌糊涂,他想马上见到许光!

申队却说:"我让他们带着许光回队里了。你现在先把司机的笔录做了。好好工作,一会儿我去找你。"

李凡尘后来才知道当他刚刚进入综合控制室查看监控录像时,许光正随着申队踩着碎石子铺的路基,沿着铁路深一步浅一步地走向事发现场。在那里,派出所的同志为了防止尸体淋雨,已经在上面盖了一层黑塑料布。

半阴半晴的天空下,铺满碎石的路基和油光水亮的铁轨一直盘桓延伸到看不见的城市远方。那片黑色塑料布并不显眼,如果不是四周围满了正在处置的人员,几乎没人能够联想到这里刚刚死过人。

现场并没有多少血迹,反而是停在一旁的地铁的右前车头撞出的凹陷很明显。两名司机如丧考妣地站在轨道边等候询问,他们表示这事实在是令人无语。当时天还没有大亮,他们驾驶着首班车驶出玉龙桥站,就在地铁正在提速，刚刚行驶了一百多米时，忽然听见车头处发出了一声异响。随后两人紧急刹车，下车查看后才发现有个人被撞到路基下面了。

许光大概了解了事情经过，让技术人员到现场进行勘查，然后又找了几个先期处置的派出所民警询问死者情况。派出所的人说，死者身上没有任何身份证件，连包也没有，只有一部手机、一张单程地铁票和一小包纸巾。手机电量已经耗尽，刚刚被民警拿走充电了。

申队在一边说："这也充会儿了吧？把手机拿过来，看看能不能开机。"

一个辅警到站内去取手机。申队问许光："你不去看看尸体？是个女的，年纪不大。"

许光往尸体的方向瞄了一眼，发现那黑塑料布还盖在上面，周围一群人撅着屁股忙前忙后。收尸验尸是技术民警和法医的事，所以他也没有太过注意看，只是透过黑塑料布的缝隙看到死者似乎穿着一双洁白的帆布鞋。他还寻思昨天丰凌穿的也是这种鞋，看来是今年的流行款式。

申队还在感慨："你说现在这人也不知道都怎么想的，没事往地铁轨道里跑，就算是寻死，也别给自己整这么惨烈啊！"

许光苦脸笑道："年轻人压力大呗，您以为都跟我们似的，任领导百般蹂躏也干劲十足吗？"

"嘿，你小子！"申队踢了他屁股一脚。

许光连忙给领导上烟。申队拉着他往外走了十几米："别污染现场。"

过了会儿派出所民警把刚刚充完电的死者手机取过来。许光这会儿抬手看表，已经快七点半了，他得打电话叫丰凌起床了。他们以往都是如此，丰凌一个人在家睡觉时很难被闹钟叫醒，他必须打电话过去跟她聊几句，才能彻底赶走她的困意。

于是许光走到几米之外给丰凌打电话，申队则和几个派出所民警以及治安支队的同志研究死者的那部手机。

那是部装在塑料袋里的、套着镶水钻壳子的红色苹果手机。手机设有密码，看样子如果没有技术支持，很难在短时间内解锁获得有用信息。除非一会儿有电话进来。

然而就在此时，刚刚开机的手机上显示了来电。铃声不大，但来电人的姓名和照片在屏幕上赫然可见。

包括申队在内，摆弄手机的四五个人此时忽然集体怔住。他们第一时间都以为自己眼花了，然而面面相觑之后，他们才发现，谁的眼睛都没花，而是这个事实，太魔幻了。

那手机来电界面上出现了许光叼着棒棒糖扮丑的照片，来电人姓名那里标注的是：光光臭老公。

申队扭头看了眼几米开外正面朝桥下打电话的许光，思路一度混乱，问身边民警：“我让你们拿死者手机，死者手机呢？”

"这就是死者手机呀。"

大家沉默几秒，快速达成了一个匪夷所思的共识。

他们一起看向许光。

许光那边正叼着烟打电话，但第一遍打过去是关机，第二遍通了好久也没人接。他正奇怪呢，扔掉烟头又拨了一遍，打通之际，无意间往轨道上一看，发现对面不远处申队等人正齐刷刷地看着他。

他一开始还以为是那帮人找自己有事，还半笑着扬眉指了指自己，想确认他们是不是叫自己过去，但随后他发现那帮人的眼神不太对头。

有什么不对头他也说不好，只觉得他们就像是看见了什么影视剧里突然露面的妖怪一般，虽然非常震惊、紧张甚至恐惧，却也全神贯注、充满好奇。

然后几乎是必然地，他依稀听见了申队手里，那部手机传来的微弱的铃声。那铃声他熟悉无比，似乎是半年前一个周六的下午，他坐在小屋的阳台上，帮助丰凌从某个音乐软件截取的杨丞琳的《带我走》的片段。

许光发觉自己完全不能动了，他拿着手机的右手根本放不下来。

申队马上按断了来电。

许光先往申队方向走了几步,随后他意识到什么,扭头看了一眼不远处的尸体,越看越凝重,最后快步朝那个方向跑去。

申队马上大叫:"快拉住他!"

大家这才清醒过来,冲上去七手八脚地将许光拽住。许光力大无比,身体里好像有什么东西爆发了,很快摆脱了他们的束缚。但因为脚下的石子堆太过崎岖,他重心一歪,整个人摔倒在路基下方。

众人上前匍匐制伏许光,许光在一片嘶喊和混乱中挣扎起身,面目惨白,双目瞪圆,嘴中念念有词:"120……120……叫 120!"

第十一章
轰塌

1

　　申队强行让人把许光架走,拖着他走上站台,又按着他走下站台的楼梯。整个过程中许光数次要挣脱,被申队和同事们连吼带叫、连拉带扯地钳制住。随后一行人在周围无数惊诧的目光中,把他塞进了地铁口停着的一辆警车。紧接着那警车拉响最强烈的警笛,沿着雨水未干的湿滑路面,飞快向公交刑警队的方向驶去。

　　李凡尘随后在玉龙桥站警务室给两个地铁司机做笔录。很多关于许光当时的表现和现场的状况都是这两个司机告诉李凡尘的,他们用极度惊讶也略带八卦的口吻反复询问他:听说死者是那个民警的爱人?我的天哪,这也太巧了吧,我以为只有电视剧里会有这种情节呢,这到底是怎么一回事?

　　随后他们又说了什么,李凡尘再也没心思听了。他完全忘记了该怎么填写笔录头,怎么告知被询问人的义务和权利。司机们对于许光反应的描述在他脑中反复浮现,带给他难以抑制的躁动和焦虑。只有他知道许光对丰凌的感情深到什么程度,所以他担心死许光了!

　　他仅凭着微弱的意识和两个司机僵硬对话,半天也没在电脑上落下一行字。过了大概四十分钟,从外面冲进来一个治安支队的民警。那人一进屋就问:"谁是李凡尘?"

　　"是我!"李凡尘腾地站起来。

"这里你别管了,申队说让你赶紧回队里一趟,说许光状况不太好。"

李凡尘早就坐不住了,他觉得这简直是他这辈子听到的最为人道的命令。他飞似的跑到地铁站外面,气喘吁吁之际却发现他们警车的钥匙还在许光身上呢,于是他又拦了一辆出租车,以最快的速度赶回了单位。

单位院里安静如初,但他跑进楼道才发现,办公室门口早已堵满了各路同事,放眼望去有二三十号人。那帮人一开始还冲着办公室里悄悄议论,看见李凡尘从远处跌跌撞撞跑来,又都把目光聚集到他身上。

"来了来了,李凡尘回来了!"

大家都跟看见了救世主似的上前相迎,李凡尘却丝毫没做停顿,径直跑进屋内。然后他就看到了令他瞠目结舌也怒不可遏的一幕。

三五个隔壁探组的同事像压制嫌犯一般,把许光上半身死死按在一张办公桌上,任他怎么嘶喊惨叫都无动于衷。

李凡尘疯了一般冲进去:"干什么你们!把他放开!"

隔壁探组五大三粗的探长上前拦住李凡尘:"你长本事了你!叫你回来不是让你添乱的,这儿他妈够乱的了!"

李凡尘几乎和那探长扭打在一起:"我让你们把他放开!放开听见没有!都疯了吧你们?!"

探长脸红脖子粗地指着李凡尘的鼻子:"放开你负得了责吗?要不是领导让我们弄着他,我们才懒得管呢!他都打了我们三个兄弟了!"

李凡尘看着许光被按在桌上崩溃无助的样子,说道:"我负责!你们把人放开,这儿没你们的事了!"

那探长横眉立目地瞪了李凡尘两秒,最后冷冷地招呼众人:"放开吧。李凡尘说他担着,咱们撤!"

对方几人起身松手,和探长一起迅速撤到门口,李凡尘不容分说地使劲把门关上。

许光原地起身,没有站好,一个趔趄跌坐到身后的地上。

李凡尘跑过去,他看见许光面目充血头发蓬乱,T恤衫的领口也被扯豁了，露出半块胸口，脑门上有一块明显的瘀青，也不知道是被人打的，还是刚才跌落路基摔的。

李凡尘难受极了，他不知道早上还意气风发的许光，为什么会变成这副样子。但他转念一想答案不是显而易见的吗，丰凌死了，那个昨天还发誓要跟许光排除万难、幸福相守的女孩，死了，而且是死在他近在咫尺的工作现场！

想到此处，李凡尘根本不知道接下来要跟许光说什么。此时此刻，一切的关心与安慰，都像这世上最多余的屁话，一文不值，毫无意义，甚至还带着那么些事不关己的假仁假义。

许光坐在地上眼神空洞地大口揣气。随后他要站起来，李凡尘赶紧蹲下来把他按住。

许光直勾勾地看着他："她怎么样了？"

他沉默。

"她是不是死了？"

他还是沉默。

许光不知道领会他的意思没有，还是想起身："我得去看看她！"

李凡尘使劲按着他："你冷静点！她不在那儿了。"他几乎是抱着豁出去也不能再让许光心存幻想的念头继续说道，"法医已经给拉走了！"

许光的身子软了下来。他呆愣了至少半分钟，忽然自言自语地说了一句："我他妈真是个人渣。"

李凡尘伤心极了。

随后许光像是找到了一丝残存的意识，忽然抬头问他："之前他们跟你说的监控里的那个可疑人，是不是熊峰？"

李凡尘大脑里轰然作响，他几乎忘了许光还知道这个细节。许光对熊峰的住址了如指掌，如果他知道实情，后果一定不堪设想。

许光见他迟疑，又大叫了一声："是不是啊？！"

李凡尘斩钉截铁："不是！"

"那是谁？"

"我也没认出来，但肯定不是熊峰。"

许光扯着他肩膀，咬牙切齿地看着他："我告诉你李凡尘，你要敢在这件事上骗我，我他妈这辈子都不会再搭理你！"

李凡尘一哆嗦。

许光又字正腔圆地问了一遍："是不是熊峰？"

李凡尘呼吸急促、胸口乱跳，但还是硬扛着说："不是！"

许光站了起来，飞快向门外走去。李凡尘起身跟上。

门被打开，外面的围观者们迅速后退。许光阴沉着脸，目空一切，大步流星地穿过人群走向后院。后院是他们的宿舍，李凡尘放心了几分，紧随其后。

然而就在许光走进宿舍时，他大门一摔，把李凡尘关在外面。

李凡尘刚要敲门，就听见里面传来了许光撕心裂肺的哭声。

2

听到这里，我特别难过。那种难过，是不想进行任何抒发的，竭尽全力想要回避的，又无论如何摆脱不开的难过。也许这就是我过分好奇的代价。

原来许光曾经在我踏入的那个矮小局促的刑警队小平房里，爆发过那么激烈的情绪。因为那里太普通了，也太事务性了，压根就不像是一个拥有故事的场所。现在我才知道，不要小瞧你生命中途经的每一处，说不定那里就曾发生过你一生都未曾经历过的悲欢离合和生死永别。

许光就是在那个他日常忙碌奔走的场所里，留下了他此生最为刻骨的伤痛。也是在那里，他的人生出现了重大的拐点。

我甚至有点听不下去了。

但李凡尘的讲述还在继续。

过了半晌，申队回来了。此时宿舍里已经听不见许光的声音，李凡尘早上出来得急，忘记带宿舍钥匙。正在犹豫是去内勤拿钥匙开门，还是继续在门外听动静，见到申队带着曾竹过来，李凡尘赶忙过去求援。申队低目凝眉，先让曾竹去取钥匙，然后把李凡尘拉到小院角落里，小声嘱咐道：

"这事我了解得差不多了，但是你记住，在队里跟谁也不要再提了。一是避免进一步刺激他，二是好多疑点现在咱们也没弄清楚，包括人到底是怎么进到轨道里的，是自杀还是什么，所以千万不要以讹传讹。从今天开始你们组里的活儿先都放放，着急的我交给曾竹和其他组的人做。我放你跟许光一周的假，这一周你就跟着他，他到哪儿你到哪儿，你给我盯住他，千万别让他出幺蛾子。能不能做到?!"

"能。"

这会儿曾竹把钥匙取来了。申队接过钥匙，把曾竹支走，问李凡尘："你看到监控视频里有熊峰了是吗？"

"是。"

"跟许光说了吗？"

"没敢说。"

"好，很好，千万不要跟他说。"申队看了看周围，压低声音，"李凡尘，以前我从没让你办过什么难搞的事，那是因为你一直跟着许光。如果这回许光垮了，你也没有好果子吃。你明白吗？"

"明白。"

申队点点头，随后打开他们宿舍的门，进了屋，又把门轻轻关上。

过了一个小时左右，申队从屋里走了出来。一直等在外面的李凡尘赶紧凑过去把自己刚刚在外面买好的早饭递过去，并询问情况。申队摆了摆手说："我跟他聊了，他平静一些了。"

"他说什么了吗？"

"他说想见他女朋友最后一面，我说法医正在做尸检，肯定看不了。等尸检做完，他情绪也稳定一些了，再让他看。"

"好。"

"对了，你有他女朋友家人的联系方式吗？给我一个。"

李凡尘这才想起来，还有这么一档子难题呢。丰凌父母要是知道自己宝贝闺女被地铁撞死了，一定跟许光一样悲痛欲绝，而且可能更甚，他们可都是年过半百的老人呀。

他没有丰凌父母的联系方式，但他有一个丰凌曾经给他介绍过的、老家和她家住得很近的姑娘的电话。申队边记着那电话号码边跟李凡尘交代："你这几天跟着许光，什么都不要做，也什么都不要问，有任何不对劲赶紧给我打电话。辛苦一些，让他挨过这段日子，拜托了。"

不知为什么，李凡尘反而很感谢申队。他最怕的就是自己空有一腔赤诚，却帮不上许光半分。

申队走后，李凡尘进了宿舍。他看见许光已经换了衣服，背上了双肩背包，就像一个返校的大学生一样往门外走。

他苍白的脸上看不出阴晴，虽然看见李凡尘进来，也丝毫没有停留的意思。李凡尘愣了一秒，想起自己还有艰巨的任务，赶忙也拎起了自己的邮差包，跟在许光后面走出门。

他甚至还问了问许光："你吃不吃早饭啊？"

许光不发一言，兀自前行。李凡尘只能把手里的早点纸袋子塞进书包，一路刻意保持距离地走在他身后。

可能是申队做了工作，也可能是大家又有了别的事忙，队里再也没有人对他们逗留围观。他们一前一后，畅通无阻地走到院子里，走到马路上。这时候天已经彻底放晴了，金黄的阳光笼罩在繁华的街道上，让李凡尘怀念起往日走在这种气候中的欢愉心情。他甚至开始怀念丰凌，以前每每丰凌在金光灿烂的日子里看见他，就会特别不可思议地问："李凡尘，你是用的什么牌子的防晒霜啊？怎么从没见你晒黑过？"

他鼻子有点发酸，再一看前面的许光，身后拖着长长的影子，步伐快得几乎要走出他的视线了。

李凡尘小跑着跟上去，发现许光正在往路边的公交车站走。那车站的公交车是往他和丰凌租住的房子方向去的。但就在他走到离公交车站只有二三十米处时，他忽然又定住了。他可能刚刚意识到，丰凌都没了，他回到那里不是找虐吗？

许光扭头转身，发现李凡尘在不远处的树下看着他。他面无表情地往回走，经过李凡尘时，脚步终于停了下来。

"别跟着我行吗？"他的目光像刀子一样尖。

李凡尘不敢言语。虽然他一直跟许光要好，但从他以往的表述来看，他内心里应该一直也有点怕许光。

许光见他没有反应，又说道："听不懂人话吗？滚！"

李凡尘傻了，甚至有些惊恐，完全不敢相信许光竟然说出这种话。

讲到这里，李凡尘跟我说："我那个时候就应该察觉到他这个反应不正常，肯定有问题！但是我就是没往深了想，只顾吃惊和难过了。唉！"

"是有什么问题？"

"你往后听就知道了。"

虽然一肚子委屈，但李凡尘还是坚守着对申队的承诺，当然也是出于对许光的关心，没有停止对他的跟随。许光后来不知是完全无视了他，还是懒得再跟他废话，也没再继续发难。他去地铁站坐了地铁，回到了自己位于城北的家。

李凡尘一直默默在后面跟着。他看见许光走进了小区，走进了单元门，爬上了四楼，掏兜用钥匙打开家门。

李凡尘以前经常来许光家。那会儿他们还在上警校，学校在郊区，李凡尘有时会找许光一起返校。那会儿许光的妈妈还在世，对李凡尘热情极了，经常会做一桌子饭菜款待他，还总碎碎念地教导许光学学他的低调踏实，不要总是成天油腔滑调，还自我感觉良好。许光就逗李凡尘：你看看，你来这一会儿工夫给我带来多大的信息量啊，比下周的课都多！

　　然而此时李凡尘却不敢跟着许光进屋。他只是在楼梯的拐角处看着他开门进屋，心怀侥幸地想，他如果真的邀请自己进去，自己还得假装客气一下呢。

　　他听见许光开门后，似乎先在屋里撞见了妹妹许纯。李凡尘这才意识到今天是周六，许纯在家休息。平日里她跟许光没大没小惯了，很少用"哥哥"这个称谓，见他忽然归来，只是惊讶地问了句："哟，你怎么回来啦？"

　　没想到许光冷冷反问："不行？"

　　然后他就没再听见许纯搭腔。

　　许光嘭的一声关上了大门。

3

　　李凡尘坐在许光家的楼道里，一坐就是一天。

　　我问他："当时你就那么干坐着啊？万一他一周不出来，你就在他家门口待一周？你晚上睡觉怎么办？"

　　他眨着眼说："我了解许光，哪怕他再难受、再烦，也不会一直把我

197

扔在门外的。就算他真的不管不顾了，我熬夜蹲人习惯了，这些也不算什么。"

唉，老工具人了。

中午的时候，许光的爸爸出来扔垃圾，发现李凡尘坐在楼梯上玩手机，吃惊极了："哟，这不是凡尘吗？你怎么跟这儿呢？找许光？"

李凡尘腰酸背痛，歪歪扭扭地站起来，问他许光在家里干什么呢。

许父说许光回家后一直把自己关在屋里，中午也没吃饭。他以为昨天许光加班熬夜太累了，也就没太留意。

李凡尘说："哦。"

许父让李凡尘进屋，李凡尘一想自己进去也没趣，便假装要走的样子，说许光睡觉呢，自己就先回去了，等方便的时候再过来。

随后他在楼下公厕上了趟厕所，到小卖部买了瓶矿泉水，又回到许家门口继续猫着。一直到晚上七八点，许家人都没再出来过。这期间他听见许父在屋里大声叫许光吃饭，但没有听到许光的回应。随后门里面就一直传出动画片的声音，估计是许纯吃完饭在看电视。

晚上九点的时候，李凡尘听见许父大声敦促许纯赶紧洗脚，动画片声音戛然而止，许纯还尖叫着和父亲撑了几句。

这之后墙那边就没声音了，估计都去休息了。

李凡尘抬手看表，已经是晚上十点了。手机被他玩没电了，楼道里的蚊子也开始向他疯狂发起进攻。腹背受敌之际，他肚子也饿得不行，这才想起自己中饭晚饭都没吃呢。但他没法点外卖，也没有现金，只能从包里掏出早上买的煎饼啃。

啃到一半，他听见许家屋门开了，回头一看，是许光。

许光看着正在可怜兮兮地吃煎饼的他，没什么表示，又把门关上了。

李凡尘心酸地看着手里的半个煎饼，那是早上跑出很远给许光买的。许光不爱吃单位的早饭，就爱吃那个小早点铺的煎饼。李凡尘还特地让老板摊了三个鸡蛋，他想许光哭半天自己也劝不出什么，那就帮他补充补充能量吧，没想到最后竟成了自己的急救粮，真是够讽刺。

他还没彻底吃完，许光就又出来了，还换了一件黑色的长袖帽衫。他边下楼边头也不回地说："走，去你家。"

"哎！"李凡尘高兴极了。

他一直跟在许光身后，走到了小区院里。院里路灯昏暗，各种虫鸣窸窸窣窣。许光低着头安安静静地走了一会儿，突然回头看他："你有毛病吧？干吗一直走在我后头？"

李凡尘赶紧跑到他身边，像以往一样和他并肩行走。他们去公交车站坐了末班车，下车后又走了十几分钟，终于来到了李凡尘的家。虽然一路无言，但李凡尘还是觉得踏实了许多。毕竟许光从行为上看已经不那么冲动和魔怔了，而且此时此刻许光还能为他着想，也令他十分感动。

进小区之前，许光突然开口："家里有酒吗？"

李凡尘说："我记不清了……"

许光二话没说，走到路边的便利店里，买了一些啤酒和卤菜。

两人一起上了楼，进了屋，开了灯，然后窝在沙发里喝酒、吃东西。这时候许光的情绪已经平稳了许多，开始主动跟李凡尘聊天，聊他们最近办的案子，聊单位里的人和事，甚至还追忆了一些在警校时的事情。李凡尘想，看来他是借酒消愁，想找人说说话，排解一下心中的苦闷。于是李凡尘配合极了，知无不答，畅所欲言，跟他聊了很久很久。

当然，他们都默默地避开了一个话题，就是丰凌。

许光屡屡和李凡尘碰杯，漫无边际地扯着一些和当下八竿子打不着的话题。比如，问他你姐上回给你做的腌酸豆角，还能再让她做点吗？许纯喜欢吃，吃了一次天天管我要呢。还说那天督察来咱们单位检查，说宿舍里不让养活物了，你能把你那小乌龟先拿回家吗？等风声过去你再拿回去，放床底下就行。又说等上班时，你去看看某某嫌疑人是不是该办换押了，这事就交给你了，到日子你得跑一趟看守所。

每次李凡尘点头应下，许光就伸手敬酒，说辛苦我凡哥了，回头请你吃顿大的，好好犒劳你。

慢慢地，俩人都喝得五迷三道，后来又胡乱聊了什么，李凡尘也忘了，只依稀记得最后两人都各自歪在了沙发一头，伴随着电视中播放的一档午夜电视剧的背景音，沉沉睡去。

可能是耗费了一天的精力，李凡尘睡得格外死。于是在家里座机电话响起时，他激灵得一个鲤鱼打挺，几乎从沙发上摔了下来。这时候电视屏幕已经完全是雪花状态，身边的许光也毫无踪影，只留下茶几上的一堆零散食物和空啤酒罐子。

墙上时钟显示时间为凌晨四点十一分。

李凡尘平时和人联络都靠手机，家里座机只是宽带的附赠品，平时甚少响起。他忽然感觉事情可能不太妙。

果不其然，在他抓起电话的一瞬间，里面就传来了申队几乎是歇斯底里的怒喝："李凡尘，你他妈为什么关机？"

"手……手机没电了……"

"我让你看着许光，你是怎么看着的?!"

第十二章
冲突

1

后来李凡尘才知道，在他睡着之后，许光起身穿鞋下楼，叫了辆网约车，直奔熊峰家。

对方不在家，许光又去了他位于西河湾子的台球厅。西河湾子是西河区挂牌的治安乱点，很多打工的年轻人聚集在此，夜半收工之后满街乱窜、四处逍遥。当时刚过凌晨两点，台球厅里人头攒动，正是热闹的时候。许光按着记忆一路找来，上楼进门之后直奔前台，说找他们老板。

前台接待是个一头紫发的非主流小伙子，闻着许光一身酒气，觉得来者不善，于是打发许光说老板不在。

许光也不多饶舌，四处张望发现不远处的佛台边有间半开门的办公室，透过明黄色的灯光，可以看到里面装潢还不错，有皮沙发和老板椅。许光想起来了，去年他们在这里调查取证时，服务员说平时熊峰就在那里盘账和休息。于是他二话不说，直奔那屋子过去。

紫毛隔着柜台喊了一声："哎！干什么去?!"

这一嗓子把闹哄哄的背景音乐都喊停了，厅里所有人也都停下了手上的动作，扭脸看向杀气腾腾、独自前行的许光。

随后几个服务员上前拦住了他的去路。

其中一个胖子是店里的老人了，认出许光就是去年来这儿办案的警察，不无揶揄地说："哟，这不是许队长吗？您又来找我们熊总了？"

许光铁青着脸："对，他跟哪儿呢？让他赶紧出来！"

"我们熊总忙着呢，有应酬，不在，有事您跟我说。您要是打球的话恐怕得等会儿了，我们这儿买卖太好了，台子都开满了，您排队那边请。"

"你哪儿那么多废话？滚一边去！"

许光抬手推了一把胖子的脑袋，胖子大声哎哟，身边几个人对许光又推又扯。难解难分之际，熊峰从大门外面拎着一兜子烤串进来了。见店里有人闹事，他把外卖袋子往前台一扔，拨开人群走过来，想看看是谁这么胆大包天。

发现是许光，他并没有多么吃惊，反而挺扬扬自得。他接过身边小弟递过来的湿纸巾，边擦拭手掌边笑着说："怎么着光哥，大驾光临来我这儿，是想跟我切磋球技呀，还是探讨人生哲理啊？"

许光狠狠地瞪着眼前这个人。他几乎是用全身的神经压制着几近偾张的血脉，一字一顿地问道："昨天晚上十一点半，你在哪儿？"

熊峰扔掉纸巾，很无奈地皱眉："这属于调查访问呢，还是刑事讯问呀？"

许光不说话。酒精带给他的飘忽感让他眼前一片混沌。他脑子里慢慢丧失了所有理智，只剩下一个发自生物本能的意识，就是搞死眼前这个人，搞死这个亲手毁掉了他所有幸福，还冲他耀武扬威的人！

但他知道如果那样做，哪怕只是尝试，就再也无法回头了。他可能会用一生做代价，来为今晚这个冲动负责。许光虽然蛮横凌厉，却不是一介莽夫。而且那时候他应该也清晰地知道，熊峰不太可能是杀害丰凌的凶手。他大概率是跟踪骚扰了丰凌，导致她不敢出地铁站，从而发生了悲剧。

而丰凌到底是怎样进入轨道的，这在当时还是一个谜。结合李凡尘对许光的了解，以及我个人的猜测，我们认为他当时迫切想要从熊峰口中知道的，除了熊峰自己的行为，还有丰凌在事发前的精神状态和行为逻辑。毕竟玉龙桥地铁站离他们租住的房子还很远，丰凌对那里并不熟悉，如果仅仅是为了摆脱熊峰，她也不用非得选择在那里下车。

更何况，她为什么不报警？难道仅仅是为了不给许光添堵？这好像也不太能说得过去。而且在事发前，她到底喝没喝酒，精神到底出没出现什么异常，她选择在玉龙桥站下车到底还有没有其他目的，都是疑问，也都是许光想从熊峰这个最后一个见到丰凌的人的口中想要了解的。

但熊峰的态度却令许光持续地陷入对他的憎恨之中。他不仅不正面回答许光的问题，还笑吟吟地走到不远处的一面台球案子前，拎起一支球杆，边擦拭球杆头边说道："光哥如果想问我前天晚上做了什么发生了什么，就拿出合法的手续来。毕竟这属于公民的隐私，不能你红口白牙地朝我问，我就傻不愣登地回答你。你说是不是？"

见许光不说话，他弯腰又拿起杆子，对着案子上的一只球做瞄准状："我呢，也不是成心和光哥作对，只不过今天你太不局气了，上来就来我这儿一顿闹，真当我这儿是无人之境啊。你们公安民警也得讲理啊。"

许光朝他走过去，盯着他："前天那个被你跟踪的女孩，她死了。"

没想到熊峰不仅毫不心虚，甚至连基本的惊讶都没有，边冲球杆吹气边说："听说啦，微博上，微信朋友圈，都传遍了，不是被地铁撞死的吗？唉，挺可惜的，那么漂亮的一个姑娘。"

他这么说就是承认跟踪骚扰了。许光一阵气血上头，再也控制不住胸中怒火，双手猛地擒住他领子："你他妈对她干了什么？"

旁边马上有人要上来帮忙，熊峰双手做投降状，又冲小弟们挥手："没事，谁都别过来。光哥要干吗随他的便，你们谁也甭插手！"

"你为什么不冲我来，为什么骚扰她？你他妈算个爷们儿吗？"许光眼含泪水，大声质问。

还是有人帮助熊峰挣脱了许光的控制。熊峰收拾了一下衣服和发型，依旧眯着聚光小眼，气定神闲地朝许光说："你信佛吗？你知道佛家的因果指的是什么吗？一因一果，纵横交错，构成了我们这个循环往复的世界。你看事不能光看结局，也不要疑惑结局，要从事中找自己的影子，看看自己曾经做了什么，留下了什么业障，导致了这个你完全接受不了的结果。"

许光听得几乎浑身发抖。他自认为自己当了这么些年的警察，见识过了太多的流氓混蛋。但此时此刻，他才知道自己还是低估了人性的丑恶。他只想把眼前这个无耻至极的人撕碎、扯烂，用最粗暴的方式，让他知道到底什么他妈才是因果！

熊峰依旧自我陶醉地喋喋不休："你知道自己种了什么业障吗？"

那一刻许光感觉自己血液中好像有什么东西决堤了，喷涌而上的热流推动着他，令他再次电光石火般冲上前去，一手薅住熊峰的头发，一手将他胳膊反压在身后，嘭的一声直接将他的脸按到了台球案子上。

"业你妈！"

熊峰厉声惨叫。

场面登时大乱，所有人冲上前去对着许光拳打脚踢。乱斗中许光打退了几个人，但寡不敌众，很快被人按倒在了台球桌下。

2

李凡尘赶到西河湾子派出所时已经将近凌晨五点。这天的清晨不那么晴朗，多云的天空再加上轻度的雾霾，令派出所院里死气沉沉。李凡尘早就知道这个所是局里远近闻名的三类治安所，一到晚上就会接到各种醉酒闹事的警情。他做梦也没想到，有一天他会以这种方式来到这里，也完全不敢预料自己即将面对的事情，会出现怎样可怕的后果。

他跑进派出所值班室，发现申队正在前台打电话，身边有两个他们分局的纪委同事，正跟派出所民警小声说话。李凡尘进来自报了家门，那民警告诉他，许光此时正在办案区的候问室里呢。

李凡尘让那民警帮忙刷了办案区的门禁，一溜烟跑进去，在白炽灯烘托出的惨白的楼道里一通寻找，终于找到了最里面的候问室，也终于看到了歪坐在塑料椅子上的许光。

许光挂了彩，右侧眼眶肿得发紫，嘴角有擦拭过的血迹。他衣服脏兮兮的，头发上蒙着一层灰，整个人看起来像是刚被人从垃圾桶里拎出来一样。

李凡尘大声问他："怎么回事啊？你找熊峰闹去了？"

许光又恢复了之前的无言模式，瞪着眼睛看着房间空无一物的角落，像泥胎一样纹丝不动，任他怎么询问都不发一言。

李凡尘急坏了，这种候问室他们单位的办案区也有，多数时候都是让嫌疑人等着排队做笔录时用的，他怎么能让许光一直在这里待着！于是他跑到值班室，找到申队，想让申队赶紧想想办法，尽快把许光弄出来。

申队此时已经挂了电话，看见李凡尘气不打一处来："现在你冒出来了，早干吗去了？我怎么跟你说的？你可真是扶不上墙！"

李凡尘一阵道歉认错。申队又问他："你不是说没跟他说过这里面有熊峰的事吗？他是怎么知道的？"

"我不清楚呀。"李凡尘认为现在讨论这个没有意义，重点是事情到底要怎么解决。许光要是真被扣上了违法违纪的帽子，恐怕一辈子都无法翻盘了。

申队嘬着牙花子说："怎么解决？现在熊峰一口咬定民警酒后到娱乐场所滋事，要法办，你说怎么解决？"

"他这是被人搞了，您让派出所调查清楚啊。"

"这还用你告诉我？问题是，现在督察给他测血液酒精浓度了，当时的监控录像也调了，当事人也去做伤情鉴定了，这一步步都踩在点上，除非熊峰松口，否则谁能保他？"

"我去找熊峰，我去和他谈！"李凡尘当时心想，要往根上算，这事也是因他而起，他必须有所担当——哪怕和他没关系，就冲许光，他也要管到底！

申队却拦着他："你和他谈？平时做个笔录连句整话你都问不出来，你还想着跟人谈判？你多大的本事啊！"

说到笔录，那派出所民警拿来几张纸，对他们说："这是刚才给许光做的笔录，你们看看，如果要跟对方谈的话，心里也有个数。能谈下来最好，我们也大概了解这里面的事了，都挺理解咱民警的，但是这件事……唉！"

李凡尘迅速看了一遍那笔录，也正是从那份笔录中，他才了解了大致的事情的经过。随后他对申队说："还好还好，他对熊峰没有实质性的殴打行为。"

"你懂个屁。"申队白了他一眼，把笔录拿走了。

李凡尘顿感乏力，整个人虚脱极了，于是走到院子里抽烟。那时候他特别自责，尽管猜到许光当时是有意把他灌醉，经过深刻的反省，他认为许光的计谋并不算高超，自己如果走走心、动动脑，是完全有可能识破并加以防备的。结果就是因为他的粗心大意，害得许光一时冲动酿成了大错，真是该死！

李凡尘在太阳初升的派出所小院里连抽了三支烟，然后看到一个熟悉的人影从大门外一闪而过。他想到什么，赶紧去门口追那个人。

"曾竹！"李凡尘叫住那个背影。

曾竹一脸惶恐地回过头，慢吞吞地走到他跟前，手里还拎着两个塑料袋子。显然他也是得到消息，想过来帮忙的，但见到李凡尘又打起了退堂鼓。

李凡尘明白过来了："是你？是你把熊峰的事告诉许光的对不对？"

曾竹一开始还磕磕绊绊地装傻:"什么啊?谁说的啊?"

李凡尘不傻,他有点恼怒了:"当时知道这事的就咱俩,不是你是谁?你怎么能这么干!"

曾竹尿了,拍着李凡尘肩膀说:"凡哥,你别跟别人说行不行?我也是迫于无奈,许光他威胁我!他说我要是不说实话,他就把我从组里踢出去!"

李凡尘无话可说了。当初许光又何尝不是这样跟他撂狠话的呢。他也没办法强求别人和他一样人间清醒。直到此时,他也才明白许光为什么对他那种态度。在那种逼人的情境下,许光可能觉得他的撒谎尤为可恶。他连丰凌的最后一面都没有见到,怎么还可以剥夺他知道真相的权利!

想到当时许光恶狠狠地扬言如果他不说实话,就一辈子不搭理他,李凡尘背后陡然泛起一丝寒意。

曾竹把两个塑料袋塞到李凡尘手里,反复嘱咐他:"这是我给你们买的早饭和水,你给拿进去吧,我先回单位干活儿了。千万别跟别人说是我告诉许光的啊!"

李凡尘失魂落魄地回到派出所里,给许光送去了一些吃喝。许光不理他,他就把水和食物放在了他旁边的椅子上。等他回到值班室时,他看见有个老民警带着一个人从大门口走了进来,李凡尘仔细一看,那人正是熊峰。熊峰看上去也熬了一宿,走路都有点打歪,但脸上仍是一副不依不饶的表情。老民警先把他送到调解室休息,然后走过来小声跟申队说:"刚从法医中心回来,法医说他体表没外伤,轻微伤都验不出来,但这小子非要验,估计报告出来也是没伤。"

算是个好消息。不过李凡尘和申队还是有些担心,因为派出所通过调取熊峰台球厅的监控录像发现,许光对熊峰是有动手行为的,对其他人也多多少少有一些,到时候如果真启动法律程序,就算构不成"殴打他人"或者"故意伤害",那"寻衅滋事"这项案由也跑不了。如果到了那种程度,许光说不定就会被开除党籍和公职。

于是在那一天，申队和熊峰就如何解决此事展开了各种交锋。熊峰一开始坚决要公事公办，申队就拿他没有伤情说事，没有伤情就意味着没有鉴定结果作为证据，案子就无法定性。但熊峰也不是法盲，梗着脖子质问申队：就算没给我打伤，他这个行为不恶劣吗？他扯我、按我的行为就不违法违纪吗？申队就问他，他为什么找你你心里不清楚吗？

熊峰眼皮一耷拉："不清楚。"

"事发前你难道没有跟踪死者吗？"

"我根本不认识她！碰巧在同一节车厢里就叫跟踪？"

"你没有故意坐到她对面？"

"故意？怎么就故意了？我换个座位，犯法吗？"

申队冷笑道："前天晚上你在哪儿、干了什么，真以为大家都不知道吗？地铁站里都是有监控的，你一路跟着那个姑娘，还故意坐到她对面调戏她，你以为大家看不出来？最后吓得人家姑娘躲在厕所里不敢出站，再出来时地铁封站了，只能试图从轨道区间里出去，结果被撞死了，你说这事赖谁？"

据李凡尘后来告诉我，申队当时也没有诓他。当时丰凌被撞死的前因后果，在法医未出具鉴定意见的时候，警方就是这样初步推断的。因为从丰凌的血液中检测出了一定量的酒精，再结合对丰凌出事之前的监控视频轨迹的追踪，发现她确实是在西井的酒吧一条街和一名女同事饮过酒。饮酒之后她来到地铁站乘车，准备回到她和许光租住的城北的房子。

在此期间她可能发现了自己被熊峰跟踪，随后她决定在玉龙桥地铁站先行下车甩开熊峰。随后她下了车，钻进女厕所里暂避，准备在熊峰离开后再出来换乘其他班次的地铁。但她可能压根就没有注意到，她乘坐的那趟地铁已经是当晚的最后一班车了。

我对于这个说法持有不同观点，问李凡尘："丰凌明明察觉到自己被熊峰跟踪了，为什么不报警呢？或者也可以找站务员或者其他乘客求助啊。"

李凡尘说:"当时我们分析,应该有两种可能性。一种是:她曾经跟许光表达过,熊峰就是虚张声势,故意给许光添恶心,她不想让熊峰得逞,也不想让许光为此受刺激而犯错误,所以就没有第一时间报警求助;另一种是她大晚上确实是害怕了,想求助,但手机没电了,于是就先进了站台上的卫生间里躲着,想着找机会向外界求助。但这两种可能性都面临了一种结果,就是她坐在厕所隔间里想对策或者等待时机时,因为喝了不少酒,就坐在隔间的马桶上睡着了。"

我有些明白了:"睡着之后她醒来想出站,却发现封站了出不去,唯一方便出去的方法,就是翻越轨道区间的防护网,那样能直接来到外面的马路上。但没想到她正在穿越轨道时,被突然行驶过来的首发列车撞死了。"

熊峰在听完申队对他的控诉后,又拿出一如既往的泼赖劲,让申队说话讲证据,他根本没有跟踪骚扰丰凌,只是无意间碰到了她,她的死跟自己也不可能有任何关系。

但申队是何许人也,他太了解熊峰了,也太了解他干的那些事了,他知道有时候法律未必能面面俱到,但在现在这个信息爆炸的社会中,人的眼睛可比法律毒辣和凶猛多了。他拍着桌子朝熊峰瞪眼:"行,你可以说我没证据,你也可以说自己什么都没做。但你想过一旦录像公开,你会面临什么结果吗?群众的眼睛是雪亮的,你喊一万句冤,跟我扯一万遍证据,但你屁颠屁颠追着人家姑娘被监控录像录得真真儿的,后来姑娘又死得那么蹊跷、那么凄惨,网友们心里能没个数?到时候谁不知道你到底干了什么!"

熊峰大感意外:"这不是公民隐私吗?你们凭什么公开?"

申队冷笑:"隐私?这是地铁监控录像,是公共视频,怎么就成为你一个人的隐私了?合着这地铁里的监控,是你给安的啊?合着服务器、硬盘,都跟你家搁着啊?"

熊峰阴沉着脸闭嘴不语。

申队趁热打铁:"你放心,到时候甭管是新闻报道啊,还是媒体采访啊，我们都不会说你的真名的，就说是熊某。说熊某这个人啊，之前在地铁里被多名女乘客举报过猥亵，但都因为没有找到实质性证据而逃避了法律的制裁，他还在去年涉及了一起和猥亵有关的杀人案，结果竟然也让他躲过去了。这回他又在地铁里跟踪女性，导致对方被撞死。你看看这么描述，可以吧？够劲吧？绝对是能上全网热搜的那种吧？"

熊峰气急败坏地敲了一下桌子："你们这是公报私仇！徇私枉法！"

申队却沉稳地掏出一支烟，递到了已经明显气短了的熊峰手里："有吗？我说的这些，哪一句不是事实？"

申队的意思很明显，你不是强调自己没有违法吗？但你的那些行为，一旦曝光在大众眼中，谁都知道你做了什么、造成了什么，你将受到有可能比法律制裁更为灾难性的全民道德谴责！

3

最终的结果就是，申队终于说服了熊峰放弃追究许光的法律责任，申队也向他承诺，在组织内部，会给许光相应的纪律处分。

那天李凡尘在派出所帮忙处理这件事，一直忙活到下午五点。中午的时候他怕许光饿，特意给他点了外卖。他把吃的拿进去，发现许光连他之前放在他身边的早饭也没有动。李凡尘反复劝他吃一些东西，还把外卖盒子打开，把一次性筷子劈开，跟伺候月子似的把饭递到他跟前。许光不接，他就一直端着，还戳许光，想看看他到底什么反应，会不会真的践行那个恐吓，再也不搭理他了。

许光终于受不了了，说了句："你烦不烦？"

他这么一骂，李凡尘反而放心多了。

最后申队和熊峰达成了一致，把许光叫过去签署调解协议。随后申队让李凡尘盯着他们走程序，自己到门外给上级打电话汇报事件进展。

熊峰在协议上落了笔，然后跟看戏似的看许光签字。许光签好了字，起身准备离开，熊峰从椅子上站了起来，笑吟吟地说了句："光哥，咱们握手言和呗。你也挺不容易的，以后别那么冲动了，伤神也伤身。"

李凡尘如临大敌，他知道熊峰又没憋好屁。

许光冷冷地看了他一眼，没有任何表示，要往门外走。熊峰又叫住他："对了光哥，有样东西是我捡的，送给你呗。"

说着他把一只乳白色的蓝牙耳机放在了身边的办公桌上。

李凡尘触目惊心，他听许光说过，之前丰凌被人跟踪，丢了一只耳机的事，所以很快联想到那就是丰凌的遗物！

熊峰的意思不言而喻，挑衅度顷刻爆表。

许光扭头去看那耳机，就在他脸上还看不出任何表情之际，李凡尘却急了，那一瞬间他既悲愤又恐惧，已经没有耐心再佯装镇定了，如果他保护不了也控制不住许光，那他就必须拿出魄力，先灭一下这个混蛋的气焰！

他冲上去抓住熊峰的脖领子，大喊着："我操你大爷，你他妈到底想干吗？！"

熊峰本来是冲许光去的，没想到皇上不急太监急，意外之余，更不忘大声号叫："哎，怎么着？又一个警察要打人？"

许光一把把李凡尘扯了回来。

随后许光很平静地拿起桌子上的耳机，走到熊峰面前，和他四目相对："咱们走着瞧。"

说着他又瞥了眼身边的李凡尘："走。"

李凡尘还在瞪眼运气，许光推不动他，嚷嚷了一句："你怎么着？长本事了是不是？"

他就这样被许光连拖带拽地弄出了调解室。

我听得七窍生烟，胸口装了鼓风机似的大幅度起伏。就是这么一个王八蛋，为什么没人治得了他！

"明明是他间接导致了丰凌的死，为什么你们不能抓他？"

"当然不行，一看你就没办过案。"李凡尘皱着眉头跟我解释，"他当时只是在事发前看起来跟踪了丰凌，还在跟踪过程中有一些看似调戏的行为，但实际上这些行为都远远没有到达猥亵甚至是寻衅滋事的程度，而且在丰凌出事之前，他也早早地出站了，怎么能处理他？"

我不解地问："可是他明明就是奔着搞事情去的啊。"

李凡尘摇摇头："法律处理的是行为，而不是思想。"

我也不知道该怎么表达愤怒了，一口气灌了自己大半杯啤酒。让酒精麻痹我吧！除此之外我也做不了什么。

李凡尘却释然了，也喝了一大口酒说："你知道什么叫臭皮囊、滚刀肉吗？等你真正到基层当警察，你就知道这种人实在是太多了。我在属地派出所实习时，第一次跟着师傅出警，碰到的就是这种人。当时是一个老太太，她不允许自家楼上住人，说影响自己休息，每天凌晨两三点都去敲楼上的门，说人家扰民。后来楼上的人家受不了，把房子租出去了。她还是每天都去敲门，哪怕租户说自己晚上十点就睡觉了，把自己智能手环里的睡眠记录都调出来给她看了，她还是不相信。白天堵在单元门口骂人家，夜里到门口敲门，典型的恶邻。警察去了，因为没法取证，也找不到执法依据，每次都只能批评教育加调解，拿她一点办法都没有。这种人是有点反社会人格的，享受捉弄人的快感，而且知道钻法律的空子，让你抓不到任何把柄。"

我说："恶心，真是太恶心了。"

李凡尘苦笑："那又能怎么办，既然选择当警察，就要做好比一般人见识更多极品的准备。"

这还是我第一次从他口中听到如此通透的话，不禁有点惊讶。看来他也并不是表面上看起来那样不谙世事。从他坚持不告诉许光监控里有熊峰的事也不难看出，他是一个虽然在小事上没主意，但遇到大事绝不糊涂的人。而且他对许光那样不图回报地上心和负责，也着实令我感动。人这一辈子，能有这么一个好朋友，真的是一大幸事。

我问他："后来许光怎么样了？"

他的表情又暗淡了下来："后来他被停职了一周，等候处分决定。"

那一周中，丰凌的父母从老家过来了。她母亲电话里得知女儿亡故的消息，当场就晕厥了，是坐在车里打着点滴连夜赶到的崤城。两位老人以及丰凌的几个亲戚和申队进行了一夜长谈，对女儿的突然去世表达了各种质疑和不解。但从现有的各项取证来看，丰凌在事发前后都是独自一人，唯一的具有一定可疑行为的熊峰也有着充分的不在场证明，所以也就无法认定丰凌是被害身亡，也无法进行刑事立案，只能按照意外事故进行定性。

丰凌的父亲甚至一度怀疑许光。他说我们女儿这几个月回到崤城就是打算和他分手的，现在手没分成，还死在了他的工作辖区，难道跟那小子一点关系都没有吗？你们必须调查一下他！

对于这种无稽之谈，申队也给予了坚决的反驳。他说许光无论从动机上，还是作案条件上，显然都与此事毫无关联。丰凌的父母离奇愤怒，他们拍着桌子质问申队：那你说说，我们女儿，一个好端端的姑娘，怎么就会大晚上不出地铁站，跑到了铁轨上？什么喝醉了，在地铁里睡着了，根本不可能，她不是那种随随便便、缺心少肺的人！

于是申队拿出了一样东西，并和两位老人就此经过漫长的分析和探究，最终解答了他们的疑惑。在知道这个有可能是最接近真相的答案后，两位老人泪流满面，仰天长叹。

我问李凡尘："是什么东西？"

李凡尘说："是丰凌的尸检报告。"

"哦，报告是怎么说的？"

李凡尘却说："我也不清楚这份尸检报告的内容。申队好像在这件事上故意防着我似的，压根没对我说过。可能是他之前认为是我跑风漏气，把熊峰的事告诉了许光，导致了一系列不好的后果，就再也不信任我了。但我知道丰凌父母了解报告内容后，也就不再有什么疑虑了。随后他们去法医中心看了尸体，一通痛哭之后把尸体领走了，在崤城当地进行了火化，随后带着骨灰回到了成都。"

他还告诉我，许光在丰凌父母认尸的前一天，到法医中心见了丰凌最后一面。那天许光身穿一身黑色的便服，梳了头发，刮了胡子，在申队和李凡尘的陪伴下，准备和他的毕生所爱进行永远的告别。

那天许光在法医中心的楼道里走得平稳、和缓，看不出有什么情绪上的波动。但李凡尘了解他，知道他是在竭力控制自己，压抑着体内翻江倒海的伤痛。他之所以强烈地克制自己，一是不想丧失这最后的相见机会，二是希望在丰凌面前，给自己留一丝体面。

停尸房寂静得落针可闻，周围冒着冷气的存尸柜带给人巨大的压迫感。工作人员对了对柜子上的编号，最终拉开了存尸柜上的一个硕大的抽屉门，又在大抽屉里打开了盛放尸体的黑塑料袋。随后一张惨白的、冒着冷气的，又带有一些凝固了的伤痕的脸庞出现在了他们面前。

李凡尘不用辨认，便知道那是丰凌。就是那张脸，曾经天真烂漫地藏在一张菜单后，问他，李凡尘你吃什么呀？赶紧点，再磨叽一会儿饭馆上人了，上菜该慢了；也是那张脸，曾经在公园的假山下朝他瞪眼睛，对他说李凡尘你每次相亲活泛点行不行，女孩子都喜欢话多的男孩子，你话少人家就觉得你态度有问题；也是那张脸，曾经在出租车后视镜里朝他下指示，说李凡尘辛苦你给司机师傅指一下路啊，下车请你吃冰激凌。

然而那张脸此刻再也不会对着他嬉笑了。

他鼻子酸了，眼圈红了，悲伤之余，却也不忘向后撤步。他得给许光腾地方，给他营造出最大的仪式感。

许光看着丰凌的脸，身体有了微微的颤抖，眼里也猛然泛起了泪光。但他还是很节制地对李凡尘和申队说："你们能出去一下吗？我想和她单独待会儿。"

申队犹豫了一下，还是带着李凡尘走到了外面。

不多时，许光走了出来。虽然低着头，但李凡尘也能看得出来他刚刚用一种无声但剧烈的方式哭过。因为那样哭过的人，脖子上和太阳穴上的青筋会久久不消，就像往血管里注入了什么浓烈且不会消解的东西，永永远远地融合在了他的身体和余生里。

丰凌的父母离开崤城前，亲自去了许光和丰凌租住的小屋为女儿收拾遗物。许光还想借着这个机会见丰凌的父母一面，没有别的意思，就是希望作为他们女儿曾经的爱人，希望能为他们做点什么。甚至只要他们愿意，他为他们养老送终都可以。但申队经过深思熟虑并且试探了丰凌父母的口风之后，拒绝了他的请求。

许光没有再坚持。

那天上午许光收拾了那个他和丰凌曾经的家，并把钥匙交给申队，由申队带着丰凌的父母进去收拾东西。两个老人整理遗物的时候，李凡尘就陪着许光在单位附近闲逛。许光漫无目的地瞎走，最后来到了那座有着大槐树的小公园。那里是他和丰凌最后一次相见的地方，所以许光走到那棵树下，驻足良久都回不来神。

以前李凡尘跟我讲的许光所有的心理活动都是许光亲口告诉李凡尘的，但从那之后许光就不怎么和李凡尘聊天了，所以他心里到底在想什么，李凡尘也不得而知。那一刻他只看见许光在树下微微仰面，在细碎晃动的光影里，盯着头顶如同繁花盛开的茂密枝头看了半天。那个样子，就好像一个渴望知识的小学生在天文馆里观察星象，认真得令人不忍打扰。

在丰凌父母带着女儿骨灰回成都的几天之后，分局纪委通报了对许光的处理。他被党内记过处分，免除现职，调离原工作单位，去了派出所。

李凡尘记得很清楚，许光走的那天，下了很大的雨。宿舍窗外电闪雷鸣，许光在屋里七七八八地收拾行李。李凡尘站在他身后，想帮忙却完全插不上手，而且无论他怎么跟许光搭话都得不到回复。

他看着许光把衣柜里的衣服一件件抽出来叠好，放进行李袋里，又卷好铺盖，用一根很宽的松紧带捆上。随后他把自己抽屉里的一些本子、书籍等杂物一股脑倒进了自己的背包里。接着他看了一眼窗台上整齐码放的几盆多肉，似乎有点留恋，但最终还是没有带走。

那些多肉他已经养了一年多了，是和李凡尘一起买的。李凡尘记得当时许光忽然在午休时问他："你觉不觉得咱们屋里少点什么东西呀？"

李凡尘反问："少什么？"

许光说："少几盆花！咱这小屋采光这么好，不养点花花草草的有点可惜。"

于是那天下班两人就去了附近的花卉市场，买了好些绿植和多肉。后来绿植他们养不好，都死了，就剩下那几盆多肉硬挺着。许光就跟李凡尘说："你看还是这几盆最给我面子，以后可得精细着点照看。"从此以后他没事就给多肉们浇水施肥，还动不动就端过一盆来修修剪剪。

李凡尘此时见拎着行李的许光满眼可惜地望着那些多肉，心里特别难过。他坐在自己的床上，胸口泛起了难以抑制的哀伤，紧接着他的眼泪止不住地噼里啪啦往下掉。他也说不清当时是出于自己的委屈，还是对许光的不舍，抑或是对于现实的无限的失望，总之他就是想哭，哭着哭着他几乎都上不来气了。

许光看了一眼泪流不止的他，并没有说什么，转头走出了宿舍。

李凡尘追了出去，这会儿许光已经走出老远了。李凡尘见他肩上背着一个包，挎着一个包，一只手拎着铺盖，另一只手举着雨伞，虽然走得飞快但也步履艰难。他想冲过去帮帮他，却知道即使过去，他也不会理会。

他往前跑了几步，站在雨里大喊了一声："许光！"

许光没有反应，直到走出了小院。他心里隐隐作痛，他知道许光有可能再也不会回来了。

第十三章
分离

1

　　三天之后，我重新写了一份宣讲稿。可能是我对许光有了新的认识，也可能是我对关谨天之前的话有所领悟。在新的稿子中，我给许光卸下了"偶像包袱"，让他从一个完美无瑕的英模，转为一个平凡中闪耀着人性光辉的普通警察。在我眼中，他拥有着世间凡人的情愫，以及很多发自生物本能的原始冲动。所以他行为上会有失衡，情绪上会有起伏。最关键的是，他在本质上是一个曾经立足于本职、奋斗在基层的小人物，而不再是一个高高在上、只等世人尽情讴歌的大英雄。

　　我尽量让许光的好，从思想和立场的角度，转移到他生活和工作中的点点滴滴。对待同志他热忱关爱，对待工作他吃苦耐劳。他正义、耿直，深怀警察这份职业的使命感。更重要的是，他是一个善良和专一的人，这从他极其鲜明的爱情观上就能窥斑见豹。很多人说爱情观是人生观的映照，如果一个人朝三暮四，对待感情无法持久，那终归不是一个可靠的人。在如今这个任何东西都可能被物化的时代，男女之间即使再情真意切，也很难经受住现实和时间的消磨。但许光的爱情着实震撼了我，现如今很难有男孩子这么痴情了，当然女孩子也一样。每个人的世界都在网络信息的交错下格外广阔，谁离开谁都不叫个事。

　　但愿地下相见的两个年轻人，能够延续我格外羡慕的爱情童话吧。合上笔记本电脑，我惆怅而又不失羡慕地想。

稿子重新敲定之后，我发给了李凡尘。又过了几天，庄妍通知宣讲团进行第二次演练。不巧的是，演练的那天我突发高烧没有参加，事后给李凡尘发微信，问他这次发挥得怎么样，却没有收到他的回复。我一方面有点担心，另一方面又有点失落。这家伙总是这样，明明每次都和我相谈甚欢，但分别之后，又显得不那么热络了。

不过当天晚上庄妍给我打了电话，大意是告诉我这回的稿件算是过了，而且有的地方写得还挺感人，起码可以拿到首场报告会上使用了，到时候再根据现场观众反应和领导的建议进行调整。我问庄妍李凡尘表现得怎么样，庄妍轻描淡写地说："啊，还行吧，这回没有念错一些奇奇怪怪的东西。"

我心想：当然啦，我为了照顾他的说话习惯，在写作手法上特意进行了调整，毫无辞藻堆砌，都是朴实的大白话。我特别怕这回他再不过关，庄妍会找借口把他换掉。如果他失去了追思许光的机会，他得多伤心啊。

当然，我也会很伤心。

大概又过了一周，庄妍忽然通知我，第一场报告会将在市局的大礼堂正式举行。此时她已经组织几位宣讲人进行了好几轮彩排，并且结合视频的音画部分进行磨合，保证现场效果发挥到极致。庄妍在电话里特意嘱咐我，报告会正式开始那天，我一定要提前到达会场，她还有一些话要跟我交代。

报告会正式开始那天，我按照她的要求提早了半个小时到达会场。当然我入场之后并没有第一时间找她，而是寻找李凡尘的身影。这个时候会场已经基本布置完毕，舞台上方的电子屏里打出了"许光同志先进事迹情景报告会"的字样。在音视频的调试过程中，巨大的幕布上也逐一播放了许光生前各种工作和生活照片。那些照片宽阔清晰，里面许光的每一张笑脸都无比逼真。我蓦然想起，上一次这么近距离地和许光接触，还是在他的葬礼上。

此时再看许光的那些巨幅照片，我的心里有了和那时候截然不同的情憷。如果说那次不论是许光的遗照还是遗体，带给我的是直接了然的庄严和敬畏的话，此刻我接收到的，更多的是扑面而来的亲切、友爱，以及像老朋友一般的叙旧感。可能是我了解到的他的事情太多了，所以带给我的感觉很奇妙，就好像我们曾经真的相识过，但又有很多话没来得及说，就天人永隔了。让人有些兴奋，也有些不是滋味。

李凡尘呢？

我四处张望，终于在观众席的一角看见了他。他穿了制服正装，扎了领带，梳了头发，没有戴眼镜，显得特别精神，此时正窝在座位里念念有词地背稿子。见他这副严阵以待的样子，我倒有些不忍心打搅了。

但我还是走过去，在他的注视下坐到了他的身边。

我说："加油，你没问题的！"

他却眨着眼睛说："我有点紧张。"

"稿子背下来了吗？"

"背下来了，但是我怕我临场忘词。观众太多了，还有那么多领导。"

"不会的，即使忘了，你也可以按照你自己的话来表达意思。"

"那样我就更乱了。而且你稿子写得那么好，我靠自己是表达不出来的。"他表情格外认真，就好像我们在探讨一个学术性问题。

"放轻松！"我挤出一个笑脸，"记得上次我跟你说的吗？你就当所有人都特别喜欢你，即使你犯了错，也都完全不在乎。"

其实这只是我一个人的心声，但我相信，他会真正迎来那一天的。

这会儿庄妍从侧门走进来，一眼就瞄上了我，然后冲我招手。

我起身准备过去，此时李凡尘忽然握住了我的手。在我还没来得及惊讶和无措的时候，我听到他飞快说了一句："要是真忘词我就完蛋了！"

那一瞬间他就像是一个即将踏入考场的忧心忡忡的孩子。

随后他可能发觉自己失态，马上抽回了手。我慌乱地随口劝了句什么，也有点不自然地抽身离席，向庄妍走去。

走到庄妍面前时我的脸还在发热，以至于庄妍随后跟我说的什么宣讲稿可以告一段落了，接下来要搞许光的报告文学的事都没有仔细听。半天了我只记得我刚才手上那股过电的感觉。

糟糕，我可能真是有点放不下了。

我扭头往台上望去，发现台上已经摆好了演讲桌，桌上立了话筒，上方各种灯光也调试好了，基本已经算布置完毕。那是一个公安局典型的万金油舞台，什么活动和会议都可以举办。在这之前，这里刚刚办完中秋联欢晚会，台两侧还留着有对称装点的四个硕大的半圆形月饼道具。可能是因为那几个道具都是硬木板搭建而成的，一时不好拆卸，所以工人们只是简单地用蓝布把上面的月饼图案遮住了，改装成了普通的舞美装饰，让人看上去不至于那么违和。

我脑中闪过了什么东西，问庄妍："主任，如果有人忘词怎么办？"

庄妍略有迟疑："应该不会……我验收好几遍了，没问题的。"

"我是说，万一呢？比如有人紧张了什么的。"

"你是说突发状况啊？"她耸动着小细眉毛，"这个我也考虑过，也只能我在台下提醒一下了，我已经预备了所有人的稿子。"

我摇摇头："那样一定会影响现场效果的，也会影响宣讲人的情绪。"随后我指指舞台，"您可以考虑找一个人在台上当人肉提词器，谁忘词了，这个人就偷偷告诉他们下一句。"

"在台上提词？"

"对，就在台上。"

"那怎么行，宣讲时台上同时有两个人？"

"当然不是了，提词人需要藏起来。"

"藏到什么地方啊？"

"您看台上左边，就是讲台那里，那个半圆形的装饰板后面，绝对能藏住一个人。"

庄妍很困惑地看看舞台又看看我："报告会至少一个半小时，为了照顾投影设备，灯光会调得很暗，舞台上又热，谁愿意猫在那儿受这份罪啊！"

于是就有了我有史以来最为突然和热血的毛遂自荐："我啊。"

报告会开始前十分钟，来自市局各个单位的至少上千名观众从礼堂各个门洞鱼贯而入。外宣部门还请来了专业的摄像师和众多媒体记者，在观众席走廊架上了各种数码设备。许光的事迹早已在社会上有了一定程度的传播，一些媒体甚至准备运用网络直播的形式对外发布。

不多时，包括关谨天在内的一些领导也随着人群走到最前面的座位前依次落座。看得出来，这第一次报告会的规格还真是不低，上次看到这个礼堂座无虚席，还是今年年初召开全局年度工作部署大会的时候。

李凡尘已经在舞台侧边的候场休息室里等候了。和之前的彩排顺序不同，他被安排在最后一个出场。我也不太理解庄妍的脑回路，她这么排序是希望用李凡尘来压轴？还是考虑一旦报告会超时，就直接把他这一档砍掉？不管怎样，以李凡尘以往的表现，他似乎都是这个团队的不稳定因素。我必须尽我所能，来帮他排除掉任何可能发生的隐患。

在大会开始之前，我把李凡尘拉到了休息室外。

"怎么了？"他看着黑压压的观众，很不安地说。

我指指不远处的舞台，小声对他说："看见台上那个半圆形大木板了吗？到时候我拿着你的词藏在那里面，你如果忘了，我就第一时间提醒你，这样你就不会出糗啦。"

他难以置信："……真的？"

"真的！"

"我去！"他紧锁的眉头终于舒展开了，"太好了，是庄妍安排你干这个活儿吗？之前没听你说过呀！"

我好想说，我是为了你呀！但不知为何，我只是深藏功与名地淡淡一笑："怕早告诉你你就不好好背稿子了。"

李凡尘感激地看着我："那就拜托你了！"

我格外淡定也非常笃定地说:"加油,你没问题的。你比他们都强。"

说着我鼓起勇气,快速而短暂地握了一下他自然下垂的左手:"有我在,你就放心吧!"

2

主持人上台之前,我趁着舞台上还没有打光,低头猫腰钻到了"大月饼"的后面。曾经在市局工作五年多,来过这个礼堂无数次,我却从来没想过自己会以这种方式登台,而且还如此劲头十足、心间暗爽。我在这个昏沉狭窄的小角落里羞涩反思,看来我是真对李凡尘动了感情了。

我真是越来越难以把控自己的品位了,不是说李凡尘不好,而是我压根没有想过,我会以助攻和守护的方式,践行自己对一个男孩子的爱慕。所以其实这种感觉也挺新鲜刺激的。

否则我怎么会在千人瞩目之下,缩在这个破角落里呢!

嘭的一声灯光四起,主持人登台,简单介绍本次活动的主旨以及许光生平和此次与会领导。随后大幕布上投放了一段技术组精心制作的许光生前影像的短片,把现场氛围烘托起来后,大会正式开始。

申杰队长踏着铿锵有力的步伐登台,掌声雷动。

台上所有灯光熄灭,只留一束由对面打来的追光灯照射着宣讲人。

扩音器里传来申队浑厚有力的声音。他的声音也逐渐把我带入到了李凡尘那天给我讲的许光离队之后的那段时光里。

那天许光走后不久，雨停了，李凡尘接到了申队的电话，前往了他的办公室。随后申队告诉李凡尘，在许光的推荐之下，由他来接任探长职位。

说实话李凡尘都看得出来申队当时不太情愿。根据李凡尘自己的分析，猜测申队其实一直是比较看好曾竹的，更希望由他继任探长。但申队曾问许光，离队前有没有什么要求，比如想去哪个派出所，想去哪个岗位，都可以跟他提，他一定竭尽所能帮许光解决。许光说没有别的要求，就是想把李凡尘安顿好。理由很简单，李凡尘性格比较软弱，离开了他，在人人都猴精的刑警队里恐怕难以自处。所以许光希望由李凡尘接任探长。当个小领导，李凡尘起码还能谋个前途发展，腰杆子也能硬一些。

于是李凡尘就在许光的强烈推荐之下，成了探组的代理探长。

但是自始至终，许光都没有跟他提起过这件事，随后的工作交接，也是由同事代为中转的。李凡尘一度非常困惑：许光对自己到底是出于什么样的心态呢？如果是埋怨，为什么还这么费心地为他安置？如果没怨气，却为何又在后来对他不理不睬？

而等到李凡尘全面接手了探组，他才知道许光的能力到底有多强大。四个人的探组，续办中的刑事案件有七八起，涉及三十多个嫌疑人，对着不同城区的四个检察院。有的事主在做伤情鉴定，法医中心那里要盯鉴定意见；有的嫌疑人在做精神病鉴定，司法鉴定中心那里要跟进鉴定进程；有的涉案财产需要追缴，有的涉案银行卡需要到银行调取流水和冻结说明；有的嫌疑人刑拘要延长了、有的嫌疑人要被提请逮捕了、有的嫌疑人要被移送起诉了、有的嫌疑人要做换押了，都得卡日子做各种呈请文书和工作记录……他完全想象不到，从前每天嘻嘻哈哈、阳光洒脱的许光，脑子里竟然装着这么多事情。

李凡尘对他佩服得五体投地的同时，心里也倍感焦虑。自己能胜任吗？

事实证明他一时半会儿不能。他以前成天跟许光四处乱跑，虽然也走心动脑，业务上却远没有许光清醒灵活。有时候探组组员问他一些工作安排以及案件问题，他难免糊里糊涂、吞吞吐吐。尤其是一开始对他就不怎么服气的曾竹，对他就更加缺乏耐心了。有一回曾竹问李凡尘关于能否给嫌疑人律师起诉意见书复印件的问题，李凡尘又支支吾吾了，曾竹干脆当着全探组人的面给许光打电话，搞得李凡尘十分下不来台。

那会儿李凡尘就想，要不自己就去看看许光吧。他很想念许光，这个时候刚好可以借着咨询业务的名义找他唠唠。

3

申队的宣讲很成功，全程慷慨激昂，内容也非常流利，完全没用我来提醒。我虽然看不到台下观众的反应，但听到了分贝极高的掌声。报告会可谓取得了一个开门红，我看见申队走到台下后，振奋地和守在后台的庄妍击了一个掌。

随后是许光生前的地铁派出所的一个同事上台宣讲。

许光当时被调入的派出所名叫欢庄地铁派出所。欢庄地铁派出所的辖区是崤城地铁7号线整条线路的十三座地铁站。7号线是贯穿城北的半环线，专门为了发展快速的北部区域而搭建，建成时间不长，运载压力却比较大。许光分配到欢庄地铁派出所后驻守的地铁站，就叫小欢庄站。

李凡尘以前只是坐地铁经过过小欢庄站，对这个名字很有印象，第一次来到这里，他在站厅里还真是有点找不着北。以往他们刑警队到各个地铁站出警时，都会去警务室寻找驻站民警。所以他就觉得，应该先去警务室，许光一定就在那里。

他刚走到站厅，就看到站厅安检口不远处站着个穿着制服的瘦高个民警，肩膀上还夹着闪闪发光的警灯。他仔细一看，那不正是许光吗？在刑警队时，他们基本都穿便衣，一年到头只有开会或者参加活动时穿几次制服，就更别提戴肩灯和"八大件"了。所以此时正在站岗的许光看起来格外耀眼，也透着许多威严。

李凡尘远远地过去，伸手拍了他一下。许光回过头，认出他后只是淡淡说了句："你怎么来了？"

此时距离他们分别已经一月有余，中间两人也没有通信上的交流。许光的这种态度让李凡尘有点失望。

"找你问点案子上的问题。"李凡尘说。

"说吧。"许光目视着排队安检的人群。

李凡尘本想着再寒暄几句，问他现在的工作怎么样、累不累、怎么上班什么的，没想到直接被带入正题，只能随口问了两个关于案子的问题。

许光言简意赅地回答完，李凡尘也不知道该继续说些什么了。他陪着许光站了一会儿，然后壮着胆子问："你下班有事没？一起吃个饭。"

"今天值班。"

"明天呢？"

"再说吧，有时间我约你。"

俩人并肩朝前，李凡尘也看不清他表情，只能说："好。"

那次之后，李凡尘知道了许光的值班节奏，一周之后又去找了他一趟。当时许光在警务室里正要吃饭，李凡尘进屋后把手里的塑料袋放在他面前，从里面掏出了好多寿司、三明治和肉包子。他记得以前他们加班时许光就爱买这些东西当零嘴和夜宵，所以这回他每样都挑了一些。

许光迟疑了一下，还是打开了自己的盒饭："你买这么多干什么？"

"别吃这盒饭了，从所里送过来都凉了。"

"不凉，现在都用保温桶送。"

许光开始吃盒饭，李凡尘在一边又不知所措了。后来可能为了照顾他的情绪，许光象征性地吃了一个饭团。

可能是因为许光态度渐渐好了一些，李凡尘又去找了他几次，还会拿着搞不明白的案卷给他看，听他对于办案的一些建议或者提醒。有时候他们也会坐在警务室里聊聊天，聊最近队里发生的事，聊他们同学之间的八卦。不过李凡尘还是明显能感觉到许光变得和以前不一样了。从前许光的眼睛跟两个小灯泡似的贼亮，听到感兴趣的话题能跟他手舞足蹈地互动好久，遇到不同观点也会振振有词甚至是有点强势地反驳。但现在的他好像不那么喜欢表达了，多数时候都是在听李凡尘说，随后做一些简单回应，甚少发表比较主观的看法。而且他似乎很不愿意聊自己，不管是工作还是家庭，只要是稍微跟这些靠边的话题，都会被他随口绕过。他以前可是跟李凡尘无话不谈的，这让李凡尘非常不适应。

李凡尘也不知道许光只是对他这样，还是对别人都是如此。

虽说两人不那么僵了，但李凡尘感觉到，他们想要回到以前那种关系，恐怕是很难了。

那一阵子李凡尘的日子也非常不好过。当时他们在地铁里处置了一起故意伤害案，案发地铁站是两个区县的交界。他当时没有多想，往检察院报捕时报错了，选的根本不是市委规定的这座地铁站所属的区县的检察院。不想那检察院也没有经验，上来还就受案了，直到快移送起诉了才发现根本不是自己管辖。于是案子只能打回来重新往另外的检察院报捕。同事们对这种乌龙都是闻所未闻，私下里都说这不是丢公交刑警队的人吗，管辖都搞不清楚，比派出所的看站民警都不如！

距离移送起诉的时限只有不到一个月了，李凡尘被这些事烦得焦头烂额，再加上探组里对他都是一片质疑之声，他的风评一路低走，情绪几乎到了崩溃的边缘。

他想来想去，虽然觉得不妥，但还是一个头两个大地坐着地铁找许光诉苦来了。

果不其然，许光听他这么一说也没什么好脸色，上来就说："你是脑残吗？这种低级错误也能犯？"

李凡尘就争辩了几句，说自己没有经验，身边也没有人走心提醒等等。但许光丝毫不留情面，细数了他曾经在办案过程中的各种差池，问他为什么不能吸取教训，好好攻克一下业务，给自己树立一些起码的威信。

"你说得轻巧，我刚带队伍，得有一个过程啊。现在手头事情这么多，能捋顺就谢天谢地了，哪有时间去各种复盘啊。"李凡尘坐在警务室的椅子上哭丧着脸。

许光却并不买账，把茶杯往桌子上咣当一放："别太拿自己当回事行吗？我也发现了，你就是属陀螺的，干活时得靠人拿鞭子抽，抽得越狠你转得越快，鞭子一放下，你就躺倒不干了。以前办案时一天的活儿干完了，我在宿舍里来回翻案卷找纰漏，打电话跟法制员请教问题，你干吗呢？你不是在床上玩手机，就是蒙着被子睡大觉，一点责任感都没有。你老觉得我是探长，跟着我干，听我安排，干就完了，从来没有一点主动性！"

李凡尘沉着脸，心里郁闷极了。因为许光说的句句属实，他这回连反驳的底气都没有了，只能把苦水使劲往下咽。

"你说说你跟着我干这些年，办的案子也有上百个了吧？你给我提过一个建设性的意见吗？给我挑出过一个我自己都没发现的错误吗？每次都是我自己查、自己找，你就跟在我后头瞎忙。出了幺蛾子就慌了，就等着我拿主意，然后又是一通瞎忙。出了问题又着急忙慌给我打电话，无限轮回，毫无长进，这就是你！"

李凡尘真是又气又屈。这些天来他已经受够了队里人的白眼，心理建设早就快坍塌了，此刻许光还这样疯狂补刀，他再也忍不住，几乎是从椅子上跳起来，以一种从未有过的气急败坏的方式爆发了："对！我他妈就是一个废物，我跟着你干了那么多事，也没帮上过你什么忙，真是对不住了！"

许光一愣，他还从没见过这样急红了眼的李凡尘。

李凡尘满腹憋屈和恼怒就跟泄洪了似的源源不断："我知道你压根就瞧不起我，带着我干活儿也不是因为关系好、走得近，而是我好脾气，没怨言，支使起来得心应手。我现在才算看出来了，现在经过这么多事，我终于看清楚了，我在你眼里，一直就是一个跑腿的，是个马仔！"

许光难以置信地瞪着他："去你大爷的，你他妈疯了吧？"

话赶话说到这儿，友谊的滤镜早已粉碎，李凡尘在连日来的重压之下已经失控，说话也越来越无所顾忌："我说错了吗？咱俩谁太把自己当回事了？你瞧瞧你现在的操蛋样，成天摆张臭脸给谁看？我该你的还是欠你的？我就不知道我怎么得罪你了，你这么恨我？！"

说到这里他差点摆出熊峰那件事，但好在他脑中尚存一丝理智，最终没有把那个敏感的名字说出口。

他看着同样气得脸色发白的许光，稍微平复，也有些心如死灰地说了句："既然是这样，我以后也不来自讨没趣了，咱俩各自珍重吧！"

说着李凡尘拿起挎包，大步走出了许光的警务室。

那一瞬间他似乎看见许光有个阻拦他的动作，碍于面子，他没有停顿。但同时他也想，要是许光从后面叫他，他也就见好就收地收回刚才的话。毕竟那是气话，他从来没想过要跟许光绝交。在他心里，许光始终是他无可替代的好兄弟，所以他太在乎许光对自己的评价了。归根结底，他痛苦的本质还是源于自己的无能。

但直到他走到了站厅里，来到了站台上，身后也没有传来许光的声音。

李凡尘感到了如泰山压顶一般的挫败感。那一刻他觉得自己不得不面对一个现实，就是如许光说的那样，许光从来没把他当一回事。别说朋友了，可能连以往靠工作维系的面子情分，也随着岗位变动而荡然无存。他失望极了，有些憎恨许光的同时，也丧失了所有对许光的幻想。

就这样，两人最后陷入了冷战。

4

　　随着掌声的平息,第四位宣讲者走上了舞台。我在角落里拿稿子对词时,想起了我和李凡尘最后一次商量稿件内容的情景。那天我们在那个灯光昏暗、客流稀少的苍蝇小馆里交流到深夜,随着许光生前所有细节的完整铺开,我们二人都有一种如同接力赛交棒一般震撼而神圣的使命感。

　　李凡尘作为故事中的一员,把许光的所有故事都交给了我。接下来,就需要由我运用自己的能力,将这些故事进行整理,再交还给他,由他站在聚光灯下呈现给世人。

　　那么我要怎么整理呢?我需要以李凡尘的视角,将他对许光的真实情感披露出来,告诉大家,许光究竟是一个怎样的人,令他产生了怎样的感情。

　　这时我们就需要面对一个无法避开的重要而又悲伤的情节,那就是许光的死。

　　许光的死,在其他宣讲者的稿件中已经有所呈现,我一直犹豫着要不要在我们的稿件中进一步提及。许光牺牲时李凡尘并不在他身侧,不过后来李凡尘赶去了医院,也算是送了他最后一程。我思来想去,不知道是否应该把这一段内容写入稿件,因为这是把双刃剑:如果写,可能会是李凡尘对许光所有情感具象化的顶峰,一定会感人至极;但与此同时,这又是揭李凡尘的伤疤,恐怕不太人道。

　　没想到李凡尘当时非常坚决:"写进去。"

　　我半开玩笑地说:"你没喝多吧?真的写进去?"

他点点头:"喝得有点高,所以我得趁着这个时候跟你说,否则清醒了可能就没这份勇气了。"

"为什么?"

"因为……"李凡尘脸上有了空前的专注,他的眼神此时在我看来就像是一种凝望,"这么长时间以来,我都非常痛苦。我心里有太多的话想对许光说,但我不知道该怎么说,更没有机会去说。许光死后,每天夜里我都失眠,我躺在床上怨恨自己,为什么当那么多人挤对我时我却去找许光吵架?他才是唯一一个不嫌弃我,也真心对我好的人!但等我明白这些的时候,他已经不在了……"

说到这里李凡尘脸色惨白,却又冷冷地笑了:"我真是个又自卑又没良心的傻×啊。"

我心头一紧,鼻子也酸了起来。我心里说,李凡尘,你不是这样的人呀,你对许光真的很好,他不会不知道的。不要这样自责!

那样我也会心疼的啊。

李凡尘收起笑,特别认真地看着我:"所以,徐闪星,谢谢你能帮我,也拜托你,把我那些说不出来的、一直憋在心里的话,都让我说出来,我不是对观众说,而是对许光说。我相信到时候,他就在台下看着我!"

巨大的礼堂再一次响起了雷鸣般的掌声。第四位宣讲人昂首下台,正装加身的李凡尘走了出来,走到这个宽阔且意义非凡的舞台上,走到了我前面。他将在这里开启人生中的第一次宣讲,也将以他最期待和珍视的方式,对他最好的兄弟许光展开追忆。

在他走到讲台前的那一刻,我利用自己能够展现的最大角度,朝他做了一个"胜利"的手势。我依稀看见他在行进的时候往我蜷缩的方向看了一眼,然后又目不斜视地看向了观众席。也不知道他有没有接收到我充满爱心的鼓励。

"大家好,我是公交分局刑警队的探长李凡尘。我宣讲的题目是《我身边的光》。"

他的声音有些生涩，却也而不失磁性，透出了前几位宣讲人没有的青春气息。我一度很好奇他的声音为何能如此纯净，就好像一个在校高中生的声音，听起来没有丝毫的社会气和油腻感。

台下异常安静，偶尔响起的几声咳嗽非常刺耳。大家都在认真聆听。

我缩坐在地上，感觉心跳都顺着脊椎传导到了地板上。那可是我写的稿子啊，此刻在大庭广众之下由李凡尘说了出来。我心里小鹿乱撞，就好像我们俩之间有什么隐秘的事被当众揭开了一样。

我给李凡尘写的这版稿件，以他和许光初识为开篇，描述了他和许光经历的大学岁月，以及工作后两人分配到同一单位，在工作、生活上许光对他的照拂和帮助，直到最后许光牺牲。当然，这中间没有提及丰凌的变故，以及他和许光两人后期关系上的裂痕。

其实在去年年底，李凡尘曾经绷不住想求和，他过年的时候给许光发了拜年信息，没想到热脸贴了冷屁股，对方没有回复。虽然一条拜年信息说明不了什么，可能是这种群发的东西许光没有太注意，但李凡尘仍旧很受打击，再加上工作繁忙，也就彻底和许光断了联系。

直到几个月之后他去分局开大会，在会场前碰见了许光。他清楚地记得，当时许光在和庄妍说话，他从台阶下面走上来，忽然看到他们，有些不知所措。庄妍作为曾经宣传许光的推手，是他们的老相识，很了解他们的关系。

许光的样子没什么变化，只是头发稍微长了一些，但梳得很整齐，看上去状态还不错。而且许光似乎正在和庄妍谈论什么感兴趣的话题，脸上表情也蛮轻松的。

那一刻李凡尘的自卑感又上来了。

原来许光一直挺好的，过着属于自己的生活，没有受到任何影响。

是啊，他是许光，不论遇到什么沟沟坎坎，凭借他的爽朗性格和稳健心态，也能安然从容地走出来，甚至活得更有人样。他李凡尘呢？尽管当了探长,成天风里来雨里去,忙得团团转,却始终焦头烂额,无法服众。这就是在现实的捶打下,他们各自现出的原形。更让他无地自容的是,自己如今所蒙受的质疑,都是在许光曾经出色的能力之下衬托出来的。

所以他还有资格以朋友的身份乐呵呵地叫一句许光吗?而且庄妍在侧,如果许光还是爱搭不理,场面会更加难看。

于是他很气短地从他们身边走了过去,只跟庄妍打了声招呼。他从余光里也发觉许光看见了他,许光同样也没有任何表示。

那是他这辈子,最后一次和许光相见。他们在沐浴着午后阳光的人群中,匆忙而木然地留给彼此一瞥。之后许光牺牲,那一瞬间就成了永远地钉在李凡尘的记忆中的刺,扎得他每晚辗转难眠。

许光牺牲的那个平地惊雷的晚上,李凡尘刚好在外面吃完饭,中途还喝了一点酒,到家时已经是夜里十点。他开门之际,接到了申队的电话,对方并没有像以布置工作一样先问他在哪儿、在干吗,而是单刀直入地要许光家里的电话。李凡尘晕晕乎乎地找出许光家里座机号发给他,又问他大半夜干吗要联络许光家里。

申队说:"许光在外面受了点伤,情况挺紧急的。"

李凡尘当时酒劲还上着头,一时竟没太搞清楚这话的意思:"受伤了?那我是不是过去帮帮忙?"

"你要来就赶紧!市第二医院。"

就是这句"赶紧",让李凡尘意识到了事情的严重性。为什么要"赶紧"?是在暗示他什么吗?

他顾不上多想,扭身下楼,边小跑边用手机打车。就在他刚刚猫腰坐进汽车时,申队电话又追过来了,问他到哪儿了?能不能快一点?申队电话刚挂,王铁莹、曾竹的电话也接踵而至,都在问他收没收到消息、上没上路等等。李凡尘被这些电话轰炸得越来越清醒,他的心脏猛跳,眼前窗外的景色也逐渐失去应有的颜色。他始终不敢去问一个可能已经近在眼前的问题，因为那个问题极度恐怖，只要不到最后一刻，他绝对不会主动触及。

他只是心中反复地想：许光怎么就突然受伤了？

然后他似乎得到一个答案：他不知道太正常了，他们现在还算朋友吗？他凭什么知道许光的事情？

这半年多里，他们都来到了二十八岁。他在刑警队昏天黑地地办案，许光则在车站里循规蹈矩地站岗。他四处出现场和抓人，许光则奔波于地铁内的各种警情和勤务。他们各行其是，各自为安，从对方的世界里消失得一干二净。许光那边的一切都来自他的想象，因为根据他以前的了解，地铁民警就是这种工作状态，出不了这个圈。他们明明还在同一座城市，还属于同一个单位，却已然像走得太远太远。

曾几何时，他们是形影不离的啊。他到底错过了许光多少事情？

李凡尘浑身发冷，身子慢慢缩在车的后座。

深夜的马路上车辆稀少，公路上的路灯因此亮得单调而晃眼。李凡尘从没见过这么没有生气的夜色，那段不足半个小时的路程也成了他此生中最难熬的时间之一。上一次有这种莫名恐惧的心情，还是母亲弥留之际，自己在病床边守候的时候。但那时他已经有了长足的心理准备，尽管悲痛，内心却能够找到一个提前建立好的支点。这次却不大一样，他猝不及防，只能尽可能麻痹自己，下意识控制不断冒出的不好的联想，强打精神去和现实硬碰硬地交锋。

李凡尘此时也在宣讲中如实讲述着自己当时的心情：

"在去医院的路上我害怕极了，但我又一直抵触着这种害怕，我不想让自己这些情绪和现实关联起来。因为那样就说明我担心的事情，是有可能发生的。"他说到这里，沉默了两秒，随后带着一丝哭腔继续说，"那样我接受不了。"

车子终于开到了医院门口，李凡尘悬着的一颗心提到了嗓子眼。然而就在他下车之际，他接到了一条微信，是他们隔壁探组的那个胖胖的探长发来的。

"许光去世了？"

李凡尘反复阅读着这几个字和标点符号，试图从中间读出什么其他的含义。但他所有的思维逻辑在那一瞬间荡然无存！

"我发疯一般往医院大楼里跑，但因为我太着急了，跑了好几圈都没有找到电梯。上了电梯后，我狂按了好几次按钮都没能操作好电梯，在周围人的眼里，我可能就像是一个疯子。电梯门打开的那一瞬间，我彻底丧失了方向感，还碰到了护士推着的手推车，整个人摔在了地上。等我爬起来时我才发现自己已经来到了手术室门前，我的同事们，都在那扇亮着灯的大门前守候着。"

李凡尘讲到这里，停顿了，随后扩音器里传来了他沉重的叹息声："我努力从大家的表情中观察形势，发现他们都是一脸的悲痛。我扯着其中一个人问许光怎么样了，他却没有回答我。然后，我看见他哭了。"

全场寂静无声。李凡尘颤抖着继续说道："我扯着他大声询问，他却哭得更加厉害。那时我才知道我不得不面临一个现实，就是许光已经死了，那个曾经陪伴我走过无数个日日夜夜的许光，已经永远地离开了我。"

听到"日日夜夜"这个词，我的眼泪再也控制不住地流了下来。短短四字，却是贯穿人心的岁月历程。我弯曲的双膝努力地向里并拢，尽力压制着哭泣。与此同时我也能深深体会到此时的李凡尘到底投入了多大的情绪。一直以来他都在压抑着这些话，在无处倾诉的困顿中反复内耗，像陷入流沙一般绝望。也许，他现在真的认为许光就坐在观众席中，聆听着他的迟来的每一句倾诉。

"许光，你还记得咱们十八岁时，第一次在军训宿舍见面时的情景吗？当时我睡在你的上铺，你还帮我搬了行李，我说，谢谢你，同学。那会儿我不知道你的名字，还是特意看了你床上的标签才知道你叫许光，我还想这个名字叫起来还挺顺嘴。然而在咱们二十八岁的时候，在那个下午开会前我们见最后一面的时候，我却没来得及再叫一遍这个名字。你不知道我有多后悔！"

　　李凡尘说到这里，已经泣不成声："这些年来，你带着我熬夜蹲守，带着我抓人办案，在我摔倒时拉我起来，在我遇到麻烦时为我挺身而出。我习惯了你在我身边哗啦哗啦地翻阅案卷，习惯了你时不时扔给我一瓶矿泉水，习惯了每次我过生日你拉着同事们给我唱生日歌。就是因为太习惯了，所以我都没怎么跟你说过谢谢，也没怎么好好请你吃过几顿饭。但也许你不知道，你在我心里一直是多么重要、多么不可取代，这些话我都还没来得及跟你说！"

　　李凡尘短暂停顿。也正是这几秒的停顿，让我感受到了场面是多么沉静。稿件的内容已经到了尾声，李凡尘用几近嘶哑的声音和许光做最后的道别。

　　"你壮烈而无私地践行了我们曾经一起宣誓的入警誓词，用实际行动告诉了我们什么叫作不忘初心牢记使命！许光，一路走好，你永远是我最好的兄弟！"

　　他声泪俱下地结束了宣讲。我微微向外探头，发现观众席中有不少人都在擦眼泪。他们静默了几秒之后，竟然全体起立，爆发出雷鸣般的掌声！

　　李凡尘抬手敬礼，并没有多做停留，转身下了台。

　　我知道，如他之前所说，他的那些话，都是真真切切说给许光听的。所以他压根也没察觉到自己造成的强烈反响，他只是一字一句地把想对许光说的话，用心表达了出来。那些话是真实的，不带有任何粉饰和导向的心里话。他等这一天等了太久太久。

　　许光，你听到了吗？

第十四章
意外

1

　　李凡尘出人意料的发挥成了整场报告会的点睛之笔，在活动取得巨大成功之余，他也成了宣讲团最大的功臣。后来在我们所有报告会成员上台接受领导慰问和媒体采访时，李凡尘身边围满了记者，水泄不通。隔着里三层外三层的人群，我偷偷看他应接不暇的样子，心中扬扬得意。李凡尘似乎也注意到了我的目光，满怀深意地和我对视了一眼，嘴角扬起了一抹笑容。

　　那个笑容让我心里刹那间春暖花开。我甚至有点感激庄妍当初对我的软磨硬泡，如果没有这个机会，我也许永远都不会了解一个真正的李凡尘。哪怕今后我会因为工作原因认识他，以我们双方的性格，估计也不会有这样深度的交流。现在想想，说不定就是天意。

　　所以，现在我要怎么做呢？

　　想到这里，我的脸颊突然开始发烫，整个人也从刚才的美滋滋变得有些焦虑。报告会成功了，我们撰稿人也圆满完成了任务。可我自己的心愿，似乎还远远没有达成。想到此处，我竟然有了一种吃了暗亏的糟糕感觉。

　　这时我面前忽然出现了一个高大而消瘦的身影。那人饶有兴致地看着面红耳赤的我，说道："你挺行啊。"

　　我看着那人，马上立正站直："啊，关局。"

关谨天被我的一本正经逗笑了："稿子写得不错。这回的点抓得很对，没有空话套话，全是真情实感，所以反响才这么好。"

"是您的意见提得好。"

"你没有陷在个人情绪里输出内容，这是你的进步。"

老实说，这回我的确要感谢他。如果不是他，我不会知道许光的另一面，也不会把他的故事探索得如此完整。正因如此，我真正了解了许光，从而最大化地让李凡尘代入感情，令他的宣讲催人泪下。

最重要的是，我们做到了真实。难道还有什么比这个更重要吗？

所以此时我有些感激地看着关谨天："谢谢您。"

他笑了："以后有事，就来找我，办公室你也认过门了。"

那一瞬间我似乎回到了十几年前，他顶着一头鹅毛雪花，在正月里拎着点心和烟花，敲开我家大门的时候。那时他也是这样笑嘻嘻地对我说："以后你爸再说你，你就来找我，我是他领导，我处理他！"

"没问题。"我很正儿八经地回应他，但脸上还是不小心漾出了几分笑意。

"哦。"关谨天朝身后李凡尘的方向侧了一下脸，又扬着眉毛对我说了句，"小伙子不错，就是太尿了。"

"您说什么呢？"我假装听不懂。

"李凡尘！"关谨天朝着他喊了一句。

正在接受采访的李凡尘可能正苦于无法脱身呢，此刻听见大领导召唤，赶紧拨开众人跑到了我们跟前。此时关谨天又恢复了大人物谆谆教诲的姿态，对他说："你呀，今天表现是不错，但这有一半得归功于你的撰稿人，你得好好感谢我们小徐同志。"

李凡尘看看我又看看他，点头哈腰："那肯定啊！"

我心里乐坏了，小样，被我这豪横背景吓坏了吧？

接下来关谨天就语出惊人了："想着点，你们刑警队有单身的优秀男同志，给小徐介绍介绍，别让这么好的姑娘一直单着。"

我的天哪，要这么直白吗？现在领导都是这么送温暖的吗？我一时又蒙又臊："什么呀，不用不用……"

李凡尘使劲看了我一眼，眼珠子一抖，瞥向别处。

关谨天留给我一个"就帮你到这儿"的表情，很悠然地转身走了。

留我和李凡尘两个人大眼瞪小眼。我们之间从未出现过如此尴尬的局面，我的脚趾都开始抠地了。

李凡尘也出了很多汗，我掏出纸巾递给他。

他边擦汗边说："关局说得没错，这次真是多亏你了。"

我佯装镇定："稿子内容都是你讲给我的，我也没做什么。"

"不。"他摆摆手，认真地看我，"我是说你藏在我身后，让我特别踏实。要不然我肯定会因为紧张忘词。"

"不会的。"我也格外诚恳地看着他，"我感觉你就是在对许光说你想说的话，你表达得特别好，特别感人。"

他不好意思地挠了挠后脑勺。他曾经告诉过我许光的一个习惯性动作就是挠头，不知道这个习惯是他们俩谁传染谁的。

我抿嘴笑，默默欣赏他这副样子。

见我如此，他仿佛想到了什么，问我："那个，我问你个事啊。"

"好呀。"

"呃。"他眼睛乱转，始终不敢正视我，"你真的……"

他话音未落，我听见身后有人喊我："徐闪星！"

我扭头一看，震惊极了，迎面走来的竟然是翟忆山。

我和翟忆山分手已经整整一年了，此刻的他和以前没什么变化，身板挺拔健硕，看来依旧是健身房的常客；发型也一如既往地臭美，两鬓削得很薄，中间向后梳了一个油光锃亮的大背头，和一身正装倒是很搭。唉，想当年我也正是被他这种"精致男孩"的气质所吸引，五迷三道地接受了他的追求。现在想想，自己当初也真是单纯得很。

此刻他慢悠悠走到我面前，笑道："我看你半天啦，你愣没看见我？

隐形眼镜该换度数了吧？"

"看见你了，临时把镜片摘了，还踩扁了。"我并不是有情绪，即使在我们以前交往时，也一直是这样的互撑状态。最初我不是这样的，但无奈他嘴太贱，总是不饶人，慢慢地也把我锻炼出来了。

"哈哈，我之前发微信你怎么一直不回我啊？"

我给他设置静音了，一般他的消息都是一两天之后才读到。

"有事你直接打电话啊。怎么，怕花钱？"

跟我分手后，翟忆山和一个在银行工作的女孩交往了半年，最后又被他妈妈一票否决。他妈妈这回给出的理由依旧奇葩，这个女孩子太温柔、太会来事了，令全家人都感到不适。他妈妈经过全方位的打探和分析得出一个结论：和金融行业沾边的女孩子，连卖保险的都算上，待人接物都有着极强的目的性，释放出的善意也并非真心。这种媳妇如果娶回家，无非就是面临两种后果：一种是婚后凶相毕露，一种是被她花言巧语玩弄于股掌之中。于是他妈妈又一次重拳出击，成功搅散了二人。

这不是有病吗？我真庆幸自己上岸得早。

后来翟忆山明显有追悔之意，一直断断续续给我发消息想求和。但我再三考虑，还是不能释怀，也就没把他的那些撩骚废话往心里去。

此时的他见到我，自然是话痨一样说个没完没了："哎，你们整的这个报告会真不错啊，把我都说哭了。但我还没带纸，最后用领带擦的眼泪。"

我不以为意："对了，你怎么来这个报告会了？"我记得这回邀请的观众都是机关职能部门的同志，而翟忆山是耀安区一个派出所的治安民警。

"我调去刑警队了，刚过去没几天。许光这案子是之前我们大队办的，所以邀请我们来听。"

"你们探组办的？"

"不是，是其他探组办的，我就是凑个人头过来当观众。"

"哦。"我点点头，似乎又找到一个很有火力的喷点，"你妈不同意你找刑警女朋友,却由着你跑到刑警队去了?"

"喊。"他死猪不怕开水烫地摆摆头,"她到现在还不知道呢。"

"那你是怎么想的?快三十了突然活明白了找到从警初心了?"

"很简单。"翟忆山像个小屁孩一样比画着,"刑警队有一个超大的健身房。"

我白了他一眼,忽然发现我身边好像少了什么。

李凡尘不见了。

2

许光的首场事迹报告会通过各种方式在媒体上传播后,取得了非常喜人的效果。光是报告会全程的录像,在各种视频网站上的总点击量就突破了两千万,这还不算省内各大电视台为他做的专题节目,以及各路自媒体顺应热点制作的主题视频。许光英勇的事迹和出众的外表,令他圈粉无数,一时间许光从一个无名英雄,变成了全民追思的帅哥烈士。后来我才发现,就连地铁里都贴上了许光的海报,上面还标注了他是本省"感动中国"的候选人。照片中他阳光洒脱的笑和英姿飒爽的警服,吸引了很多路人驻足观看。

我的宣讲稿任务,也在这种满地开花的成就感中结束了。

回到单位上班之后,我掐指一算,离我在政治处的借调结束还有一个月零二十天。这一个多月,我只需要把许光的报告文学写完,就算大功告成了。然后我就可以名正言顺地背着行囊走进刑警队,达成我有生以来最大的夙愿。当然，现在这份愿望里又多了李凡尘的存在，令我在向往之余，心里还陡增了一种挺馋人的骚动。

动机开始变得不那么单纯了呢，好像给理想镶了层粉红色的花边。

在按捺不住的少女心的作祟下，我已经开始给自己立 flag（树立目标）：要是我分到了李凡尘的探组——哪怕不是他的探组，我都要坚定不移地站在他的身后，成为他最为坚实有力的后盾。我要为他力排众议，为他扬名立万，帮他把腰杆竖得直直的，再也不会遭受任何白眼！

等一等，怎么听着跟我要垂帘听政似的？

脑补过度，我在座位上没绷住乐出了声。

旁边坐着的庄妍很费解地看着我，得出一个结论：这货太闲了。

于是她随手甩给了我一个本不是我分内的活儿。那是一份电子通知，她让我通过我们分局的网上办公系统下发到各个基层派出所去。

不是什么大活儿，我也就没计较，审阅一遍之后就准备发文。但我读了这篇文稿，发现内容却并不怎么看得懂。

那文稿的题目是"关于报送打现行动人员名单的通知"。

内容大概是：现在我局要集中在所属辖区内展开打现犯罪专项行动，要求各个派出所成立相关打现小组，并且小组人员要具备一定的侦查打击经验和能力，能够随时按照分局"打现专班"部署参与打击工作。

我问她："主任，什么叫作'打现'啊？"

"这你都不知道？"

"不知道。"

"它的完整意思是'打击现行违法犯罪'。"

我还是没太明白。她干脆放下手头的事，很有责任感地给我科普起来："我给你举一个例子吧。假如一个在地铁里遭了扒手的乘客向你报案，你怎么能够帮他找回失物并且抓住犯罪嫌疑人？"

我想了想李凡尘之前跟我说的破案经历，答道："调录像，查轨迹，然后找人、抓人呗。"

"你说得轻巧，这种先发案、再破案的方式对咱们局来说，并不是最拿手的。因为录像有角度和清晰度问题，很多老油条也会利用反侦查手段来隐藏行动轨迹。所以多数时候，咱们局的侦查员们都会选择主动出击。

"主动出击意思就是刑警队或者派出所的干警们，根据侦查经验，以便衣打击的方式，到案发率比较高的区域寻找可能作案的疑似嫌疑人，然后对其进行跟踪，在其对受害者下手时，迅速取证并将其抓获。之前公交刑警队的人就是这样在公交车和地铁上抓贼的。

"这种'打现'行动的好处在于，能够第一时间发现并制止犯罪，同时也能收集比较完备的法律证据，比如现场和执法录像，以及旁观者证言。

"拿抓贼来说，取证工作是极为苛刻的。公交地铁上的小偷基本都是惯犯，很清楚一旦被抓面临公诉，什么证据能够将自己送入监狱。所以他们很多人都是团伙作案，有人观察作案环境，有人掩护作案动作，有人负责在第一时间传递赃物。这里面的每一个环节都是对犯罪事实的掩盖。如果侦查员和办案民警不能冲破这几重障碍，就难以取得完整的证据链。

"所以在进行反扒'打现'行动时，侦查员要在不惊动扒手们的前提下，一直跟踪并录下他们的犯罪事实，还要在赃物没有被转移时控制住嫌疑人，拿到赃物，找到事主以及目击者，形成固定证据，以此来定案。定案后，还可以顺藤摸瓜。比如在贼的老窝找到其他赃物，然后逐一对事主进行发还，或者根据贼的供述再寻找其他作案同伙，等等。这才是'打现'行动的意义所在。"

李凡尘之前抓"大方牙"也正是没有完备的"打现"配置，未能锁定嫌疑人一系列犯罪证据，才闹了乌龙。

这也是公交刑警队持续招收女警的原因。因为在行动中，女性侦查员可以和男性侦查员扮作情侣来进行跟踪行动，单独进行取证工作时，也不会过于显眼。

"原来咱们刑警队的抓贼就属于'打现'行动啊？"

"对呀。这可是咱们局的绝活儿。现在各种音视频设备都齐全了，执法记录仪每人都有，车厢车站里也能调监控，'打现'已经不那么难了。要说难，老一辈人那会儿抓贼才叫难呢。二十世纪七八十年代那会儿，哪儿有什么监控器记录仪呀，就是靠人眼盯，然后在现场找证人做证。"庄妍说到此处眼里直放光，"所以你说接了报案再去抓人，那猴年马月才能抓到？就是得主动出击，去找，去跟，在他没作案时就瞄着他，才能有机会抓住他。否则黄花菜都凉了！"

庄妍这番慷慨激昂的介绍没能像以往一样点燃我的热情，反而令我陷入了沉思。虽然理解了"打现"的含义，我却隐隐地感觉又有什么新问题衍生出来了。但到底是什么问题，我又形容不出。

那种感觉很别扭，就像是睡觉时明明做了一个很清晰的梦，突然醒来后，却发觉梦境已经像搅鸡蛋一样，被现实打了个稀碎，找不到一点影子了。

晚上回到家，我跪在茶几前盯着正在烧水的养生壶发呆时，才渐渐有了头绪。随后我迅速起身，拿起平板电脑，调出了本市的地铁线路图。然后我发现，"八一九"案的案发地同成街附近，是妥妥的城南耀安区。而根据李凡尘之前跟我的讲述，许光的家住在城北，案发时他和丰凌在老城区租的房子也早就退租了。那八月十九日深夜，许光为什么会在深夜下班后从耀安区的霜河站下车，走到了同成街附近呢？

而且恰巧，当时熊峰就在同成街的小巷子里，对艾如实施作案。

也许，许光并不是偶然出现在那里的。

如果不是偶然，两人之间就一定存在某种联系。

那么，许光当时会不会并不是偶遇熊峰作案，而是正在针对他展开"打现"行动呢？

3

可能是因为一直在思考这个问题，那天晚上我失眠了。

宣讲稿是个抒发情感的东西，但是剥离出情感因素，把事情捋一捋，就能抽丝剥茧地看出一些端倪：熊峰曾经被许光抓获，后来被无罪释放。随后又因为他的缘故，许光的女朋友意外死亡，同时许光也搭上了自己的前途。所以熊峰这个犯罪嫌疑人，实际上是一直被许光熟知并痛恨的。

之前我从所有的素材里得到的信息都是许光在下班回家途中解救群众，所以哪怕我知道熊峰曾经是许光的老对手，也没有思考这里面是否暗藏玄机。但现在从李凡尘的讲述里，我无意中知道了许光家的方位。于是问题就出现了：这案发地和许光的归途，完全是相反方向啊。

所以一年之后，熊峰再次作案时又被行踪不明的许光碰到，会有这么巧的事吗？

我觉得有一种解释是，许光可能为了收集熊峰的犯罪证据，在当日，甚至是许久之前，就私下里开始了对熊峰的"打现"行动。庄妍不是说了吗，"打现"的特点就是主动出击，寻找并跟踪可疑目标，然后在其出手作案时人赃并获。

而对许光来说，熊峰就是一个非常拉仇恨的目标。熊峰曾经是他没有成功定罪的犯罪嫌疑人，也和自己女友的死脱不开干系。更何况熊峰曾经屡次挑衅许光，间接导致了丰凌死亡，也让许光痛苦不堪。这样一个滚刀肉，必然是许光的心头之恨。但三番五次在他身上吃亏的许光，也绝不会再硬碰硬地蛮干。那样除了给自己挖坑，被熊峰拿捏，毫无用处。

许光是个聪明人，至少冷静下来是。他知道只有运用最妥帖、最合法的方式，才能将这个贱人绳之以法。

不过早上挤地铁上班时，我又想到了一个问题："打现"行动好像只是针对反扒的，不知道猥亵案件适不适用。何况我只是刚刚知道这个概念，对于一些执法要求和流程也并不熟悉。为稳妥起见，我不能急于发表这种看法，还是应该先私下打探一番，求证后再说。

想到此处，车厢门开了。我下车时，忽然感觉身边有人拉自己。

我站定，发现拽我的是一位身穿牛仔裙的姑娘。她个头不高，眉清目秀，只是整张脸憋得通红，显得局促万分。

看样子她在向我求助。我摘下耳机，问她："怎么了？"

她紧紧贴着我，小声说："你有纸巾吗？我……"

我循着她的指引，看到她裙子后摆处一块竖条形的深色水渍。水渍边缘还隐隐发白，好像是胶水状的液体。

我一时还未搞清楚怎么回事，先从挎包里掏出一小包纸巾递给她："怎么弄的？"

她飞快地拆着纸巾包装，然后抬手指了指不远处一个匆匆行走的男子。我抬眼望去，发现那男子个头不高，边走还边用纸巾使劲擦拭着双手。

"我以为是在哪儿蹭上了什么东西，仔细一看……太恶心了……"姑娘带着哭腔，实在说不下去了。

也许是刚才一直在思考着熊峰耍流氓的问题，所以此刻的我脑中轰隆一响，迅速问道："确定是他？"

"肯定是，他刚才就贴在我身后，下车时还擦手。"

我心想，这是典型的猥亵啊。而且李凡尘跟我说过，体液可以作为案件定性的证据。于是我顿时正义感爆棚，对姑娘说："不能让那个人走，你在这里等我！"

我扭头再一看，那男子的身影已经消失在电梯口。于是我飞快跑上电梯，来到站厅里四处观望，随后终于在一侧的地铁口闸机处再次看到了那人的身影。

我一路狂奔追过去，在闸机外面拦住了他。

我双手叉腰大口喘气，胸口剧烈起伏。

男子背了只双肩背包，戴着一副黑框眼镜，看起来平平无奇，很吃惊地望着我。

我掏出工作证："警察！你不能走！你刚才干什么了？"

"干什么了？"他紧张地看看周围，最后又看向我，眼神似乎有些涣散，"我没干什么呀！"

我发现地铁警务室就在不远处，指向那个方向："走，跟我去警务室找民警！"

"你认错人了吧？"

"你去不去？"

"不去！有病吧你。"说着他要夺路而逃。

我一把抓住他胳膊："做了什么心里不知道？"

他甩开我："喂！你干什么？别拉拉扯扯的，警察就能随便抓人？"

因为这事实在是太难以启齿了，我反而有些哑口无言。

这时周围已经开始有了三三两两的围观乘客，随后又走来两三个站务员和安全疏导员。男子三番五次想要逃跑，都被我强行拦住。最后他急了，但见围观者众多，一时又拿我没什么办法，只能指着我大声谩骂，说我滥用职权，诬陷好人。说到激动之处，还扬起手机朝我拍照，态度嚣张极了。

站务员问我："你们这是怎么回事？"

我见场面被搞得这么大，心脏狂跳，大脑也是一片空白，但想到许光之前对付熊峰的"壮举"，一时间又有了底气，朝大家说："他涉嫌猥亵女乘客！女乘客就在站台上，可以叫过来对质！"

"你胡说！你知不知道，诽谤是要负法律责任的！"

"人证物证都在，怎么是诽谤你？"

正说着，这座地铁站当值的民警也带着一个辅警走到了我们中间。我跟那胖乎乎的老民警表明了身份，并且小声跟他说了事情经过，民警表示先让辅警去站台寻找那位被侵害的女乘客。

我们就僵在原地等着。那男子一直跟民警控诉自己是冤枉的，民警先对他进行了口头传唤，让他配合工作。不一会儿，那位姑娘被辅警带到了站厅。老民警过去向她问了一句："是他吗？"

姑娘的脸已经涨成了猪肝色，点点头："是。"

老民警拍了拍男子肩膀："走吧，跟我去趟警务室！"

我跟庄妍请了假，随着一行人来到了警务室。不久之后，几个年轻人来到了警务室里接管了此事，自称是打击处置队的民警，还给我做了一堂简单的笔录。其中一个年轻民警还问那个被侵害的姑娘，能不能让亲属送来一条干净裤子，她身上穿的裙子需要脱下来送到法医中心进行DNA鉴定。姑娘说自己一个人在崤城租房，仅有的两三个朋友也都去上班了，再说为这种事求人，她也张不开嘴。

我见她满脸愁云，心想反正也请了一上午假，便到附近商场里给她买了一条裤子。那姑娘感激得热泪盈眶，添加了我微信非要给我转账。我拗不过她便收了，一通忙活，发现已经快到中午了。

来到单位，庄妍听说我抓了一个流氓，兴奋得团团转，一直问我把人扭送到哪个派出所了，说要给我在分局公众号上发一篇宣传文章。

我也不知道是哪个派出所，只记得是在单位附近的新农桥地铁站抓的。庄妍随后找到了管辖新农桥站的派出所的名字，直接一个电话打过去询问案情，但挂掉电话她又有些失望："他们所说那个男的不承认，已经把女事主的裙子送到法医中心去进行DNA鉴定了，一周左右出结果，然后才能进行进一步审查。目前还不能给你宣传，不过我会为你盯着这事的。"

我说："没事没事，不用宣传啦。"

庄妍瞪着眼睛说:"那哪儿行,这是宣传咱们公交民警的好事情呀!回头我给你做一个独家头条。"

我忽然又想起了许光的事,顺势问道:"对了,主任,咱们分局有没有针对抓流氓的'打现'行动?"

"有呀。"

随后她告诉我,我们分局每年夏季都会有固定的打击地铁内流氓滋扰的侦查行动。

"你不知道?哎呀,这也是咱们局的主要工作之一呢。咱们每年都有同志在地铁上抓获猥亵乘客的臭流氓,还上过报纸呢,我给联系的媒体。"说着她打开手机,打开我们分局的微信公众号,从里面找出一篇文章。

我阅读了那篇文章,发现上面记录的是我局行动组的成员在去年夏天时,针对本市地铁流氓滋扰问题进行专项行动,一举抓获了十几个在地铁车厢内趁着人多拥挤猥亵女乘客的嫌疑人的事。文章还配了行动组成员的合照,一群便衣青年民警合力按着一个面部打着马赛克的男子。那人便是传说中的"地铁痴汉",满脸的尴尬几乎要透过屏幕溢出来了。

庄妍还在很有成就感地跟我介绍:"这个流氓'打现'行动啊,和反扒其实是大同小异的,都讲究取证,因为这两种犯罪的嫌疑人一般都不会主动供述。你想啊,那帮流氓多贼啊,伸手摸那么几下,也留不下什么痕迹,他能轻易承认?有的人当时承认了,事后还会翻供呢。"

没错,否则熊峰当初也不会如此猖狂。

"这种打击流氓的'打现'行动,也都是刑警队的来?"

"当然不是啦,地铁内的猥亵案绝大多数是治安案件,是全警参与的,各个派出所都会出力负责。"

派出所……抓流氓……打现……这些词随着我的思维来回游走,直到我眼睛一亮,跟 AI 被喂够了关键词似的,茅塞顿开了。

4

我兴奋极了，就好像自己发现了什么大案中的线索一样，在午休时迫不及待地把李凡尘约了出来。

李凡尘似乎心情不错，在电话里说："正好我也有事要跟你说呢。"

我特意让他不要吃午饭。虽是找他说许光的事，却也不妨碍我给他改善伙食。我听他无意中说过，他和许光包括丰凌在内都喜欢吃寿司，但因为那玩意儿太贵，所以他们经常是买一些食材回去自己做紫菜包饭。这些信息对稿件内容毫无帮助，但我却仍旧很认真地记了下来。当时就想，也许哪天会有用呢。

比如今天。

李凡尘坐在羽毛球馆的塑料椅子上，打开塑料饭盒的一瞬间，完全被惊呆了："你买了寿司？"

我看着他如孩子一般受宠若惊的样子，内心窃喜，说："赶紧尝尝。"

他小心翼翼地拿起塑料小托盘，又轻轻撕开佐料袋，认真地往盘子里挤了芥末和酱油，随后先把小托盘递给了我。

暖男啊。

我也没有客气，为了营造轻松自然的就餐气氛，用筷子飞快夹起一个鲑鱼子寿司，蘸料后整个投进了嘴里。没想到芥末蘸多了，鼻腔里霎时天崩地裂。

随后我的视线模糊了，嘴里还翻滚着那枚价值不菲的寿司，两只手也不受控制地乱摆，尴尬极了。

李凡尘此时很脑残也很可爱地问我:"你很饿啊?"

我捂着脸,尽量掩饰丑态:"嗯!"

然后他重新调了佐料,把芥末放得少之又少,重新给我端了过来,还不停道歉:"真不好意思,这个放得少。"

"你也吃啊。"

他很认真地选着盒子里五颜六色的寿司,最后只挑了一个最没品相的黄瓜寿司吃。看上去他仍旧有点拘束,连咀嚼都是慢条斯理的。

我说:"你有什么话要跟我说啊?"

他想了想,本就不快的咀嚼变得更慢了:"你先说吧。"

于是我就迅速地说了自己对于许光那晚出现在案发现场的猜测。

李凡尘听罢马上直视了我,语速也快了许多:"'打现'?你说许光那晚跟踪了熊峰?"

"对,不过我是猜的啊。"

他眉头皱起来了:"怎么可能,熊峰又不是贼,许光不可能这样去抓他的。"

"我今天和庄妍确认过了,派出所民警打击流氓犯罪,也会采用这样的方法。许光后来去的不就是派出所吗,他肯定知道这种行动。所以我怀疑他是不是就是用这种方式,先期跟踪了熊峰,甚至跟踪了他不止一天两天,然后终于在案发那天逮到了机会。"

"那种行动是针对辖区里的流氓滋扰啊,一般都是地铁车厢里,或者公交车上的。熊峰当时是跟踪艾如出的站,而且已经出站好久了才对她下手的。许光怎么知道他出了地铁站还会作案?"李凡尘不太认同地摇摇头。

"之前田英敏的案子,熊峰就很有可能是尾随着被害人来到地铁站外实施犯罪的啊。许光不可能想不到这一点。而且他很可能也看见熊峰在车厢里猥亵艾如了,所以才一直跟着他出了地铁。"

李凡尘此时短暂沉默了。他的这种表现,让我一度以为自己说错了什么话,刚要解释一番,又听他说:"我知道你是什么意思。没错,许光恨熊峰是不假，但我了解他，他不会采取这种方式的。"

我把蘸料盘子放到身边，用探讨的口吻说道："我这样猜，并不是因为我认为许光恨熊峰，想治他，甚至是公报私仇，我完全不是这个意思。我问过庄妍了，用'打现'的方式抓流氓是地铁派出所民警最常见的工作方式之一，这合法合规，并不是什么见不得人的勾当。而且，如果咱们了解清楚这一层，反而更利于许光英雄形象的塑造。"

他没太明白："为什么这么说？"

"你想啊，之前咱们都认为他是在回家途中见义勇为的，但如果他真的是早就盯上了熊峰，就是要抓他的违法现行，就说明他自始至终都是在履职，甚至是利用自己的业余时间履职。那么他的意识和觉悟就更高了，也更能体现出他的使命感和责任感了。"

李凡尘听完没有发表意见，只是安静地坐着，眉头微蹙，似乎在消化其中的意思。半晌，他脸上严肃如故，说："我不这么认为。"

我有点失望："为什么呀？那你跟我说说，大晚上九点多，许光下班后跑到离家十几公里的地方干什么？"

"我不知道他干什么。"李凡尘摇头，"我们那时很久都没有联系了，也许他去找别的朋友，也许他去办什么事情。但像你所说，如果他真的一早就发现了熊峰在车厢里对艾如图谋不轨，他肯定第一时间就上去制止了。"

"可是如果那样制止的话，也找不到田英敏案的犯罪证据了呀。"

"许光怎么就知道他戴的佛珠里一定有那个证物？"

我点了点头："这倒是。不过，哪怕不是为了找他之前的罪证，也有可能是奔着锁定他猥亵艾如的证据去的呀。"

李凡尘看着我："这就是我说你不了解许光的原因。许光不是那种为了达到自己目的就什么都不顾的人。你不是看过艾如自己拍摄的诉说案发时经历的视频了吗？熊峰那时候已经开始对她实施侵害了，许光来晚一步，可能死的就是艾如了。如果许光真是一开始跟踪了熊峰，或者说在实施'打现'行动，他为什么不早一些制止熊峰？"

老实讲，他说的这一点还是比较有说服力的。艾如当时在视频中讲到，当时熊峰至少对她实施了长达数分钟的侵害，随后许光才赶到并制止熊峰，这中间确实有一个时间差。

我想了想，又问："当时许光和熊峰坐的是同一班地铁吗？"

"这就不太清楚了。按常理来说，办理这种案件，只会调取嫌疑人和被侵害人的行动轨迹。我只知道我们协助调取监控时，发现熊峰和艾如在地铁内存在大量交集，也是以此判定熊峰是一路尾随艾如出的地铁站。"

"好吧。"我再一次点头，表示接受了李凡尘的各种反驳，"咱们继续吃饭吧，寿司放久了该不好吃了。"

李凡尘却显得没那么有胃口了，低头看看寿司，又看看我："另外，我觉得你可能还是没有太理解'打现'的含义。这种行动不是像你想的那样，跟着嫌疑人等他作案就可以的，它是有行动规则和要求的。比如必须至少两名侦查员协同配合、随身携带取证设备和警械具等等。据我所知，许光当时并不符合这些条件吧。"

"好的，我知道了，先吃饭吧。"

李凡尘把膝盖上的饭盒递给了我："你吃吧，我不太饿。"

我有些不情愿地接过来："对了，你之前想跟我说什么呀？"

"哦，没事了。"他看向了空无一人的羽毛球场。

第十五章
调查

1

快下班时，我收到了那个被猥亵的姑娘的信息。她再次对我表示了感谢，并说民警已经受了案，还给她做了详尽的现场笔录和辨认笔录。但她觉得最应该感谢的人还是我。

她自称叫柳冬丽，去年刚刚大学毕业，从老家来到崤城务工，一没背景二没人脉，就像一片随风四处漂泊的羽毛。如果那天不是我出手相助，她绝对不敢当面指认那个侵犯她的人。而如果这件事黑不提白不提地过去了，那她可能很久都会活在这样的阴影中。

现在想想，她依然后怕。

我花了很长的时间安慰她，同时也深深意识到了这类案件在审查上的棘手。李凡尘早就跟我说过，地铁猥亵案取证的门槛极高，如果今天不是有体液可以作为证据，那我恐怕也没有底气去踢这块铁板。所以想要把这类违法者绳之以法，光靠事主检举是远远不够的，确实需要有针对性的战略打击。

同样，刑警出身的许光肯定也深谙这个道理。他知道如果想抓住熊峰的犯罪把柄，必须依靠"打现"行动。

所以我还是认为，许光在八月十九日案发那晚跟踪了熊峰。不然他为什么会在那个时候出现在案发现场呢？除非我能找到许光当天深夜出行的目的，否则这个疑问会一直困扰我。

李凡尘说的许光解救艾如的时间差固然有道理，但其实细想想，假设许光真的是有针对性地跟踪了熊峰，造成这种时间差也不是完全没有可能。比如，跟踪的时候一度跟丢了，导致没有在第一时间发现他作案；或者跟踪的时候为了避免暴露，离得比较远等等。甚至反过来想，艾如的叙述本身也可能存在一些误差，毕竟她作为受害者在当时处于高度紧张的状态，不见得能非常客观准确地还原出现场的情况。

至于许光当时是单兵作战，并没有随身携带"打现"行动标配等等，也不能一概而论。照这样说，如果群众面对危难，民警只身一人，随身没带记录仪或者手铐，就不用挺身而出了？显然不能凭这些就完全排除许光当时在"打现"的可能性。

其实我进行这些猜测，并不是怀疑许光执法的初衷，相反，就如同我和李凡尘说的一样，我认为如果许光真的是有计划地在针对熊峰展开抓捕，那么整件事的意义会更加深刻。试想一个民警默默地运筹帷幄，凭借一己之力，终将一个曾经逃脱法律制裁的坏蛋擒获，是比他仅仅在下班途中见义勇为更能震撼人心的。对于后者，人们只会夸赞他真是个好人；而对于前者，人们会更加敬重和爱戴，因为这就是典型的正义感爆棚的敬业精神。

主动出击，永远是除暴安良的最硬铁拳。

所以我必须搞清楚这件事是否另有隐情。否则我们大力宣传许光是不到位的，甚至在一定程度上，是亏欠他的。

那天下班后，我思来想去，觉得这事不能再找李凡尘了。首先那件案子也不是我们分局办的，他掌握的情况有限。再者他并没有领会到我的用意，如果我反复向他刨根问底，他反而还会觉得我很八婆。那样可就不好了，我可不想因为这件事，让自己在他心中的形象大打折扣。

但我要找谁打探呢？申队吗？作为领导他可能多少和耀安刑警队对接过一些工作，但我和他并不熟识，只是在宣讲团时搭过几句话，连朋友都算不上。

想来想去，一个名字忽然浮现在我的脑海里。

第二天下班，我在单位附近商场的游戏厅里等翟忆山。

我本来是要约个饭馆的，但翟忆山对于我的邀约感到意外之余，又格外别出心裁，非要先跟我到游戏厅玩会儿。我知道他的用意，当年在我和他谈恋爱时，我们最常去的地方就是这种游乐场所。这家伙虽然外表健硕精干，实际上心理年龄和生理严重不符，跟个野孩子一样玩心太重。我们那会儿约会，经常会选一些旱冰场、游戏厅之类的地方，来满足他的童心。用他的话说，他小时候被他妈妈管得太狠了，所以经济独立之后一下就放飞自我了，一到节假日就研究去哪里撒欢。我曾经陪他完成了一周去三次水上游乐园的"壮举"，身上都被水泡秃噜皮了，最后实在受不了地问他："那种小学生扎堆的地方怎么对你那么有吸引力？"

"我喜欢玩滑梯。"他很自豪地回答。

我一度无语。

"平时在公园里看小孩玩滑梯，我不好意思跟他们抢，所以就花钱找个成人也能玩的。"

我朝他竖大拇指。

他还意犹未尽："哦，对了，你知道哪儿有专供成人玩的秋千吗？"

那之后不久我们就分手了。分手的时候我还没怎么样呢，他打电话跟我哇哇哭了好几回，搞得我一度也有了那种狗血剧中苦命鸳鸯被强行拆散的既视感，心情整整糟糕了一个月。不过随后我就自我解脱了。跟翟忆山这种男孩谈恋爱的好处就在于，回首整段恋爱历程，实际上没什么刻骨铭心、风花雪月的记忆点。想来想去，都是疯玩疯闹，跟找了个长期伴游差不多。

这回听说我约他，他的劲头又来了。他一进游戏厅就买了好多币，说好久都没人陪他玩了。尤其来到了刑警队，除了工作就是盘核桃和养生，偶尔闲来无事喝口小酒，无聊透顶，老气横秋。

"你说都是一帮年轻人,成天不锻炼也不玩耍,以为自己是天山童姥呢?"他投了币,一边往篮筐里扔球一边跟我抱怨。

"你是上班还是上幼儿园啊?成天不想着怎么除暴安良,就知道玩!"我也把球往篮筐里瞎扔,半天都没有得一分。

他瞪了我一眼:"你是给许光写事迹报告写出职业病来了吧?"

"这和许光有什么关系?"

"他那种楷模,一般人比不了啊,我就是一个俗人,我就想踏踏实实工作,挣份工资养活自己,不想为了仕途把自己搞得那么累,最后还不一定有好结果。"

我使劲把一只球扔到他的篮筐前,示威地说道:"你什么意思啊?许光难道是为了升官发财吗?"

"哟,小脾气还上来了。"

"你没资格评价他。他牺牲的时候,你还在家看《海贼王》吧?"

投篮结束,翟忆山拉着没有好脸色的我在一旁坐下,解释道:"我也不是说他牺牲的那件事。他这个人,生前就是你们局的先进典型呀。你刚来可能不知道,我在基层对他可太熟悉了,以前市局评选什么杰出青年呀、岗位标兵呀,你们公交那边推的肯定都是他。你说他们这种模范人物,自己平时会不会也很累呀?被树得那么高,夸得那么好,只能是越干越辛苦,什么困难都得自己往肚子里咽,谁让你是典型呢,同志们还都得向你看齐呢!"

这时我也不生气了,我早就应该想到以翟忆山的认知也就止步于此了,这也是他二十九岁了还在当大头兵的原因。他这个人从小是在带锁的蜜罐里泡大的,"坐罐观天"了这么多年,狭隘一些也情有可原。

我们找了个饭馆吃饭,点菜的时候他积极又热心,好像急于给我什么回应一般,服务特别到位。为了打消他这种旧情复燃的错觉,我立即跟翟忆山说了我约他的目的。我说,因为我还要为许光写一篇报告文学,所以想知道许光牺牲时的一些案件细节。

"你想知道什么呢?"他在灯光下歪着脑袋,一脸的知无不言。他就是这样好,虽然在基层经历过万般捶打,却依旧单纯得傻里傻气。

"呃,你都知道什么呀?"我想了想,也只能从"打现"的装备问起,"比如,许光牺牲时,身上都带了什么东西啊?"

翟忆山很不可思议地看着我:"这个也要写?"

"你知道就说知道,不知道就说不知道。"

他边给我倒水边说:"这个案子发生时我还没到刑警队,但我也听同事聊过。许光受伤被送医院时,随身物品是派出所民警归拢的,好像就一部手机和一个卡包,连工作证都没有。要不是卡包里有一张你们分局的饭卡,派出所的人还不知道他是警察呢。当时他被送到医院还需要紧急输血,没有工作证可急坏那帮人了,不知道他的血型呀,后来还是我们同事专门去警力资源库查的。"

如果没有记录仪和手铐能够勉强说得过去,那许光连工作证也没带就不太像是在进行"打现"了。但我又想,万一是事发匆忙,忘记携带了呢?

"那他那天晚上乘坐的和熊峰是同一班地铁吗?"

"哟,那我可不知道。你这问题也太细了,我估计办案民警都没查这一点。"

"这个不用查吗?"

"查熊峰的作案事实和行动轨迹就可以了,许光又不是嫌疑人,查他干什么?"

我无话可说。

不过随后翟忆山又说:"不过经你这么一问,我个人觉得他和熊峰坐的应该不是一班地铁。因为熊峰在霜河地铁站出站的监控录像已经调取得很完善了,时间段也截得有富余。如果许光跟他坐同一班地铁,应该也会出现在录像里吧?但我没听说他们在录像里发现许光。"

我点点头,陷入沉思。

此时已经开始上菜，翟忆山又恢复了之前的亢奋，使劲给我夹菜，还说："这个茄子煲你以前最爱吃了，多吃点，吃饱了别老跟我抬杠就行。"

见我心不在焉，他又很体贴地问："怎么，你就非得搞清楚这个问题吗？这个很重要吗？"

他如此坦诚，我也不忍心再打哑谜了，便跟他道出了我的真实怀疑。但我没有讲熊峰和许光曾经的纠葛，只是说熊峰曾经是"五二一"案的重大嫌疑人，后来逃脱法律制裁。许光很可能在对其进行跟踪打击，寻找他的犯罪证据。

他的眉头一下扬起来了，很惊讶地说："是吗？这个说法我倒是第一次听说！这是你的新发现？"

"嗯，因为我觉得那个时候许光正巧突然出现在案发地，似乎挺不对劲的。"

"他不是下班回家路过吗？"

"可是他的家不在那边啊。"

翟忆山眼珠子转了转："那就是去找女朋友了呗。他也老大不小了，人也挺精神的，有女朋友很正常吧。"

我差点就说他女朋友早死了。但细想想，翟忆山看似很瞎掰的推测也不是那么不靠谱：案发时丰凌已经去世一年了，许光就不能有新的恋情吗？他晚上下班去找女朋友，或者那个时候也许他就和她住在一起，也不是没有可能。之前我一直把许光想得太痴情了，完全没有料到这一层。

但即使真是这样，我也犯不着过于惊讶和感慨，每个人都有自己的感情观和生活方式，只要不伤害别人，都需要被尊重。就更别提许光了。他经历了那么多波折，受到了那么大伤害，如果能够走出阴霾开始新的生活，对他来讲也是一件好事。

只不过我对许光太好奇了，我太想了解一个真实的他了。

许光，那天晚上，你为什么会出现在那里呢？

2

我做了一个梦。

我梦见自己突然出现在了一片雪白之中。那种雪白就像是科幻电影里异次元的虚浮世界,周围什么也没有,却又亮得摄人心魄。我在这片白光中跑啊跑,没有目的和方向,也搞不懂自己是在追逐还是逃离。

跑了不知多远,远处终于出现了一样东西。

好像是一棵树,大槐树。树的枝丫有的雄壮有的纤细,有的笔直有的蜿蜒,但都伸展得齐心协力、浑然一体。茂密的树叶在枝干上成团成簇,与周围的白光互相渗透和融合,释放着自然界中最大的柔意,好看得令人惊叹。

树下站着一个人。那人背对着我,看起来身形修长,腰身笔直。他穿着黑色的帽衫和牛仔裤,正在抬头一动不动地望着那棵树。

是许光。

那一瞬间我意识到了自己在做梦。

我大喊:"许光!"

我奋力奔跑,我知道这是我和许光见面的唯一机会,所以我要在梦醒前,和他见上一面。我有太多话想跟他说了,有太多问题想问他了——不,首先我要先和他认识,我要告诉他我叫徐闪星,我想和你做朋友。

但等我跑到那棵树下时,许光不见了。

午夜梦回,我看着天花板惆怅万分,心房像是被什么东西掏干净了,十分空虚和悲凉。随后我拿起枕边的手机,发现时间是凌晨两点。上面还有一条未读信息，点开，是李凡尘昨晚十一点发来的。

"明天咱们去看看许光吧。"

我想也没想就回道："去哪里？"

没想到他瞬间回复了："当然是去墓地了。"

我眼窝一热，是啊，还能去哪里？我们余生唯一能够直面他的地方，只有那里了。只是至今我还不知道许光埋在哪里，不知道他的墓地边，有没有一棵同样可以承载他无限思念的大树。

天亮以后，我才发觉今天是周六。虽然昨晚半睡半醒地过了后半夜，但一想到可以和李凡尘一起祭奠许光，我又打起精神来了。我特意去附近的花卉市场买了一大束鲜花，而且一反常态地没有和猴精的商贩讨价还价。商贩是个老阿姨，对我的态度十分满意，反复问花是送给谁，男朋友还是长辈，可以根据花种悉心搭配。我说是上坟用的，那阿姨很有专业素养地问逝者是老人还是年轻人？男的还是女的？我说是年轻人，男的。

阿姨很负责地说："那给你绑点紫藤花吧！紫藤花最适合祭奠爱人了，不像玫瑰那么艳，还比玫瑰更深刻。花语是为爱执着，为爱而亡！"

"对方不是我的爱人。"

"那就雏菊吧！"

那一刻，不知为何我想到了我爸和许光的葬礼上的菊花。我觉得许光生前是那么阳光和浪漫的人，一定不会喜欢那么肃穆的格调，便让阿姨包了一些百合花和向日葵。阿姨念叨着还是年轻人会挑，显得优雅又不失敬意，而且和现在的季节很搭呢。

等着取花的时候，我接到了翟忆山的电话。

他在电话里兴奋极了："夸我。"

我木然地说："你真棒。"

他嘿嘿笑了两声，然后告诉我，今天早上他上班的时候，特意就我昨天的疑问问了一下主办"八一九"案的同事。那同事说，当时经过调查，发现许光乘坐的地铁班次晚于熊峰和艾如乘坐的班次。也就是说，许光和他们乘坐的压根不是同一班地铁。这样看来，许光没有跟踪熊峰，他碰见熊峰作案，应该就是巧合。

"你的脑洞还是跟以前一样大。这回搞清楚了吧？"翟忆山在电话里不无揶揄地说。

"多谢了啊。"

挂了电话，我站在五彩斑斓的花海中愣了好久。随后我叫了一辆网约车，来到约定的公交车站，见到了李凡尘。

李凡尘穿了一件黑色夹克，里面套着工整的白衬衫，手里拎着一袋子许光生前喜欢的零食。他对我的花表示了高度赞扬，说漂亮极了，许光一定会喜欢。然后他还一反常态，很话多地说自己怎么没想到买束花呢？许光生前也养花的，现在许光留下的那几盆多肉还被他悉心照料。其中有一盆还开了小花，白色的，薄如蝉翼、晶莹如雪，美丽得经常让他恍神。

公交车一路向西，来到了郊外一处很广阔的公墓。那公墓坐落在半山腰，周围山坡上种满了已经红透的枫树。我们走到墓地时已经是中午，碑林在阳光的照射下显得异常耀眼，也凸显出几分圣洁。李凡尘带着我在无数墓碑拖出的阴影中穿梭了好久，终于来到了许光的墓前。

许光的墓碑看起来和周围的别无二致，上面贴的照片也不是他葬礼上的警服照，而是一张便服照片。李凡尘说：这张照片是许光的爸爸选的。不为别的，就因为这张照片是他亲手给许光拍的。虽然他之前和儿子一直存有隔阂，但得知儿子去世的时候，一向倔强的老头还是没经受住刺激，连夜住进了医院。

李凡尘说他还专门去医院看过许光的爸爸，他在病床上挺尸装死，始终不搭理李凡尘。不光是李凡尘，他谁也不想见，连许纯哭着进去也被他骂了出来。李凡尘站在病房门口听见老头反复咒骂许光：

"现在你称了心了！你跟你那个妈一样，自己想干什么干什么，干完了什么也不顾，啊，说走就走！你他妈算什么呀！我他妈怎么就养了你这么个白眼狼！我这二十多年算他妈什么呀！"

然后他就听见老头在病房里反复咳嗽，刚想进去帮忙，老头又骂上了："平时连句多余的话都不跟我说，现在好了，你他妈的想说都说不了了，你在那边后悔去吧！"

然后就是一阵如孩童般的哇哇大哭。

我叹气，把鲜花轻轻放在许光墓前。这时我忽然想起了今天凌晨的那个梦，特别想跟许光说几句话。但也许是身边有李凡尘的缘故，我一方面有些不好意思，一方面也实在不知道具体该说什么。毕竟对许光来说，我真的从头到尾都是一个陌生人。这个时候只有李凡尘才有资格跟他聊聊人世间的新鲜事吧。

李凡尘蹲下身子，慢慢地从塑料袋里取出了他精心挑选的各种食物。里面有饭团，有寿司，还有几样点心和一包花生米。他把这些吃的分门别类地码放好，最后掏出一小瓶二锅头。他打开瓶盖，把二锅头轻轻倒在碑前，我立即闻到一股沁人心脾的酒香。

"好久没陪你喝了，以前不敢约你，怕你不来，现在我都追到这儿来了，你不会还不赏脸吧？"他看着墓碑上许光的照片，晃了晃手中只剩小半瓶酒的小瓶子，把剩下的酒一饮而尽。

然后他笑了，扬扬空酒瓶，放在脚下。

那一瞬间我觉得他和以往不太一样，怎么说呢，挺敞亮，也挺爷们儿的。

"最近大家都挺好的，探组挺好的，叔叔和许纯那边也没什么事。许纯上中学了，也不寄宿了，成熟了不少，也知道帮你爸干家务了。哦，还有，你那几盆多肉我一直养着呢，活得特别好。"

我紧紧贴在李凡尘身边，竟然下意识地点起头来。

"局里给你开了事迹报告会，反响特别热烈。之前你黄了的那个公安部英模，也给你评上了。"他说着，声音哽咽起来，"但我宁愿你不是这么评上英模的。"

随后他就不再说什么了,看着许光那张笑意盈盈的遗照许久回不来神。我心里也挺难受,但还是笑着拍拍他:"行啦,说点高兴的。"

李凡尘低头吸了一下鼻子:"走吧。"

3

我们两人并肩往外走,来到附近一处较为空旷的地带,坐在长椅上短暂休息。

时至十月中旬,天气微微转凉。可能是我穿少了,冷不丁打了一个喷嚏。

李凡尘把夹克脱下来,递给我,示意我披上。

我看着他洁净而单薄的白衬衣,不好意思地摆摆手。他的手却没有收回,我愣了两秒,只能接过那件带有他体温的夹克,然后披在身上。

一瞬间身体里万物复苏。尽管眼前是一片墓地,也令人感到了一股安详的浪漫。搁在电影里,这绝对是有故事要发生的节奏。但我知道这是现实,李凡尘也不是那种浪漫多情的男主,所以我不敢奢望太多。此情此景能够多延续一会儿,我就很知足了。

李凡尘此时忽然问道:"你现在还在纠结当时许光是不是在'打现'吗?"

我赶紧回答:"哦,不纠结了,他当时应该就是碰巧遇见的熊峰,和'打现'没有关系。"

李凡尘没说话。估计正在寻思:想一出是一出,还嫌不够乱。

我给自己找了个台阶:"主要是我后来觉得你说得有道理,许光那么晚去耀安区，说不定就是找朋友，甚至有可能他新交了女朋友……毕竟时间已经过去了那么久……"

但话一出口，我又后悔了。在这种场合如此妄议，是不是有些冒犯许光了？

"我的意思是，他肯定有自己的原因。"我咽了口唾沫，谨慎观察李凡尘的表情。

李凡尘看着我："我和你想得一样，他肯定有自己的原因。但是这个原因，一定属于他的私人范畴，和他的事迹是没有什么必然联系的。他已经去世了，留给咱们的，是很正面的东西，这就比很多人强太多了。所以咱们除了挖掘这些正能量，一些无关的事情，其实没必要去琢磨、去研究。因为那样好像也是对他的一种不尊重，也会给他身边人造成负担。你觉得呢？"

听到李凡尘用心良苦地给我讲这些话，我的第一反应是羞愧。

当然，尽管我心中还有一些理性的辩解，但在此刻却一句都说不出来了。因为我知道，我们都有各自的道理，很难说清谁对谁错。哪怕是我以理服人，场面也不会那么好看。所以我选择了接受他的提议。

"你说得对。"我笑笑，"我现在已经不去想那些了。"

他也笑了。也许是之前他的表情太正经了，显得这个笑容非常孩子气。

我忽然想起之前在体育馆里还有一个未完成的话题，便问他："对了，上次吃寿司的时候你说有事找我，是什么事啊？"

"哦。"他吞吞吐吐的，"我想给你介绍个男朋友。"

我愣了："啊？谁说我要找男朋友啦？"

他也有些发愣，一时语塞。

我马上追问："你想给我介绍谁啊？"

他慢慢抬起手，伸到自己的胸口处，指了指自己。在这个动作还没有完全达标时，他害羞地笑了。

我跟做梦似的，笑着捂嘴看向别处。其实当一个人终于达成心愿时，第一反应不应该是快乐，而是如释重负。我感觉自己像是断了线的气球，马上就要随风飘荡了。李凡尘啊李凡尘，以你的性格能做到这一步，我别无所求了！

李凡尘看着乐呵呵的我，反而有点不自信了："怎么一直笑啊？"

我马上收拾好表情，格外认真地看他："你给我介绍的这个人，靠谱吗？"

"靠谱。"

"怎么个靠谱法？"

"他……"他眼睛乱闪，一时找不到词，"有房子！"

我又被逗得不行："有房子就靠谱了？那我没房子就是我不靠谱呗。"

他摆摆手："我不是这个意思。"

"我知道你不是这个意思。"

"那你……考虑一下吗？"

"考虑，我认真考虑一下。"这次我绷住没笑，做出很走心的表情。

他似乎松了口气，很开心地双手撑着椅子，一会儿看天一会儿看地，像个无所适从的孩子。

我强掩内心的欢喜，一时也不知道该说些什么。

我知道情侣之间告白之后会面临两种情况：一种是话格外多，一种是话格外少。前者可能是暧昧许久，终于迸发了。后者就像我们这样，双方都闷着，一方突然主动之后，都有点缓不过来。但我还是很享受这种晕晕乎乎的感觉。

我说："喂。"

"嗯？"

"你不再多介绍介绍自己？我对你的了解，还仅限于是许光的好哥们儿，刑警队的警探长呢。"

"别的你也都知道呀，工资、福利待遇咱们都一样，还有我父母双亡，有一个姐姐，结婚好多年了。"

他说到自己父母，我忽然有了一个很贴心的想法："叔叔阿姨也葬在这里吗？咱们得过去看看吧。"

"啊，没有，我爸妈合葬在北郊的六陵山，前几天我爸忌日时我和我姐刚刚去过。"

正说着，李凡尘的电话忽然响了，他指指手机："我去接个电话，顺便抽根烟。"随后他便起身，走到了不远处一个下坡处的垃圾桶旁。

我在原地幸福地坐了一会儿，忽然觉得头顶丝丝发凉，伸手一探，原来是掉雨点了，便起身走到坡下去寻找李凡尘。

这时我看见不远处的李凡尘正在路边跟一个男人说话。那人身穿蓝色的防晒服，头上还戴了顶鸭舌帽，看上去很年轻，身材也比较健硕。说着，那人忽然朝着李凡尘鞠了一躬，随后飞快离去，与我擦肩而过。

我下意识朝他一瞥，发现那人方脸浓眉，眼睛里闪着一丝难以名状的凌厉，是我完全没有见过的一副面孔。

我走到李凡尘跟前，问正在抽烟的他："那人是谁啊？"

李凡尘也一脸迷茫："我也不知道啊。我就在这儿抽烟，他过来问我是不是李警官，我说是，他就朝我鞠了一躬，然后就走人了。"

我回头寻找那人的背影，发现已经了无踪迹。

李凡尘扔掉烟头，耸耸肩膀说："有可能是我以前的事主吧，不记得了。"

4

晚上我接到翟忆山的电话，说想约吃饭。上次那顿饭是我执意请的客，他说什么也要回请一顿。我很清楚他是什么意思，虽不情愿，也觉得有必要跟他讲清楚，我们并没有复合的可能性，彼此也不要浪费时间了。但他却装聋作哑地打太极，说我知道呀，没关系呀，我就是不习惯欠女孩子的人情，有饭不回非君子嘛。

我说："上次是我有求于你，所以请你吃饭。"

他嘿嘿一笑："那我也有求于你，你就不赏光了？"

"什么事你就电话里说吧，能帮我一定帮。"

"不行，得当面说。"

"你不说我就去洗澡了。"

这时候他也有工作电话进来，便仓促挂断了。我松了一口气，心想以后还是得注意避嫌。像我们这种分手了但时隔许久还都单着的前恋人，多多少少都会有种怀旧的暧昧。往好了说叫念旧情，往难听了说其实就是想再凑合凑合，毕竟身边一时也没有合适的人。以往我对翟忆山的感觉也不差，起码他是个简单的人，相处起来很减压。但以他的家庭情况，我们又很难修成正果。所以哪怕是对他仍有好感，我也不想放手一搏了。

更何况现在有了李凡尘，所以我必须跟他保持距离。

放下电话，我脑中思索着许光报告文学稿的切入点。之前的宣讲稿是以李凡尘视角来写，而且都是基于许光的为人处世和生活细节。但报告文学不一样，它是上帝视角，重点在于许光的奉献精神和英雄事迹。所以它需要采访多方面的相关人士，形成一篇多角度、立体化的传记。

想了半天，许光身边我熟知的人就那么几位，李凡尘、庄妍、申队，还有他们探组的王铁莹和曾竹。李凡尘自不必说，庄妍和申队能说的基本我也听尽了，王铁莹和曾竹我不熟悉，而且以这二位的性格，估计访起来也得费一番周折。

好头大啊！我拿起平板电脑无聊地刷起视频来。

就在Q站首页，"红叶疯了"也就是艾如更新了新作。她这回的作品是吐槽一个新闻热点，讲的是一名男子把自己的妻子杀了，偷偷运走后埋了，还给自己制造不在场证明，堂而皇之地去派出所报失踪。最终法网恢恢疏而不漏，男子罪行暴露，遭到全网的口诛笔伐。"红叶疯了"更是运用自己犀利毒辣的风格对此事好一番评判，视频发布不到两个小时，点击量就超过了十万。

不得不说，艾如的视频的确够劲，我看了一分多钟就上头了。也正是这时手机一振，我拿起来一看，简直不敢相信自己的眼睛。

正是艾如工作室发来的信息，问我明天中午有没有时间过来一趟，说是艾如有件事想和我沟通一下。

会是什么事呢？估计还是和上次的会面有关，也许她看到如今许光的事迹逐渐广为人知，想要补充或者删减一些内容。我想了想，再见一面也好，如果她不介意的话，可以继续跟她好好聊聊对于许光的感受。毕竟她对许光还是充满着谢意和崇敬的。

想到此处，我欣然同意了邀约，并且想叫李凡尘同往，随后又想起他明天值班，也就没再问他。

第二天是周日，想到要去云柔会见艾如，我早早起床梳妆打扮。我刻意穿了比较正式的风衣西裤，想彰显一下自己的公安记者的身份。没想到刚走到楼下，我老远就看见翟忆山正从路边的一辆SUV汽车里推门走了下来。

他头发和以往一样向后梳得一丝不苟，上身穿了件嫩黄色的冲锋衣，下身是黑色的缩腿裤和白色高帮线袜搭配帆布鞋，整个人骚里骚气，十分醒目。

"哟，太好了，幸亏我来得早，要不然就该吃闭门羹了。"

我有些无所适从："你怎么来了？"

他很自豪地指指身后的汽车："我妈新给我买的，怎么样，兜风去？"

"不去，晕车。"

"得了吧，你啃完炸鸡坐过山车都不带打嗝的。"

"我有事呢。"我径直往小区外面走。

"什么事啊，我送你去。"他屁颠屁颠地追着我。

我想了想，停下脚步，看着他："你别来找我了，我有男朋友了。"

他愣了一下，随即又笑了："不可能。那天报告会，我听见关局还说让人给你介绍男朋友呢。"

这都被他听到了！

"他开玩笑呢。"

"大领导还开这种玩笑？"

"我也奇怪呢。"

"没关系啊，我又不是要缠着你，就是想送你一段，顺便看看你男朋友啥样，跟他普及一下和你交往的雷区，也算是为他指点迷津了。"

我没工夫听他耍贫嘴，假装看手机，发现上面多了一条来自艾如工作室的语音消息。消息应该是助理急匆匆发的，说："约见时间提前到上午十点可以吗？中午如姐临时要出差，抱歉！"

我傻眼了，现在已经九点了，如果算上坐地铁和等公交的时间，没两个小时是赶不到云柔的。

翟忆山还在我耳边喋喋不休："我知道你肯定没男朋友的。你要有，怎么可能穿成这样，跟到国务院上班似的。你就说吧，是去医院还是去银行，要么就是去联通营业厅续网费，我都陪你去，不收你车钱，你就偷着乐吧。"

"不用。"

我边走边用手机打车，翟忆山这会儿想到什么，突然说："对了，关于'八一九'案，我还知道一个细节，保证你没听说过，绝对独家！"

我将信将疑地看着他："真的假的呀？"

他做了一个潇洒的指挥动作："上车跟你说。"

第十六章
疑云

1

车子很快开上高速,我反复催促翟忆山告诉我他知道的所谓内幕。翟忆山却带着一种得逞后的悠然,目不斜视地淡淡说道:"你怎么对许光这么上心啊?没事就琢磨他,你该不会爱上他了吧?"

"没错,行吗?"

"肤浅。"

"废话,我还有一篇许光的报告文学要写呢,当然要弄清楚案情了。你说不说?不说我下车了。"

我假装拉车门,他马上揪我胳膊:"哎哟喂,姑奶奶,走高速呢,别闹行吗?"

"那你就赶紧说。"随后我有点醒过味来了,朝他龇牙,"翟忆山,你不会是拿这个诓我吧?"

"怎么可能啊,这么严肃的事情,你得让我捋捋。"

"赶紧的,要不路边给我放下。你这新车里味道真大!"我烦躁地打开窗户,迎着风,发现窗外已经艳阳高照,高速路两旁的树木都镶了金边,嗖嗖地往我们身后闪去。

"唉,你这脾气还是一点没变。还文字工作者呢,一点都不知性。"

"前面出口停车。"

"别。"他单手做了个投降的手势,"我跟你说,跟你说啊,就是八月十九日许光他们案发那天啊，指挥中心不是接到了艾如的报警吗，当时出警的是我们分局宝源街派出所的同事。"

"所以呢？"

"当时我还奇怪呢，那儿不是宝源街派出所的辖区啊，应该是尚家楼派出所辖区啊，是中心布警布错了吗？然后问了一嘴才知道，当时案发地虽然是属于尚家楼派出所的，但那里靠近尚家楼派出所和宝源街派出所的辖区交界，所以中心布警时给两个派出所都布了，当时宝源街派出所正好有一辆巡逻车在后街上夜查呢，就先赶了过去。"他一口气说道。

我皱眉问道："然后呢？"

"出现场的民警我还认识，他跟我说是他们开车把许光送到的医院。后来送许光过去的人从医院回来说，许光就是死于失血过多，要是能早送到医院十分钟，还有生还的希望。"他撇嘴摇头。

"你接着说。"

他看了我一眼："没了啊。"

"没了？"

"是啊。那你还想知道什么？"

我哭笑不得："你说的这些，我都知道啊。"

他振振有词："得了吧，第一时间出警的民警，不是案发地所属派出所的，这个你也知道？"

"我知道这个有什么用啊？对案情又没有影响，我写它干什么？故意绕一下读者吗？还是显得我知道得多？你懂文学创作吗？"说着说着我发现不对劲了，"翟忆山，你成心拿我找乐是吧？"

"没有啊，我倾尽所有把知道的都告诉你了啊。"他无辜极了。

"你闭嘴吧！"我戴上了耳机。

一路上我不再搭理他，反而令他的行驶速度快了许多。仅仅五十多分钟我们就到达了云柔，随后在我的指示下，他将汽车停在了艾如工作室的小区门口。

一开始他还想陪我进去采访,被我拒绝了。他又说在门口等我,然后中午一起吃饭。我说采访可能要好久呢,一时半会儿出不来。

"怎么可能,人家不是跟你说了吗,中午就得出差走了!"

我匪夷所思地看着他:"你什么时候听见的?我用的明明是听筒模式!"

"赶紧进去吧,我在门口等你,中午你得请我吃饭,别想跑啊!"

2

艾如的工作室和之前并没什么区别,只是更乱了一些,多了很多私人生活物品。素颜的艾如一边迎接我进门一边很不好意思地说最近她太忙了,活动邀请一茬接着一茬,还有很多平台的官方合作,推也推不掉。为了保持更新维持热度,她只能选择住在了工作室。这不昨晚她临时接到平台邀约,说让她救场,去参加一场官方直播,她必须在今天下午三点之前赶到北京的Q站总部。

这次她双手戴着一副淡黄色的法兰绒手套,坐在沙发里边伸懒腰边冲我抱怨道:"真是快把人忙疯了,早知道不选这么累人的行业了,平平淡淡地上个班,多好。"

我笑着喝了一口助理给我冲的咖啡:"明明有实力成为百万粉丝的UP主,却只是做一份琐碎的普通工作,那样你不会觉得很不甘心吗?"

她正视我:"会。所以人就是这样,患得患失是常态,可能也很少有人这辈子能找到真正适合自己的生活方式。"

我刚要说什么,她又低头补充道:"其实就是活不出真正的自己吧。"

不难看出,现在的艾如,虽然相比之前更加红了,却也比之前多了一层憔悴和疲惫。成功人士可能都会面临这种困扰吧,尤其是在疯狂"内卷"的互联网行业。神仙打架比拼的可能就不是天赋和能力了,而是精力与心态。

"所以,你今天叫我过来是有什么事吗?"我觉得可以进入正题了。

"是这样,"她似乎有些艰难地开口,声调也比刚才低了很多,"其实我最近我一直想做一件事情,但出于各种原因,一直没有下定决心。但是我发现,这件事拖得越久,我的内心也越发不安,所以就想到了你——我就跟你直说了吧,这个,麻烦你交给许光的家人。"

她从衣服口袋里掏出一样东西,放在茶几上,推到了我的跟前。

我低头一看,是一张邮政银行的储蓄卡。

"这里面有十万块钱,密码我写到卡片背面了。这件事也请求你不要告诉除了他家属的任何人。"她回避着我的目光说。这是我第一次在她脸上看到不那么自信的表情。

我百感交集。她最终选择以这种最现实的方式,来表达对许光的谢意以及补偿。没有错,也并无不妥,这可能是这些日子以来她复杂心情和意愿的最具象化体现。作为一个幸免于难的被救者,这是对恩人的回馈,也是对自己良知的最好安放。

但我觉得还是有一些话要问清楚,否则这件事不大好做:"就跟他家人说,是被救者给他们的慰问金?或者说是一种感谢的表示?"

"不。"艾如摇头,"是歉意,你就跟他们说,这是我表达歉意的一些心意,我本人实在是没脸去。"

"道歉?你也是受害者啊……"

"你不懂!"她很强势地看了我一眼,随即眼神又有些涣散起来,声音也变得飘忽不定,"那天如果我能早一些报警叫救护车,许光还是有希望被抢救回来的。但是我太紧张了,太害怕了,整个人一直抖,手根本不听使唤，腿也瘫了，站都站不起来。最关键的是我手机前置摄像头还被摔坏了，人脸无法解锁，我又一直输错密码，手机被锁了……后来我才知道拨打报警或者急救电话根本不需要解锁。我当时太傻了，我到现在都恨我自己当时怎么那么慌，我可是一直以女性防范达人标榜自己的啊……"

说到这儿，她自嘲地笑了，看向别处，越笑越冷："成天想着立人设，立来立去，有了流量和热度，粉丝天天在底下高呼万岁，自己都他妈信了。关键时刻还不是那个德行，掉链子掉的，把别人坑了。那么年轻的生命，为了救我就那么没了。"

我想劝劝她，但完全找不到词。我没有经历过那种崩溃，也没有感受过那种煎熬，所以说什么好像都很苍白。我唯一能做的，就是当一个忠实的听众。

她似乎有了眼泪，仰头长长地舒了一口气，没有让泪水流下来。随后她水汪汪的眼睛看向我："所以，我就是觉得对不住许光，对不住他的家人。直接讲出来，没什么不能说的。徐警官，我信任你，所以我拜托你来帮我办这件事。"

可能是我在机关时间长了，很少听到别人用"警官"来称呼我，于是使命感喷薄而出，跟上了弦似的朝她点头："没问题。"

话说到这里，我也问不出什么采访的话题了。她已经将态度付诸这样现实的行动，哪里还需要什么恢宏感言？

也正是如此，曾经在我眼里精明凌厉的她更有了人情味。而且她是如此信任我，这不禁大大拉近了我们的距离。至少从我的角度，我觉得她亲和了许多。

见我一时不语，她调节气氛地微微一笑："怎么，是很意外吗？"

"没有。"我摇了摇头，"我想跟你道歉，我之前不应该质疑你删除那期视频的初衷，是我格局太小了。"

她倒很无所谓："其实你的想法也对，我当时做田英敏案那期节目的时候，确实对警察抱有很片面和偏激的想法。这不光是田英敏案子内容的原因，也和我的个人经历有一些关系。"

我很意外："哦？什么经历？"

"你知道我为什么会成为一个关注女性权益的 UP 主吗？"

我摇摇头。

她咬了咬嘴唇，很不堪回首地说："我老家在宁波的一个小镇，底下还有一个小我四岁的弟弟。在我还上小学时，我爸卷走了家里的钱，跟别的女人跑了。一年之后我妈也有了别的男人，慢慢地她也不回家了。是我外婆把我和弟弟拉扯大，后来外婆死了，我和弟弟相依为命。我二十二岁那年，弟弟也死了。"

我忙问道："怎么回事？"

艾如嘴角漾起不明意味的冷笑："我害死的。"

我很严肃地看着她。

"那会儿我和弟弟无依无靠，经常被周围邻居欺负。后来我谈了个男朋友，他是当地的一个流氓头子，说罩着我们，还说以后养我们。有一次他说要带我出海兜风，把我带到了附近的一个岛上。岛上有个村子，有很多村民的自建房，他在那里找了一间房，关了我三天三夜……"

她哽咽了一下，无法往下说，用隐忍和满怀恨意的沉默来表明当时她经历了什么。

一定是地狱般的三天。我忽然感觉自己身子发麻，却忘了调整坐姿。我就像被定身一样难以动弹。

她伸出戴着手套的手："我受了很多伤，手也是那个时候被他烫伤的，后来擦什么药都抹不去上面的疤。"

我完全没有想到眼前这个光鲜耀眼的女强人，还有着这样不可告人的悲惨过往。这个我曾经反感、抵触，甚至一度羡慕嫉妒，到现在觉得有些亲切的女人，此时又让我产生了一种很复杂的钦佩。

"我一度以为我逃不出那个岛了，后来我伤口感染，开始发高烧。那个混蛋跑了，村里人怕我死在岛上，就让渔船把我带回了大陆上，扔在岸边。是几个旅客发现了我，报警把我送到了医院，我这才捡回了一条命。我弟弟在医院见到我那个样子，晚上就去那个流氓家找他拼命……"

她顿了顿，深深地呼吸，泪水终于簌簌而下："结果被那个混蛋打死了。那个混蛋当晚就跑了，直到现在都没有抓到。"

她终于讲完了，我也松了一口气。又是一个惨烈而令人生气的故事。我感觉自己的元气都被这些内容消耗光了，身子几乎虚脱地陷在沙发里。

艾如看着我狼狈的样子反而笑了，笑着笑着又咬牙切齿了："其实那个混蛋本来干不过我弟弟的。小时候因为省钱，也怕人欺负，我把我弟弟送到武术学校念书，他吃了不少苦，也学了好几年的功夫呢。但那个混蛋抄了家伙，用一根钢筋把他敲死了。"

我点了点头。

"他叫艾晖，我弟弟。"她说。

"那个人躲不了一世的，早晚会被抓到的，给警察一些时间。"我想了想说。

艾如重新打量我，腰杆挺了挺，看起来也释然了些许："所以，我怎么会不感激许光呢？正是因为有他这种人的存在，我才又活了一次，才不会让那些坏人那么容易得逞，才让咱们这个社会不至于令人心灰意冷。我只是心酸，那么好的人，在他生前我却没有机会认识他，这是我一辈子的损失。"

最后这句话，真的说进了我的心里，我何尝不是如此？

我安慰她："其实不光是我们公安队伍，咱们的人民群众里，也有很多像许光一样的英雄人物，没有危难的时候他们就是普通人，危难出现的时候，才会彰显英雄本色。"

她若有所思地点头，表示认同。

我站起身，克制住瞬间产生的眩晕感，尽量沉稳地朝她伸出手："那我走了，谢谢你这么信任我，跟我说了这么多贴心话。"

她与我握手："哪里，就是觉得你人很好，是我的菜。"

还从没有同性这样形容过我，这让我既脸红又无措。艾如趁这个时候喊来助理，让对方拎来一个袋子，说里面是她今年推广的一些产品，有爽肤水、发膜和零食，聊表谢意。

我感激不尽地接过，艾如又说："对了，我们成立了自己的 MCN（多频道网络）公司，快要搬家了。我们在城南的软件园租了大房子，现在正收拾呢，回头把地址告诉你，欢迎常过来玩。"

"那好啊，回头过来就方便多了。"

"是啊。"

艾如破天荒地一直送我走到了门外，甚至送到了小区门口。为了调节气氛，路上我们还一起调侃起 Q 站，比如我会问她哪个 UP 主人怎么样，你们私下认不认识等等。她则很坦率地给我做点评：哦，那个人啊还挺好的，就是本人有点呆；这个不行，是纯傻×，团队包装出来的，本人特别猥琐和无知，还到处骗炮。

短短几百米的路程，我脑中更新了海量的八卦。

小区门口，艾如与我再次握手："后会有期！"

"后会有期！"

看着她离去的背影，我赶紧把刚才随手放在包中的银行卡小心翼翼地找出来，塞到钱包中。这可千万不能丢了，一方面它意义重大，另一方面它背面就写着密码呢。

这时我忽然听见不远处传来好几声叫嚷，循声一看，似乎正是从不远处的翟忆山停着的汽车边发出的。再一听，不就是翟忆山的声音吗？

我一头雾水地走到汽车后面，发现翟忆山正拿着什么东西，跟打地鼠似的在敲一个快递员的脑袋。

"不干好事，啊？送快递还兼职这个啊？信不信我给你抓走？"

我一看，妈呀，这家伙拿的是自己的工作证。

3

在我还不知道发生了什么事情时,翟忆山扯着那个快递员走到自己车旁边,然后一把拉开后排车门,把人塞了进去。随后他示意我从另一侧上车。

我稀里糊涂地照做,和翟忆山一起,把那个长得跟个土豆似的瘦小快递员挤在后座中间。快递员紧张极了,哭丧着脸,一直哀求翟忆山把手机还给他。

"你拿他手机了?"我问翟忆山。

翟忆山歪着头,晃了晃手中的手机:"嗯,这个可不能给,这里面有证据。"

"什么证据?"

"他偷拍你们。"

翟忆山说了事情的经过:当时他正开着车窗,坐在驾驶座上等我出来。看见我从大门出来后,他刚要下车迎接,忽然感觉车门外突然冒出个人。不用说,就是眼前这个快递小哥。当时他正缩头缩脑地用翟忆山的车当掩护,举着手机对着我和艾如一通拍照。但可能是太专注了,他完全没有意识到身边的车窗里还坐着一个大活人呢。

说时迟那时快,翟忆山飞快把手伸出车窗,抢过他的手机。

我一头雾水:"你拍我们干吗啊?"

小哥跟触电似的瑟瑟发抖。

"不说是吧?工作证给你看了啊,我们可都是警察。就你这点事,扭送派出所没毛病吧？捅到你们公司也够你喝一壶的吧？大白天就敢贼眉鼠眼地猫在街上偷拍姑娘，谁知道你夜里能干出什么事来啊？你这是典型的社会不安定因素啊。我要是你们管片儿民警，直接就给你列成社区重点人了，到时候你连房子都租不到。"

翟忆山不愧是治安民警出身，吓唬人跟唱歌似的张嘴就来。

"别别别，大爷，大姐，饶了我吧。"小哥左右作揖求饶。

翟忆山都快笑岔气了，指着我问他："你管我叫大爷，管她叫大姐是吗？那她不成了我闺女了！"

我推了一把翟忆山，很严肃地问那快递员："你先跟我说清楚，为什么要偷拍我们？"

小哥低声嘀咕了一句。

"你说什么？"我们都没听清。

"她网暴我！"

"谁？"

"就是那个刚才送你出来的女网红。"

原来他指的是艾如。据他所说，他是这个小区的快递网点负责人。虽然自己平时刷视频只用抖音和快手，不怎么上 Q 站，但他也知道小区里有个网红女 UP 主。因为她家的快递实在是太多了，每天还有好多大件，非常耗费他的精力。而且艾如工作室的人事情还特别多，平时会各种电话轰炸，催促他尽快派件。小哥每天都被折磨得身心俱疲，终于有一天，因为一个快递的签收问题，他和艾如工作室的姑娘们发生了争执。

双方争吵许久，不欢而散。

后来那帮人还给了自己一个大大的差评，他恼羞成怒，注册了一个 Q 站会员，通过之前了解到的蛛丝马迹，找到了艾如的账号。

随后他就在艾如的视频下面刷她欺负人的评论。没想到艾如丝毫不惧，反手一个回复，历数了他在日常工作中的种种不负责。比如，派件不及时，提前点签收，以及意外损件等等。这导致很多艾如的死忠粉对他疯狂地攻击谩骂。

小哥可能破了Q站的纪录：建号第一天，私信就爆了。里面几百条消息对他各种"问候"，他仅仅是看那些未读的消息封面就要气得升天。

翟忆山此时吃着艾如给我的零食，倒同情起小哥来了："你也是，招谁不好，非得招她们？都是一帮吃人不吐骨头的主。"

我说："你接着往下说。"

小哥说，虽然私信里全是骂人的，但他也有意外收获。有一条消息是三无账号发来的，说支持小哥，而且想跟他具体聊聊这件事，看看能不能帮到他。后面还附了一个微信号。

小哥心头别提多暖了，心想世间自有真情在啊，看来艾如阵地里也不光只有脑残粉。于是他加了那微信，不想对方直接发起了语音通话。对方的声音听起来是个年轻男人，南方口音，身份保密，只说想问问他控诉的内容到底是不是真的。小哥说千真万确，那男人对他一阵关怀，又对艾如一通咒骂，旋即，重点来了。

男人说："我实话告诉你吧，我们也是视频团队，算是艾如的对头，具体是哪家，不能告诉你。但敌人的敌人就是朋友，这是宇宙真理。所以咱们是可以利用你的优势，达成一些合作的，这样咱们各得其所，艾如也会遭到报应，何乐而不为？"

小哥傻了，弱弱地问："要怎样合作呢？我只是一个快递员而已，而且已经和艾如闹僵了。公司已经安排别的同事给她家派件了。"

对方说："没关系，你只要利用工作间隙，多注意一下艾如家的动态就可以。但凡她接待什么客户，或者有什么人去找她，你记下车牌号，或者拍张照片给我们发过来。一条信息二百块，现发现结。如果发现她家有什么黑料，比如内部互撕，或者是破坏环境，或跟邻里发生争执等等，及时取证，如果是实锤，我们看情况出大价钱买。"

小哥问："你这么关注她家干什么？"

对方说："大家都在一口锅里吃饭，她多接一个商业合作，我们就少吃一个单子,'卷'得厉害。所以我们必须了解敌情,有黑必踩,明白吗?"

小哥不太懂,但他知道做这些对他来说并不难。只需要平常多留留心,偷拍几张艾如私下里接送客人的照片就能赚外快,这种好事何乐而不为呢?所以自打那天起,他在这个小区内派件时,就格外关注艾如工作室的动向。但凡艾如和助理出现在小区里,他都会多留一个心眼,看看她们有没有跟外人接触过,一旦有,就马上举起手机取证。

我明白了,这就是个商业间谍啊,于是挺窝火地说:"我真是服了你了,怎么能干这种事呢?为了几个钱,天天追着一帮姑娘偷拍,你不怕被人当成流氓抓起来啊?"

翟忆山嚼着零食煽风点火:"现在也不晚呀。"

"别,你们行行好,下次我绝对不干了。"小哥都快哭出来了。

我跟翟忆山要过手机,放到他的跟前:"把相册打开,我倒要看看你偷拍了多少照片!"

他噘着嘴滑开屏幕,边操作边不情愿地说:"也没有多少……"

"赶紧的!"

他相册里乱极了,除了一些日常照片,就是隔三岔五对艾如等人的偷拍照。这种照片最早要追溯到三四个月前,那时候艾如等人还穿着夏装,有时还举着遮阳伞。从照片内容看,有艾如在小区里迎客送客的,有和助理一起出入大门的,甚至还有出门扔垃圾的。虽然在我看来没什么大料,但仍然让人感到很不适。谁也不希望自己的私生活暴露在阴暗角落的镜头中,更不希望被这些镜头记录下来,传播给自己的竞争对手,甚至是别有用心的人。

我滑动相册,把艾如的照片一张一张删掉:"以后不能这么做了,知道吗?有事说事,偷拍这种事情,是侵犯公民隐私的行为,如果被艾如知道了,更饶不了你。"

"哎。"

忽然我的手指停在了一张照片上面。那张照片拍的是在小区里的甬道上，艾如和一个年轻男子边走边说话的画面。照片的拍摄时间是今年六月十六日下午三点三十九分，艾如戴着一顶遮阳帽，穿着一件黄粉碎花的连衣短裙。那男青年个子高高的，戴着一顶棒球帽，身穿棕色短袖衬衫和牛仔缩腿裤。虽然只是一身非常普通的休闲打扮，但搭配上那张纤瘦又立体的脸，看起来也非常有型。

我一时有些错愕。

这人竟然像极了许光。

4

我反复问快递小哥认不认识照片里这个男人。对方仔细辨了辨，说："哦，这个人啊，我之前还在这里见过一次呢。他好像不是艾如的客户吧，一开始我以为是男朋友什么的，但他也不是总来，应该就是普通朋友吧，再后来就没见到过。"

翟忆山也好奇极了，把手机抢过去放大缩小地查验："你还别说，真挺像的。这家伙是帅啊，照得跟街拍明星似的，他跑这儿撩妹来了？"

我没工夫搭理他，想起什么，从手机里找出一张许光的工作照摆到小哥面前："你看看，是这个人吗？"

他眯眼认了一会儿，念念有词："很像哎，就是发型不太一样，我见到的时候他头发比较长了。怎么，他是个警察？"

我和翟忆山面面相觑。

随后我一板一眼地对小哥说:"这件事跟谁都不要说,知道吗?要敢往外讲一句,我就把你偷拍的事情告诉艾如,让她到你公司里闹去。"

"我就是个送快递的,我跟谁说去啊?"

我把那张疑似许光的照片发到自己手机上,又把原图删掉,随后又删掉了其他偷拍照片。把小哥打发走后,我坐在车里陷入了沉思。

怎么回事?难道说许光在案发前就和艾如认识?

这怎么可能?

"八一九"案件中的涉案人员只有三位:施暴者熊峰、被害人艾如和警察许光。许光和施暴者认识这就已经够巧合的了,难道说他还能和被害人也存在关联?天底下会有人脉这么广的警察吗?碰巧处置一起流氓伤害案,施暴者和被害人都是自己熟人?

翟忆山也边开车边帮我分析:"我觉得吧,最关键的是,许光是怎么和那个艾如认识的?那人不是网红吗?俩人能有什么交集?"

"要说交集也不能说完全没有,只是……"我随口应着,说着说着,却发现如果要再深究,连艾如和熊峰之间暗藏着的关联点都会被扯出来。要知道艾如可是在田英敏案发之后,在网络上痛批过落网的熊峰和办案不力的警察的。艾如作为被害人的"八一九"案中,被击毙的嫌疑人正是田英敏一案的作案人熊峰,而与熊峰同归于尽的人,则恰巧是田英敏案的主办民警许光。

"你听出什么不对劲了吗?"我背后凉飕飕地问翟忆山。

翟忆山脸上出现了少见的严肃。他双手紧握方向盘,眼睛死死地盯着前方路途:"你怀疑许光联合艾如做了一个局,搞掉了熊峰?"

我背后的凉气已经钻到了我头皮的每个毛孔里。我想摇头,想一如既往如同地主骂家里傻儿子一般撑翟忆山,却发现此刻的自己根本无言以对。

翟忆山还在继续推断:"但是他们没玩好,把许光的命搭进去了。"

我还是不语。

我的沉默并没有换来翟忆山进一步的推断。他反而摇头了，似乎又不那么确信了："但是不应该啊，许光怎么知道熊峰当时身上有田英敏一案的关键证据？就是那枚验出了田英敏血迹的佛珠。还有，咱们不是查了吗，许光和艾如、熊峰乘坐的压根不是同一班地铁啊。"

确实，如果不确定熊峰身上或者其家中有关键证物，警方只能以对艾如强奸未遂的案由将其抓获。假设许光费尽心机这样策划，就有点当年熊峰设局诬陷李凡尘的意思了，瓮中捉鳖，精准打击。如果强奸未遂这项罪名可以坐实，倒是也能让熊峰吃个几年牢饭。

问题是，许光会冒这么大风险，去给熊峰制造这么一种并不致命的后果吗？

之所以说风险大，是因为这是在熊峰身上没有证物，也没带凶器的前提下进行的推断。没有证物就无法给田英敏一案定案，没有凶器许光也就没有理由击毙熊峰。所以如果熊峰能够活着归案，就还会存在另一种可能性：以他那种鸡贼、跋扈的性格，八成会识破许光和艾如的计划，从而反咬许光"钓鱼执法"。就像当年他请律师排除田英敏一案中的非法取证一样，闹得天翻地覆。到时候如果许光这边留有什么痕迹，绝对会弄巧成拙，无法收场。

更何况艾如又图什么呢？就因为她坚信熊峰是杀害田英敏的漏网凶手，所以甘愿配合许光给熊峰当猎物吗？而且还是在许光不和自己乘坐同一趟地铁的情况下，独自在黑暗中直面熊峰的各种疯狂侵犯。万一熊峰把她打晕了怎么办？万一熊峰真把她强奸了又怎么办？

所以只要这种前提存在，许光和艾如的动机就显然不足。

而恰恰因为这种根本无法规避的前提，许光和艾如的"联动"也就无法成立。

我一口气把这些推断给翟忆山讲完，翟忆山眼睛瞪得老大，倒吸着凉气说："妈呀，你这思路好缜密啊，心机女的本质暴露了。"

"好歹我也是写过悬疑小说的。你以为和你一样，脑子里都是发胶？"

"……那现在看来，许光和他们双方都认识就是巧合呗。这么说来，这案子巧合也确实够多的。"

就算都是巧合，我觉得还是有什么东西没有理清楚："刚才我在艾如那里采访时，她明明很感慨地跟我说'为什么生前没有认识许光这么好的人'，说明她也强调了以前不认识许光。这是为什么呢？"

翟忆山却反问："对了，你刚才进去这么长时间，都跟那个女网红聊什么来着？"

我没时间给他复述艾如的悲惨身世，思维仍陷在接踵而来的困惑里："还有，许光在案发那天晚上，到底是去干什么呢？"

翟忆山不搭腔了，好像脑细胞已经消耗殆尽了。

我想了想，决定还是先不主动去问艾如，打草惊蛇反而会失掉很多线索。我捅了捅翟忆山："哎！"

"啊？"

"你早上说那案子当时出现场的民警你认识，能不能搭个桥，就说做采访，让我见人家一面？"